GEMING GUSHI

革命故事

《中国民间故事集成》选编

ZHONGGUO MINJIAN GUSHI JICHENG XUANBIAN

文化和旅游部民族民间文艺发展中心　选编

中国旅游出版社

编者的话

在中华民族波澜壮阔的历史进程中，人民既是创造者，也是见证者。中国共产党自1921年7月成立以来，始终与亿万人民心连心、同呼吸、共命运，领导广大民众历经千难万险，跨过一道又一道沟坎，创造了丰功伟绩，取得一个又一个胜利。从井冈山到延安，从延安到西柏坡，经过时间的沉淀，革命历史的光辉愈加靓丽，革命事业的伟大目标正在变成今天的社会现实，亿万民众在每个革命历史时期发出的心声也随之变得愈发响亮。

故事和歌谣源自民间，是人民群众表达自己朴素思想感情的最为真实而又最为鲜活的文艺形式。在中国现当代浩如烟海的民间文学作品中，保存着大量的革命故事和红色歌谣。如此众多的革命故事和红色歌谣，产生于土地革命、抗日战争、解放战争、中华人民共和国成立、社会主义革命和社会主义建设等各个历史时期，并在各地、各民族的群众中广泛流传，代代延续。这些口耳相传的革命故事和红色歌谣，鲜活地反映着亿万民众的心声，是他们以最真诚最朴实的方式创造并世代守护、不断传承的红色文化资源，也是我国重要的非物质文化遗产。这些珍贵的红色文化资源，不仅反映了千千万万民众独特的视角，而且全方位展现了中国革命历史的印记，充分表达广大民众对中国共产党开创的革命和建设事业的拥护、支持和赞颂。

习近平总书记多次强调，要用好这样的红色资源，讲好红色故事，搞好红色教育，让红色基因代代相传。体现着亿万人民心声的革命故事和红色歌谣不仅是历史光辉，更是我们立足当下、迈向未来的精神滋养。每一篇革命故事，每一首红色歌谣，对我们而言，都是精神上的一次洗礼，使共产党员的公仆意识和为民情怀在红色精神的洗涤下更加坚定、纯粹。翻开革命故事，唱响红色歌谣，对于我们增强“四个意识”，坚定“四个自信”，做到“两个维护”，开启全面建设社会主义现代化国家新征程，将发挥重要的引领作用。

人无精神则不立，国无精神则不强。社会主义文艺就是人民的文艺，只有紧紧依靠人民，尊重并传承亿万人民长期以来创造积累的红色资源，坚持为人民服务、为社会主义服务，才能创造时代精品，讲好中国故事，展现出中华民族的伟大精神。只有用心倾听人民的心声，不断深挖红色文化内涵，才能始终与人民心心相印，让红色基因代代相传。只有扩大红色文化传播，引导人民树立和坚持正确的历史观、民族观、国家观、文化观，才能凝心聚力，团结奋斗，在世界文化激荡中站稳脚跟，为建成文化强国，实现中华民族伟大复兴的中国梦注入不竭的精神动力。

编者

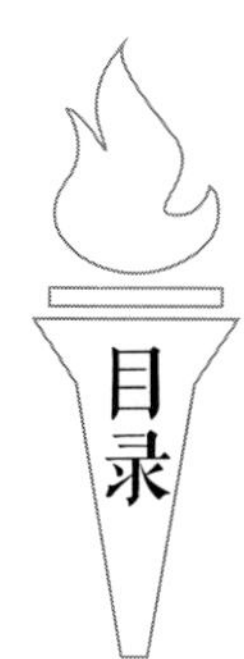
目录

毛润之和炭古佬在一起

1921年秋天，安源煤矿一位段长陪同一个瘦高英俊的年轻人，提着一盏明亮的铁壶矿灯，来到西平巷窿内“参观”，来到“炭古佬”[①] 中间访贫问苦。

这时窿内的工人，除了头上扎一条布手巾外，一个个都没有穿衣服，赤条条地光着身子，浑身墨黑。客人看到这个情形，关切地问：“你们为什么不穿衣服？”一个工人说：“不是不穿，是冇得衣服穿，有件把衣服也要留在外面穿。”又一个工人说：“穿衣服做工，工头看见了，说是偷懒，要打人哪！”客人说：“你们做工还要挨打，这还了得！你们一天上几个钟头工？”一个工人说：“从早到晚，两头不见太阳。”客人又问：“有礼拜天没有？”另一个工人说：“没有，做一天工，拿一天钱；一天不做，一天没钱。”客人同情地说：“你们很苦，真是别地少有。”工人们第一次见到这样一位先生，不怕累，不怕脏，来到窿内问这问那。大家先是好奇地望着他，见客人问的都是工人的事，人又和气，慢慢地胆子也大了点，很多人把他围住，有个工人还找了根干净点的坑木请他坐下，都想多听点从未听过的新鲜道理。

客人又问：“你们工人的生活为什么这样苦？”有个工人回答说：“命苦。”客人说：“不是命苦，我们工人受苦不是命里注定的，是帝国主义、资本家残酷压迫和剥削的结果。”客人看着眼前的工人，个个都是瘦骨嶙

---

① 炭古佬：挖煤人。

峋、腰弯背驼。他鼓励工人说："要站起来，想个办法才是。"工人们听了都惊奇地问："先生，能有什么办法？"客人亲切地说："办法是有的，要想办法只有靠你们自己！我这样说，你们会讲，'读书人光会嘴巴讲'。好，我打个比方：路上有颗石子，大老板看到随便把脚踢一下就踢开了。如果是块大石头挡住了他，不费劲搬得动吗？我们工人团结起来，顶不得一块大石头吗？""顶得，顶得！"工人们纷纷说。

下班以后，工人们把这件事讲个不停，都说：从来没有人来过问工人的痛苦，这位读书人，没有一点架子，很体贴我们做工的。工人们像报告喜事一样相互传说，知道了这位客人名叫毛润之。

毛润之这次来安源考察了7天，还走访了东平巷和其他工棚。一天，他来到工人餐宿处，只见每个房间都像鸽子笼一样，满满实实地住着五六十个面黄肌瘦的工人，睡的是叠起来的三层木架子床，床上的破棉絮像油渣一样。吃的是发了霉的米和臭腌菜，他对工人说："你们生活这样苦，吃不饱、穿不暖，资本家还把你们当牛马看待。而资本家呢？从来不下井，却吃好的、穿好的，住高楼大厦，这是极不合理的制度。"

工人们将毛润之团团围住，你一言，我一语地说起来，都忘了吃饭。

"只有把所有的工友团结起来，才能铲除压迫剥削，废除一切不合理的制度。"毛润之接过工人手里的筷子，说："比方说这把筷子，若是一根，一折就断了，一把呢？就折不断了，这叫组织起来力量大。只要将工人组织起来，有了自己的组织，天翻地覆的事都办得到的！"

毛润之接过工人递来的竹脑壳烟斗，高兴地吸着，与工人们很是亲近。工人们听了他讲的通俗易懂的道理，顿时热血沸腾，纷纷向毛润之讲出了心里话："毛先生，给我们想个办法吧！"

"多串联一些工友，先把工人夜校办起来，然后组织工人自己的团体。"毛润之告诉大家说："这个团体可以叫'安源路矿工人俱乐部'。"

毛润之的话点亮了工人心中的"矿灯"，从此，一万七千路矿工人团结得像一块大石头、一把筷子，坚定不移，百折不挠，天翻地覆的事终于办到了。

讲 述 者： 张竹林　金伢仔　原安源路矿老工人

采 录 者： 声　兰　萍乡市城关区文化馆干部

采录时间： 1988 年 5 月

采录地点： 萍乡市城关区文化馆

分配口粮

这个故事发生在 1931 年 4 月。

那时，敌人已经开始了第二次反革命大“围剿”，为了便于指挥，毛委员把红四军指挥部设在吉安县东固的傲上村。

傲上村只有十多户人家，家家贫穷如洗、无田无地，所有的田地都是向外村的财主租来的。那时候，租多税重，加上头年大旱，粮食歉收。如今虽是近立夏，可傲上村家家户户早已断了粮，靠煮野菜过日子。细心的毛委员把这件事看到眼里，挂在心上。

一天，后勤同志向毛委员报告说：“红军在兴国打开了几个财主的粮仓。大部分粮食已于昨日运至东固，但僧多粥少，每人一天只能供给九两粮食，这对那些训练、打仗的小伙子来说，哪里够呢？”

听完汇报，毛委员向管后勤的同志提议：将部队的口粮从九两减到六两，节省下来的粮食，分给当地群众。这事立即获得了指战员们的赞同。分粮了，毛委员担心部队的同志对分给群众的口粮打折扣。因此，他亲自到场，要求分给群众的那部分粮食做到秤平斗满。

他的警卫员趁他不在场时，要求司务长莫要扣除毛委员的口粮，司务长也觉得警卫员的意见是对的，便按实数称了给警卫员。

警卫员刚把粮食背进屋，毛委员发觉他的口粮袋装的粮食比别人多，便走过去接过警卫员肩上的米袋，说：“小鬼，你一定是打着我的牌子多称了几斤米吧？”

警卫员的脸一下子红了，结结巴巴地说：“不……没……没有。”

毛委员心里早已明白了，严肃地说："小鬼，你可哄不了我啰，我的手就是一杆秤，眼下是春荒，生活很困难，我怎么可以搞特殊化呢？"

警卫员嘟着嘴巴说："您日夜辛苦，大家说宁可少吃一口，也不能减少您的口粮，何况就那么几斤。"

"不行，哪怕是多一粒都不行，匀出口粮，分给群众度荒。这是大家决定的，我个人不能破坏，不要因为我是政委，就给我多发点，红军官兵一致，谁也不能搞特殊。"

毛委员说完，将米袋背了出去，要司务长按规定将分给自己的口粮称好。当他拿着口粮袋回来时，见警卫员还站在那里生气，便笑着将粮食递给警卫员，和蔼地说："缺粮食，我们大家想办法，挖竹笋、捡田螺，这东固处处有宝，还会饿死人吗？"

警卫员听毛委员这么一讲，开了窍，高兴地接过袋子走了。第二天，傚上村村前村后、田野河沟，到处都可以看见战士们和老百姓在捡田螺、拔野菜、挖竹笋……其中也有毛泽东、朱德、陈毅等领导人。

讲 述 者： 赖厚升　65岁　吉安县东固傚上村农民　略识字

采 录 者： 肖芳麒　男　49岁　吉安县梅塘乡相睦村人　中学教师

周承宗　男　50岁　吉安县文化馆干部　大专

采录时间： 1984年8月

采录地点： 吉安县东固傚上村

毛委员还斗笠

1931 年 8 月的一天，驻扎在兴国县白石村的红一方面军接到命令出发了。队伍刚刚出村，天就下起了大雨！红军指战员一个个淋着雨，继续向前疾速前进。队伍里，有的同志没有雨具，硬是光着头、淋着雨走，弄得全身湿透。白石村的老表，纷纷从自家屋里拿来蓑衣、斗笠、油纸伞，站在路边，拉着红军同志送雨具。

这时，红一方面军总前委书记毛泽东同志发现行军队列中有一个顶着大铜锅走路的战士，急忙把他叫住。原来他是某连炊事员，没有雨具，只好把炊事工具箱背在背上，将煮饭用的铜锅倒扣在头顶挡雨。毛委员走上前去，把自己的雨伞让给他，这个同志说什么也不肯要。毛委员说："你两只手端着锅走路，路面不平，又泥泞打滑，这样走很不方便，一摔跤，要把锅打碎的。"这么一说，那个同志才接过雨伞，挑起担子走了。

毛委员把雨伞让给炊事员了，警卫员正要把披在自己身上的油布取下披到毛委员身上，忽然看见一顶大斗笠从后面伸了过来，轻轻戴到了毛委员头上。毛委员转身一看，原来是休整期间认识的隔壁邻居胡老汉。胡老汉是来送行的，看见毛委员把雨伞让给了别人，就把自己戴的大斗笠解了下来，让给毛委员。毛委员怎么也不肯要，因为毛委员知道胡老汉家里很穷，无论天晴下雨还是外出劳动，他都把家中唯一的一顶赣南老表称作"鸭婆雨笠"（大斗笠）带在身边。胡老汉见毛委员不收，就急了，忙对警卫战士说："小同志，收下吧！"小战士望望毛委员，又转脸对胡老汉正正经经地说："老大伯，红军不拿群众一针一线，这么大的斗笠，我怎能收下！”毛委员也在一旁劝解，说：“谢谢你，现在是大热天，淋淋雨，还挺凉快呢！”说罢，拉起警卫员一块儿，披着油布便走。

胡老汉心头一热，情急生智，干脆拿着斗笠跟着毛委员身后追。一直走了好远，毛委员劝了好几回，胡老汉只说了一句话：“毛委员把斗笠收下，我才肯回去。”毛委员真担心暴雨淋坏了胡老汉的身子，才收下斗笠。胡老汉也放心了，高兴地和毛委员告别，回村里去了。

当胡老汉走进家门时，老伴笑着问：“老头子，你的斗笠送给毛委员了吗？”胡老汉回答说：“是啊，是啊！”转念一想，感到奇怪，老伴怎么知道自己把斗笠送给了毛委员呢？她又没有看见。他站在门前愣了一会儿，眨着眼睛问：“老婆子，你怎么知道我把斗笠送给了毛委员呢？”老伴用手往墙上一指说：“你看，哪是嘛咯[①]东西？”胡老汉抬头一看，一个斗笠正挂在墙上。

原来胡老汉一走，毛委员就吩咐警卫员抄小路把大斗笠送回胡老汉家里来了。从此，胡老汉逢人就说：“红军不拿群众一针一线，毛委员同老百姓心连心！”

讲 述 者：胡祥汉　男　75岁　原苏区赤卫队员　初小
采 录 者：黄健民　兴国县委党史办公室副主任
采录时间：1969年5月
采录地点：胡祥汉老人家中

① 嘛咯：即什么的意思。

红井的传说

旧社会，瑞金县沙洲坝流传着这样一首民谣："有女莫嫁沙洲坝，天旱无水洗头帕。"说的是沙洲坝是个干旱的地方，住在沙洲坝的人，吃的是又脏又臭的塘水，容易生病。也有人想过要挖井，可是一来穷，没能提得起头；二来又迷信，听风水先生说过，沙洲坝的龙脉是条旱龙，不能打井，打井会坏了龙脉。于是沙洲坝的人只得祖祖辈辈到塘里去挑水喝。

1931 年，瑞金成立了中华苏维埃中央政府。中央政府迁到沙洲坝，毛泽东主席便住到沙洲坝村子里。

一天傍晚，毛主席办完公事从外面回来，一下马，看见乡亲们在塘里挑水，便问："你们挑水去做什么用？"乡亲们回答说："吃呀。"毛主席说："这么脏的水能吃吗？"乡亲们苦笑着说："有什么办法，再脏也得吃啊！"毛主席说："不会打口井吗？"乡亲们摇摇头说："沙洲坝人喝不得井水，这是天命！"毛主席哈哈大笑说："不要信天命，要信革命，还是打口井吧！"说罢，牵马进村去了。

这天，天刚蒙蒙亮，起来挑水的人看见有两个人影在村头走来走去，一个拿着锄头，一个拿着铁锹，这里锄锄，那是锹锹。是谁这么早起来？要干什么呢？走上前一看，原来是毛主席和他的警卫员。挑水的乡亲问："毛主席，您这是做什么？"毛主席说："找水源、挖井。"说完，便和警卫员在一块长满油草的地方铲开地皮挖了起来。挖到两三尺深，毛主席抓起一把泥土捏了捏，对警卫员说："行，井位就定在这里，你去叫大家来挖井。"于是，毛主席亲自动手挖井的事立即传遍全村，众人都自动找着锄头、铁锹，聚集到村头和毛主席一道挖井。毛主席对乡亲们说：“我先替大家找个有水源的地方，定个位、破个土。我知道，你们信风水，怕得罪旱龙王。我不怕，如果旱龙王怪罪下来，让它来找我算账好了。”这句话逗得大家都笑了。大家说说笑笑，不到一天工夫，一口井便挖成了。从此，沙洲坝的乡亲们喝上了井水，结束了祖祖辈辈挑塘水喝的历史。因为这口井是红军来了以后毛主席亲手挖的，所以乡亲们给这井起了个名字叫“红井”。

1934 年，红军北上抗日后，国民党反动派又来了，听说这口井是毛泽东亲手挖的，恨得把井填了。乡亲们只好又去挑塘水吃。吃过又清又甜的井水，再吃这又脏又臭的塘水，那味道就更难受了。越难受，乡亲们越想红军和毛主席，白天不敢到井边来，只好等到夜深人静，悄悄来到村头。默默地围坐在井边。抬头看看天上的北斗星，低头摸摸倒塌的井垣，心里念着毛主席，念着红军，只盼着红军能早点打回来。

反动派一连抓了几次人，但乡亲们一点也不惧怕。敌人看着没办法，只好算了。

中华人民共和国成立后，沙洲坝乡亲们做的头一件大事便是挖井，把填了 15 年的井重新挖开、砌好，并在井边钉上一块牌子，牌子上写了 14 个大字：

喝水不忘挖井人
时刻想念毛主席

讲 述 者：杨世梁　男　70 岁　瑞金县沙洲坝人　苏区老同志
采 录 者：高宣兰　干部
采录时间：1960 年
采录地点：瑞金县沙洲坝

毛委员吃辣椒

1930 年 5 月，毛泽东来寻乌搞调查，住在南外马蹄岗[①]的一幢石头楼房里。

一天，警卫连新兵排公务员小吴从炊事员那里打听到，毛委员爱吃辣椒，如果有辣椒，就能多吃些饭。小吴一溜烟跑到附近村里，挨家挨户地寻问有没有辣椒。终于发现一家老表的窗前晒了几串红辣椒，高兴得简直跳了起来。小吴对那家主人开门见山地说："我们首长爱吃辣椒，不知你的辣椒能不能给我一点？"房主人很痛快，伸手就摘了一串给小吴。小吴高兴地提起辣椒，拔腿就跑回伙房，帮着炊事员把一碟香喷喷的红辣椒炒了出来。

小吴端着饭菜和红辣椒给毛委员送去，毛委员正在聚精会神地整理调查记录，一见端来的饭菜中多了一碟辣椒，便问："小吴，怎么多出一碟辣椒，哪里来的哩？"小吴得意地回答说："向群众要的。"毛委员又问小吴："参军后，连长给你讲过'三大纪律，八项注意'了没有？"小吴真有点丈二金刚摸不着头脑，回答："没有。"毛委员说："这件事不能怪你，主要是我们对新战士进行纪律教育不够，等下告诉你们连长，叫司务长从我的伙费里把辣椒钱送给那位老表。"小吴将辣椒钱送给了老表，并道歉说："真对不起，刚才拿辣椒时我没有付钱，首长指示我们把辣椒钱付给您，不知

---

① 马蹄岗：地名，位于寻乌县城南门外 0.5 公里处，原为美国天主教堂和牧师的住宅。1930 年 5 月毛泽东同志进行寻乌调查时的旧居地址。

够吗？”那位老表感动得不知说什么好，只说了一句：“红军真好！”

毛委员在马蹄岗召开了调查会。正午时，毛委员请大家吃饭。一共八桌，没有凳子坐，毛委员和大家一块儿站着吃。饭是砻去了糠的糙米，菜是一碗豆角和一小碗灯笼辣椒。

毛委员吃菜很少，只吃一点豆角，一位工人问道：“毛委员，您爱吃辣椒吗？”毛委员说：“爱吃，不过近来胃不太好，不大敢吃。”有位农民告诉他：“这是我们本地的辣椒，叫灯笼泡，别看它大，不辣。”“哦，是这样，我们湖南的辣椒可不同。虽然都是小指头那么小，却辣得厉害。”毛委员一边说，一边从碗里夹了半个大辣椒，试着咬了一口，笑着说：“嘿，果真不辣，这叫‘大而无用’。”他指着这碗辣椒对大家说：“凡事不能光看外表，像它，看起来这么大，以为一定辣得厉害，可是，它实际一点不辣。湖南辣椒虽然小，却辣得很。正像现在的反动派一样，别看他表面上强大，其实却是中间空空的灯笼泡，而我们个个都是湖南椒。”

毛委员几句简单的比喻，把大家都逗笑了。

讲述者：吴吉清　男　72岁　会昌县人　长征老干部

刘淑士　男　86岁　寻乌县河角乡龙图村人　医生

采录者：严修余　谢镇祥

采录时间：1980年

采录地点：寻乌县党史办公室

毛润之塞涵洞

毛泽东17岁那年，在湘乡县立东山高等小学堂读书。那时，他就十分注意锻炼身体。每天早晨，他早早起床，从学校跑到东台山，又从东台山跑回学校，来回十五六里路，他都能按时赶上学校的晨操；晚上，他跳进护校河，顺河游泳一圈，也不耽误自习。天天如此，从不间断。

有一天，值周员贺南纲老师教晨操，当学生报数的时候发现毛润之不在操场，心里觉得奇怪。毛润之往日总是严格遵守纪律的，今天是怎么回事呢？他问学生们，学生们也不知道。

“报告！”晨操快完了，毛润之回来了。只见他浑身泥水，上气不接下气地站在操场外等候老师问话。

贺老师走近毛润之问：“哪里去了？”

“出外跑步去了。”毛润之回答说。

贺老师关切地把他从头到脚打量了一番，又说：“早晨寒气袭人，快去换衣服。”

当贺老师刚刚敲响第二节上课铃，忽然从外面急匆匆跑进来一位中年农民。这位农民一见贺老师便问：“请问先生，你们学校那个天天早晨跑步的学生叫么子名字？”

贺老师忙问来人：“唔，你是来告状的吗？请进屋里讲。”

那位农民忙改口说：“哪里话，我是感谢他来的。”

原来学校附近有口山塘穿了涵洞，严重威胁下面的草籽田。山浸水冷得刺骨，塘又很深，淹死过人，附近农民都不敢下塘去堵塞，只有站在塘基上干着急。这时，正好碰上毛润之跑步来到塘边。他二话没说，搬起一块圆滚滚的石头跳下塘，好一阵才堵个毛坯，爬上来抠了些硬坨泥巴再下到塘里，又一阵工夫才把涵洞封严实。毛润之爬上塘基，仔细看了看涵洞出口，涵洞确实不漏水了，他才跑回学校。

那位农民说完事情的经过，拉着贺老师的手，说："若不搭帮[①]那位跑步的学生，十几亩草籽田就没得救了。"

讲 述 者：贺伯民　男　农民

采 录 者：贺显曾　男　40 岁　湘乡市龙洞乡乐昌村农民　小学

采录时间：1987 年 11 月

采录地点：湘乡市农村

① 搭帮：全靠。

智过九海岭

大革命时期，毛委员跋山涉水，不怕艰险，从长沙到衡阳宣传革命道理。当毛委员经过界牌九海岭时，被国民党知道了，一队匪兵赶来追捕。毛委员非常镇定，一面朝前走，一面想着脱身的办法。当他跑到九海岭侧旁的一个山坳时，看到路旁有丘田还没有插完，田塍上放着畚箕、扁担，田里打着一片青秧。插田的人大概回家吃午饭去了，把蓑衣和斗笠扔在田角边。正巧天下起毛毛细雨，毛泽东急中生智，连忙脱下身上的长衫塞进柴草里，上面压着一块石头，然后将蓑衣一背，斗笠一戴，卷起裤脚跳进田里。他又摸了一把稀泥糊在腿上，把泥水溅在身上，解开秧把熟练地插起田来。

这时，一队匪兵跟着追到了山坳上，一个当官的边追边喊："快追呀！弟兄们，听说这人姓毛，嘴角上有颗黑痣，是共产党的大头头哩。抓到了赏五百光洋。快！快追！"毛委员一听，心里一愣："怎么办？他们会认出我。"忽然匪兵们发现路边有人在插田，立即停住脚步，一支支枪口对准毛委员："喂！插田的，看见有个大汉子刚刚从这儿跑过去吗？"毛委员伸起腰来，就在抬头的一刹那，他灵机一动，装着揩汗，将右手背上的泥巴往脸上一抹，下巴上那颗黑痣被泥巴糊住了。毛委员抬手往前一指，说："有哇，刚才一个穿着灰色长衫的大汉子往北跑了。"说完低下头，弯着腰，只顾插他的田。匪军官本来对这个插田人有些放心不下，但是看到他的脸上没有痣，插田又十分里手，便打消了怀疑。他生怕毛委员真的从北边跑了，带领匪兵急急追去。

毛委员又换上衣服，拣条小路往南走，顺利地通过九海岭，到达衡阳城。

讲 述 者： 姚孝友　男　54 岁　衡阳县界牌镇将军村农民　小学
采 录 者： 谭兰桂　女　23 岁　衡阳县界牌镇文化辅导员　高中
梁贤之　男　40 岁　衡阳县文化馆干部　高中
采录时间： 1986 年 8 月
采录地点： 衡阳县界牌一带

毛主席硬是不坐滑竿

毛主席领导的中国工农红军，打从娄山关过桐梓去东皇今习水县、赤水；又由赤水、东皇车转桐梓、遵义的这节路中，翻了几百匹高山长岭，走了上千里螺蛳道路，真够累呵。

走到新站的时候，老百姓看到毛主席天天翻山越岭、涉河过溪，白天指挥红军行军或跟白军打仗，晚上还要熬夜，操劳革命大事，实在太辛苦了，就在他动身由新站到桐梓的时候，自动邀约八个人，扎了一台滑竿，一定要抬毛主席走。毛主席看了看那台滑竿，笑笑地拍着八个人的肩膀说："乡亲们，多承你们的好意，我们红军不像国民党的军队那样，动一动就要老百姓抬，红军是穷人的队伍，自来都不兴这套的。"

"多次才不行，就请您坐这一次。"

"一次也不行，老乡，我是能走路的。"

毛主席说着，就大步走了。八个老百姓失望地你看看我、我看着你，都拿不定主意，当中有一个结结实实的小伙子，扬起两撇眉毛说："嘿，我们真傻，新站到桐梓，不是要翻过有名的七十二拐，还有好几匹大坡吗，等毛主席爬坡走不动的时候，我们就请他上滑竿。"

他这样一说，其余的人就像捡到宝贝一样，嘘得高兴起来："对，好办法，走！"

于是八个人抬着滑竿，紧紧追赶毛主席。假若是往常，毛主席一定叫一个伤员坐上，免得老乡们空欢喜，可是今天，总队部早把伤病员安排走到老远的前面去了。

走到半路，毛主席看到一个穿得破破烂烂的老太婆，拄着拐棍，一溜一拐地走在前面。毛主席赶忙一问，才晓得她是桐梓砂子坝人，今年63岁，老佃客。红军过路时，有个掉队的伤员在她家养伤。伤好后，就要到新站、东皇去归队。老太婆想，川军和二十五军到处放哨安卡，神出鬼没，怕这位红军走在路上有个三长两短，就决定护送他归队。老太婆又怕别人护送不稳靠，就亲自护送。

当她转弯抹角地把这位红军送到新站，就遇到毛主席的大部队转回桐梓了。她放心地把这位红军交给指导员，才高高兴兴地回家。

毛主席问明白后，就笑嘻嘻地叫她停下来，一面向追在后面的那台空滑竿招手。

八个抬滑竿的老百姓，看到毛主席笑眯眯地向他们招手，满以为这次一定得抬毛主席了，那台空滑竿就像飞一样地迎上来。

毛主席看到滑竿挨拢了，就高声地说："老乡们，这次可真要累你们了。"

"嘿嘿，我们早就估到[①]一定会抬上您的。"

八个人眉飞色舞地站在毛主席的面前，毛主席指着站在他身边的老太婆说："老乡们，这位老大娘是砂子坝的，她为了护送红军伤员，来到了新站，现刻她回家，年纪大了走不动路，就请你们把她抬走吧。"

八个人乖乖地听毛主席的话，请老太婆上了滑竿。走到黄家嘴，老太婆下了滑竿，连连向毛主席和八个老百姓致谢，喜滋滋地回家去了。

那八个抬滑竿的还是一股劲地跟着毛主席。到桐梓后，毛主席叫他的卫兵好生招待抬滑竿的老乡吃饭，并照样付给他们工钱。

在吃饭时，一个三十开外的壮汉说："我抬滑竿，肩膀都抬成老茧了，像今天这样我是做梦也想不到的。"大家都说："因为今天我们遇到了干

---

① 估到：料到。

人[1]的领袖毛主席。”

讲 述 者：段文彬　男　62岁　汉族　农民　小学
采 录 者：潘光华　男　32岁　苗族　省民协干部　中学
采录时间：1964年
采录地点：桐梓县

① 干人：穷人

苟富贵　毋相忘

土地革命时期，苏区有一位乡政府主席，虽然60来岁了，可耳不聋、眼不花，走起路来很精神。他斗大的“一”字都不认得，是个名副其实的“睁眼瞎”。他姓罗，因此人称“罗瞎子”。

有一次，毛委员路过乡上，找罗瞎子和几位乡干部搞调查，毛委员问他的名字，罗瞎子报家门叫罗瞎子。毛委员不禁笑起来，说：“这个是绰号，你总还有个名字吧？”罗瞎子连连摇头说：“不，就叫罗瞎子，从小就这么叫惯了。”还说：“如今我在乡政府里当主席，更不能叫官名，要不人家会说我摆架子！再说，自家人这么称呼我，无拘无束，怪亲热的。”毛委员连连点头称赞：“说得好，‘苟富贵，毋相忘’嘛！”接着毛委员讲了陈胜称王以后，有一次家乡的父老去京城找他，因为在殿上直呼他的小名，陈胜恼羞成怒。罗瞎子听了，哈哈大笑，摇着毛委员的手，说：“以后革命成功了，你管天下，我该怎样称呼你呢？”毛委员紧握着罗瞎子的手，用力地摇了几下，爽朗地说：“那你照样喊我老毛就是了！”罗瞎子乐了，拍掌说：“我记着你的话了。”

中华人民共和国成立以后，有一年，罗瞎子进京出席全国劳模大会，会议期间，毛主席和中央领导同志来到怀仁堂，挨个和代表们握手问好。毛主席一步步走来了，罗瞎子抢前一步，伸出双手，紧握毛主席的手，从嘴里蹦出了一句：“老毛，您喀胖呀！”这一声，把周围代表们的心都悬起来了：哎呀！怎么我们中间还有这号头脑简单、说话不知轻重的人呢！

毛主席先是一愣，随即很快地认出来了。他亲热地摇着老罗的双手说：

“罗瞎子，是你呀！”罗瞎子激动得眼泪唰唰往下掉：“老毛，您到底还记得我呀！”

毛主席哈哈笑了：“咯还记不得！‘苟富贵，毋相忘’嘛！”罗瞎子也笑了起来。

讲 述 者：张大伦　男　42 岁　西安市工人俱乐部干部　大专

采 录 者：李妙仪　女　60 岁　西安中学教师　中师

采录时间：1988 年 3 月

采录地点：西安市解放门文化站

周总理爱吃家乡菜

淮安市有个传统的习惯，每年秋天，家家都要腌些咸菜，特别是“雪里蕻”，又辣又香，味道鲜美。

一天，周总理乘飞机到上海，飞机停在虹桥机场，就在机场食堂吃了顿便饭。食堂里有个淮安籍的工作人员，特意为总理加了一样家乡菜，雪里蕻炒肉丝。饭后，这位同志收拾餐桌时，发现别的菜总理很少动筷子，唯独雪里蕻炒肉丝吃了不少，他高兴极了，赶忙为总理装了两罐头瓶子的雪里蕻炒肉丝和雪里蕻炒干丝，拜托在周总理身边服务的同志：“请收下家乡人对总理的一片心意，总理能多吃些饭，身体健康，就是全国人民的幸福啊！”

送总理回北京的飞机飞回虹桥机场，飞行员将两个空罐头瓶子退还给食堂里那个淮安籍的工作同志，他打开瓶盖一看，每个瓶里放了一张一元钱的人民币，那个同志感动得流下了眼泪。

讲 述 者：马春阳　男　63 岁　省民间文艺家协会主席

采 录 者：阮守天　干部　大专

采录时间：1987 年

采录地点：南京市中山东路三〇七招待所

附记：据讲述者介绍，该传说是他在火车上听人讲的。当时的猪肉是七角四分一斤，雪里蕻二分一斤。

周恩来聚餐

1934 年秋天，周恩来副主席从瑞金来到于都县古田村，住在雇农张慈福家里。他的身体很差，但仍然夜以继日地带病坚持工作。

警卫员们很为首长的身体健康担心，总想给他弄点有营养的东西吃。但一则伙房搞不出什么好菜，二则周恩来同志也不允许。眼看着自己首长的身体一天天瘦下去，他们的心里感到比刀割还疼。

有一天，上级发下了津贴费，大伙儿便合计，无论如何也要买点好吃的给周恩来同志补补身体。他们听说冬瓜炖鸡很有营养，便向老乡买来一个冬瓜和一只鸡。大家把鸡杀了，然后塞进冬瓜里面，放在罐子里加水清炖。

晚餐的时候，他们把罐子端到周恩来同志的房里，一股肉香扑鼻而来，周恩来同志以为是警卫员向伙房里特别要来的，便问他们：“这是哪来的？我们丝毫也不能搞特殊呀！”

“不，这不是领来的，这是用我们自己的津贴费买的。”警卫员向他解释。

周恩来同志听了，沉思了片刻，然后用一种亲切的口气说：“好吧！既然买来了，那就把同志们和房东父子都请过来，大家一起聚餐吧！”

后来，房东父子见到乡亲们就说：“周副主席请我们聚餐，他对待我们贫苦群众，真比父母对待儿女还亲哩！”周恩来和群众聚餐的故事很快就在于都传开了。

讲 述 者：张罗长　男　55 岁　于都县古田村原苏区干部　务农

采 录 者：易昌波　王学伟

采录时间：1961 年 5 月

采录地点：于都县古田村

周恩来计败陈炯明

说话 1925 年春，周恩来带领的东征军在揭西县棉湖镇的一场激战，把军阀陈炯明的精锐部队打得落花流水，狼狈地逃往五华县境内。溃军退到五华县的锡坑、夏阜、横陂一带后扎营，并在禁山岗、腊竹凹、汤湖、衣架顶等山隘路口筑起工事，想凭借地形之险抵抗周恩来的东征军。但是，陈炯明的用意，早就被周恩来派出的侦察兵摸得一清二楚。为了出奇制胜，东征军在安流镇召开了誓师大会，声言直插横陂，歼灭陈匪。但是，誓师大会之后，周恩来却按兵不动，战士们都不知原因，十分纳闷。这时，又不时传来陈炯明部在横陂添兵增卡、加紧防守的消息。大家更觉得误了战机，不禁暗暗叹息，又不敢声张，只好憋在心里。

第二天一早，军号终于吹响，东征军的官兵们个个摩拳擦掌，准备大干一场。谁知却传来周恩来的命令：部队开拔，兵马辎重向横陂齐发，直奔华城。大家更觉得奇怪，这个样子如何打仗？但是，军令如山，只能服从。当部队经过锡坑、横陂，却不见一兵一卒，大家暗暗称奇。休息的时候，都跑来问周恩来是什么缘故？只听到周恩来哈哈大笑地说："我们的先头部队在昨夜已经攻入了华城，陈炯明部天未亮就溃逃得无影无踪！"后来大家才知道，誓师大会只是虚张声势，就在誓师大会结束的当晚，周恩来暗派奇兵，攻进周江、锡坪，直插华城，缴获了大批陈炯明部的军备，把驻守横陂的陈炯明部吓得溃不成军，逃到兴宁去了。

讲 述 者：曾莘访　男　五华县一中教师
采 录 者：曾　中　男　56 岁　五华县文化馆干部
采录时间：1987 年 10 月
采录地点：五华县

周恩来卖报

上了年纪的老重庆都晓得，抗战那阵，重庆城大小报纸有几十家，只有《新华日报》印得快、出得早。送报、卖报全靠报童两条腿跑，刚刚天亮，就听到他们在大街小巷吼："买报，买报，请看今天的《新华日报》！"国民党的《中央日报》慢腾腾儿的，用四个轮子的汽车送报，常常是上午十点多钟才见到报纸。老百姓都说："《新华日报》报童的两条腿，比《中央日报》的汽车跑得快。"

"民国"三十年（1941 年）正月间，有一天，《新华日报》来得特别早。化龙桥正街上，除了老同兴茶馆历来是掌灯开早堂，接待吃早茶的老茶客外，通街黑黢黢的，都没开铺门。和成银行有个老职员，人喊他谭胡子。他茶瘾最大，照例应该来得最早，今天老茶客都聚齐了，他却还没到。"今天谭胡子啷个还不来喃？""只怕是……"说到说到，就听他吼起来了："马路对面周恩来亲自卖报，今天有特大新闻！"话音刚落，他的前脚就跨进了茶馆门口，手头拿张报纸。茶客都不相信，说他吹壳子[①]。谭胡子把报纸举得高高的，抖了两下，脸红筋胀地说："不信？这还有假，我这张报纸就是在他手头买的。"这下，大家向对街一看，《新华日报》营业处，硬是店门大开，灯火明亮，店门外密密麻麻站满了人。茶客赶忙跑拢去，那一楼一底的营业处门口，早被围得里三层外三层，都在伸手喊买报。卖报人站在街沿口台阶上，他身穿灰布军装，浓眉大眼的。眼见为

---

① 吹壳子：吹牛、说假话。

实，真是周恩来在卖报。

买到报纸的人，先先后后从人群中挤出来。马上翻开报纸一看，硬是与往常不同，头版正中，是周恩来的亲笔题字[①]："千古奇冤，江南一叶；同室操戈，相煎何急？！"众人一看就懂了，都说："老蒋又在江南对新四军下毒手了。""这就是特大号新闻嘛！16个字的新闻，说得只有恁个明白了。"

茶客们回到茶馆，刚刚入座，又来了一个年轻小伙儿，手里拿张报纸，也说是在周恩来手头买的。他还说："周恩来穿的是藏青色西服，在国府路卖报，站在……"他还想说清楚点，怕别人说他扯把子[②]，话没说完，茶馆老板的弟弟从沙坪坝转来，开口一句话就岔开了。他说："在座的都有报纸，报上的我不说了，我只说一条报上看不见的特大新闻。"满堂老茶客都晓得他的新闻多，多半都靠得住，都抬起脑壳盯着他。他说："沙坪坝热闹得很，周恩来在重庆大学门口卖报，穿的蓝布长衫，头上没戴帽子，我怕认错了，挤拢买报又看，看实在了，我不只一回见过他，就是他……"

都说是亲自看到的，报纸都是亲自从周恩来手中买到的，说得活灵活现，大家都听得津津有味。周恩来卖报的新闻，全城都在传，同样说得活灵活现。

讲 述 者：朱技能　男　55岁　重庆市第二中学教师　大学

采 录 者：魏仲云　男　56岁　重庆市沙坪坝区委机关干部　中专

采录时间：1982年

采录地点：重庆市沙坪坝区化龙桥

---

① 《重庆大事记》：1941年1月18日，周恩来题写的"为江南死难者志哀"的悼词和"千古奇冤，江南一叶；同室操戈，相煎何急？！"的挽诗，刊登在《新华日报》的"天窗"上。

② 扯把子：吹牛，说谎话。

周副主席夜宿甘泉

1944年4月的一天，周副主席从西安八路军办事处办完事回延安时，夜里住在甘泉。

甘泉离延安80里，是边区的一个小县城。随行人员小张向周副主席请求说："首长，天黑了，咱们到甘泉县政府去住吧！那里居住条件好些，又在山上，容易保卫首长的安全。"周副主席摆摆手说："不要打搅地方政府，我们是路过，在这里随便住一晚上就行了！"

小张见周副主席不同意住县政府，就说："那就住城里的旅社吧！"周副主席说："不用！"他指着眼前一个骡马小店说："这里还不是一样吗？"

小张走进店里看了一下，全店一共只有五间房子，正中间是伙房和店主住的柜房，两边住旅客。茅草小房，低暗简陋。后院有几间棚圈，是喂牲口的地方，一股牲口粪气味。小张很不满意，他向周副主席说："这里条件太差！"可是周副主席抬眼望了望说："蛮好，比得上延安的客货栈，咱们就住这里吧！人常说，好店不久留客，咱们住一宿就走了！"

店主王二一见来了客，热情招呼，笑嘻嘻地说："同志，你们先歇息歇息，我去给你们打洗脸水。"

周副主席忙拿过脸盆说："你忙吧！我们自己来。"说着，就往灶房走去。王二瞅着这位客人，见他身着灰色八路军服，浓眉大眼，和蔼可亲，就又问："你们吃啥？喝啥？"小张说："我们走了一天，你给我们包一间房子，让我们先歇下。"王二面有难色，不好意思地说："包房没有了，只有大铺。”周副主席说：“那好，就住大铺。”

就这样，小张和周副主席一同挤在一间大铺上。铺上被子单薄，下面铺着厚厚一层麦草，麦草上只有一条黑沙毡，又硬又扎。小张要给周副主席解开随身带的线毯，周副主席摆了摆手说：“不用了，那样就显得太特殊了！”他俩正说着，店主王二又来问：“同志，你们吃什么？”小张问：“你们店里有啥吃的？”店主王二说：“小米、大米、白面蒸馍、烙饼、刀削面……样样都有。看你们喜欢吃什么，我就做什么。”

周副主席说：“就吃小米饭吧！”

小张忙说：“我们首长要吃小米饭，那就来个好菜肉粉汤吧！”

周副主席说：“来个炒土豆吧！这也是咱们的本地货。”

王二笑笑说：“首长舍不得花钱，那就来个我们甘泉的土特产炒豆腐干吧！我们甘泉水甜，做豆腐出得多，吃起来也香。人说马尾提不起豆腐，可我们这里的豆腐上秤钩称哩！豆腐做出来，划成小小的方块，撒上五香调料，晒上七八天做成豆腐干，吃起来喷香可口，用肉都不换！每碟七块，名叫豆腐干菜。”王二一气说了一大串。

周副主席听王二介绍得干脆、利索，便笑了笑说：“好！那就来个豆腐干菜吧！”

王二见这位首长答应吃小米饭、炒豆腐干菜，心里很高兴。他把小米拣得干干净净，又舀了半勺油，加了些葱花、蒜片，精心地炒了一盘豆腐干菜。

周副主席尝了一口，果然喷香可口，便称赞说：“我们住在延安，还不知道甘泉有这样的美味哩！”小张见周副主席吃得满意，忙说：“首长喜欢吃这个，就再来一盘吧！”周副主席说：“不用了。咱们买点给主席带回去，让中央书记处的同志都尝尝……”周副主席和小张正说着，店主王二进来听见了，心想，这可不是普通的八路军，肯定是个大首长，要不咋能给毛主席带豆腐干？他想到这里，高兴地答话说：“首长，想给毛主席捎些豆腐干，好主意，这事就交给我操办！”周副主席笑了笑说：“行啊！那要感谢你了！”说着，就叫小张先付定钱。王二忙说：“捎的东西不要钱，卖钱的东西不叫捎。这是我们陕北的老乡俗。”小张说：“不收钱，就不捎。”周副主席说：“是呀，要不捎的东西，主席不吃，还要批评我们哩！”

王二仔细打量着周副主席，说道：“首长，我好像在哪里见过你？”小张问他：“在哪里见过？”王二想了想说：“啊，记起来了！在富县直罗镇祝捷大会上，首长您跟毛主席坐在一起，你，你好像是周副主席？”周副主席高兴地说：“那你一定是老红军了！”

王二说：“我是刘志丹上横山时参的军，三五年中央红军和陕北红军会师以后，我参加过打直罗镇和榆林桥的战斗，后来退伍在甘泉落户。”王二紧紧握住周副主席的手说：“我去拿点酒来，请首长喝两杯。”周副主席也握住王二的手，说：“不，我不会喝酒，还是喝你们甘泉的水吧！”

王二说：“行，一壶甘泉水。”说完，三人都笑了起来。

讲 述 者：王西林　男　71岁　甘泉县北街老红军

采 录 者：丁　工　男　58岁　延安地区广播电视局干部　大专

采录时间：1975年8月15日

采录地点：甘泉县北街

刘少奇跑龙套

那年秋后一个晚上，宋小狗、张侉子领着戏班子在仪征月塘北边一个庄上搭台唱戏。当时六合、仪征、扬州一带流行洪山戏。他们的戏班子四县八乡都有名声，台下看戏的人挤得满满的。

戏正唱到热闹处，忽然从庄外跑过一个人来，他在台下匆匆转了一圈，挤不进去就直奔后台。他说要找戏班头子。宋小狗子出来了，问：“你有什么事？”

这人说：“后面有人追我，可能还跟着鬼子呢！请让我暂时在这里躲一下！”

宋小狗朝这人一打量，高个头，瘦身架，额骨高耸，眉目清秀，穿一身青灰布便服，跑得一身汗，虽在紧迫当口，说话仍然平和亲切。他估摸这人定是新四军里的一位什么干部，不便询问，眼下先搭救人要紧。可是农村里临时搭起的简陋戏台的后台，两张床大小的一块地方，怎么藏得下一个人呢？

这时不远处已经能听见汪汪的狗叫声。随后又听人呼喊：“向戏台那边跑了。快追，别叫他溜掉。”接着，便听见有脚步声朝这边奔来。

人急智生，宋小狗头脑一动，对这人骂道：“你到哪里逛游去了，还不快脱下衣服，化装上台！”说罢，连忙扒下他的衣服往戏箱子一塞，给他取出一件唱戏的服装穿了。三下两下，脸一画，妆上好，转身递给他一张旗幡，低声道：“从左首上，跟着前头一个人跑就是了！”又大声呼叫：“上台要精精神神的！”

戏台上两边龙套簇拥着主帅前后呼应。这人也高举旗幡吆喝:“噢——噢——”跟着前面的龙套旋来转去。突然,两个便衣窜上后台来,一把抓住宋小狗,问道:“可见到有个高个子跑上台?”

宋小狗道:“没有!”

便衣道:“有人看见的!你不要撒谎!”

宋小狗道:“屁大的地方哪能藏得下人!满台都是我的徒弟在唱戏。眼下正热闹哩。给两位找个座儿,赏赏光!”

“哼!”两个便衣鼻子里哼了声,瞪了瞪戏头子,屋角扫了一眼,又往前台瞅瞅。“噢——噢——”龙套在戏台上正放开喉咙吼叫着。两个便衣没看出破绽,歪着脖走了。

这事过了20多年,1962年前后,仪征县有人去北京开会,休息时间少奇同志向仪征的同志问道:“你们县那个洪山戏还唱不唱?”

“唱呢!现在叫扬剧了!”

少奇同志笑道:“咦,那个剧团掩护过我,我还跑过一回龙套哩!给我带个信,向那个老艺人问好!”

讲 述 者:俞礼杰　男　56岁　仪征县城区艺人　初中

采 录 者:苏丛林　干部　大学

采录时间:1986年9月

采录地点:仪征县文化馆

刘少奇赠牛

中华人民共和国成立前，刘少奇曾长时间在白区工作。有一次，他在去延安的路上受了风寒，头昏腿软，一步步往前挪。走到一个山沟里，他再也挪不动了，就躺在一块石头上歇息。

这里是白水县潘家村，有个叫潘宏的正在这条沟里放牛。他看见躺在路边的刘少奇，以为他睡着了，心想这样要着凉的，便走过去叫客人起来赶路。刘少奇听见有人叫他，忙坐起来，俩人拉开了闲话。刘少奇说自己姓刘，名字叫留，是教书先生，回家探亲。没想到中途得了病。潘宏自报姓名，要刘少奇到他家里养病。刘少奇见他说话诚恳，便跟上他回到村里。潘宏一个光棍过日子，但对刘少奇格外照顾，熬药送水，还做好吃的让他吃。几天后刘少奇病好了，他顺手从衣袋里掏出一张照片，在背面写了两行字送给潘宏。潘宏问写的啥？刘少奇念道："赠给潘宏贤弟，刘留。"潘宏一听，忙趴在地上磕头。刘少奇问他为啥要磕头，潘宏说："我是个放牛娃，刘先生不嫌弃我，还送我照片，我愿意和刘先生结拜为兄弟。"说罢连叫了几声大哥。俩人分手时，刘少奇说："照片不要让外人看。以后知道我在啥地方，可拿照片来找。"潘宏牢牢记住大哥的话，照片从来没让人看过。

中华人民共和国成立后不久，潘宏分了房子和土地，喜得嘴都抿不合了。有一天，他到乡上去开群众大会，突然见他大哥的相片贴在台子上，和毛主席的像紧靠着哩！他吃了一惊，问识字人，那像是谁的？识字人告诉他，那是刘少奇副主席，管着全国的大事哩。潘宏简直不敢相信自己会交上这么大的人物，忙跑回家，取出照片对照，越对越像，不由对着照片叫了起来："大哥，大哥！"

第二天，潘宏便启程到北京找他大哥去了。到了北京，他不辨东西南北，问了路警，才被送进中南海。他见了刘少奇，又要趴下给大哥磕头，却被旁边的警卫人员拦住，说如今不兴这一套了。刘少奇安排潘宏住在招待所，第二天又让小汽车拉上他到北京各处逛逛。逛了半个月，潘宏记挂着家里的庄稼，几次给大哥说要回去。大哥问他要什么，他笑着说："咱庄稼户嘛，成天跟地打交道，有头牛比啥都好！"大哥一笑答应了。

潘宏回到家里没几天，县上便有人赶了一头牛给他送来，说是刘主席送给他的。

消息传开，潘宏一下子成了村里的红火人，有人给他说了媳妇，还帮着他办了婚事。从此以后，潘宏过上了好日子。

讲述者：乔会会　女　40岁　白水县西固农民　不识字
采录者：王成耀　男　44岁　白水县文化馆干部　大学

朱德夜宿奶奶庙

1940 年秋天，朱德总司令带着一小队骑兵，住进了东峪沟奶奶庙。晚上，朱总正在煤油灯下察看地图，三更时，侦察员飞马来报："鬼子出发了！"朱德听后，笑了笑说："咱们再休息一会儿。"四更左右，一阵马蹄声过，侦察兵又来报告：鬼子已经过了西社村，快到南社了。朱总司令急令再去侦察，然后命令各部队做好战斗准备。

准备作战的命令刚下达，侦察兵第三次飞报。朱总司令命令："速派一个连到南山头，牵住鬼子的主要火力。各村民兵抢占南北高地，掩护乡亲们从东峪沟村东的东南山沟转移。大部队迅速抢占山沟左右山头，张开布袋，待敌人深入后，全部歼灭！"

日本鬼子遇到我军阻击后，打了一阵子，发现是我军小股部队，急忙抽调大部队往东峪沟纵深地区扑来。

临天亮，日本鬼子到了奶奶庙，闯进庙里一看：一个满脸黑乎乎的老汉儿，腰系围裙在灶前炒菜，再没第二个人。鬼子恼怒地问："你的，八路军的司令哪里去了？"炒菜人向东南山沟一指，然后又继续炒他的菜。日本军官信以为真，看了一下地图，哇哇叫了起来，只见鬼子兵都跑步向东南山沟赶去。一会儿工夫，东南山沟里枪声大作，喊杀声、惨叫声、马嘶声乱成一片。调头过来的八路和民兵把东南山沟像锁门子一样，锁了个结实。鬼子被八路军堵在山沟里，进不得，出不去，挣扎了一阵子，全军覆没了。

事过之后，人们才发现朱总司令一个晚上一步也没离开东峪沟奶奶庙。只是脸上多了一把黑，军装换成家做夹袄，腰里系了一条围裙。消息一传十、十传百，越传越神，日本鬼子和汉奸再也不敢来东峪沟捣蛋了。

讲 述 者：王双全　男　60 岁　平顺县北社村农民　粗识字
采 录 者：宋彦升　男　55 岁　退休职工　初中
　　　　　张群虎　男　38 岁　干部　高中
采录时间：1984 年 5 月 6 日
采录地点：平顺县北社村

五斗江的战斗

1928 年 5 月间，朱德军长率领红军大队人马从井冈山下来，在黄凹打了一仗后，来到了五斗江。

那日断夜时分，红军队伍开进了村庄。这些官兵说话和气，进屋来又是扫地又是挑水，谁家有病有痛，他们还带医官上门看病送药，不收一文钱。乡亲们过意不去，煮好饭请他们吃，可谁请他们也不来，反而把乡亲们拉去他们那里吃。夜晚，他们就一个个躺在厅堂里、屋檐下、禾坪上，钻进禾草堆里睡觉。

第二天，天刚麻麻亮，乡亲们起来一看，红军队伍踪影不留。什么时候走的？哪去了？谁也没发觉。真是神兵，那么多的队伍开拔，连一点响动也没有。

上昼做工夫歇烟[①]时，只听得墟场北面山头“乒乒乓乓”地响了几枪，抬眼一看，哎呀，满岭白蚁牵线似的兵队，端着枪，缩颈拱背，慢慢地向五斗江墟场包围过来。看那架势，晓得是白狗子进山围剿红军来了。

五斗江墟场那边无声无息。几个白狗子抄小路赶到墟头桥边，见没有动静，就大摇大摆地上了桥头。他们往街上眺望了一阵，然后，向对面山头打照应。过了餐把饭工夫，山头上的白狗子全都涌进墟场来了。霎时间，墟场里“乒乒乓乓”一阵密集的枪声。说来也奇，就在红军与白狗子接上火那一阵子，山墟里刮起了一阵狂风，随风卷来一团团浓雾，铺天盖地，五尺之远不见人影。真是老天有眼，白狗子顿时成了光眼瞎，“乒乒乓

① 歇烟：即干了一阵活，坐下休息抽烟，叫“歇烟”。

乓”打了老半天，光响子弹，却没碰到红军半根汗毛。

这时，风停了，雾却更浓了，白茫茫一片。浓雾中，红军的大队人马不知从哪里冲了出来，抢占了周围几座山头。乘着浓雾，几个红军战士朝那机关枪响处摸去，夺走了机枪，白狗子还摸不着头脑。

又是一阵狂风，吹散了浓雾。眼前的景物立刻清晰可见。顷刻间，军号嘹亮，红军战士们从周围山头上直压而下。白狗子才知上当，转身往墟头桥边死命逃窜。哪知桥头早已被红军把守，红军将缴来那挺机关枪架在桥上，来一百扫一百，来一千扫一千，打得确实过瘾。

这一仗，报销了白军一个团，缴获枪支弹药几大堆。仗打胜了，天也晴了。午后，朱军长他们在镇上开了庆祝大会，还给到会的老表每人发了几斤猪肉，一百钱铜角子。我们得了几斤猪肉，把分得的铜角子籴了几升米，一家人痛痛快快饱吃了一餐猪肉和白米饭。

事后，人人都讲，毛委员、朱军长计谋赛孔明，带领红军打天下，顺民心，得天意，要不，那日天上的浓雾怎会专与蒋介石手下的白狗子兵作对呢！

讲 述 者：李辉煌　男　57岁　遂川县五斗江乡人退休教师　大学

采 录 者：黄献华　男　35岁　遂川县委农工部秘书　大专

采录时间：1983年10月

采录地点：遂川县五斗江乡

附记：《遂川县革命斗争大事记》记载：1928年5月上旬，工农红军28团、29团和遂川赤卫队在朱德、陈毅、王尔琢的率领下，在遂川县五斗江与赣敌朱培德部派遣的81团展开激烈战斗，歼敌大部，俘敌四五百人，缴枪四百余支。战斗结束后，在五斗江万寿宫举行庆祝大会。朱德在会上讲了话。此故事是民间流传，与大事记基本相符。

朱德的铜面盆

这个故事人们都记不得到底发生在哪一年哪一月了，开头只晓得讲“头次苏区头次红”。

在于都葛凹的一个小村里，住着一个瞎眼寡妇，村里那些辈分比她大的人都叫她“王氏婆”。王氏婆命苦，一连生了六个崽女都带不住，直到老七贱狗仔出世，才有了食奶的崽。谁知贱狗仔三岁那年，老公又“老[①]”了，王氏婆想起就哭，把一对眼珠子都哭瞎了。这母子俩就饥一顿、饱一顿，补一块、搭一块，苦捱苦撑地过着日子。

眨眼间到了贱狗仔 17 岁那年，乡下实在不得安宁，今朝红，明朝白，枪啊铳的打来打去，搞得老百姓都分不清是怎么回事，只晓得兵牯佬来的来，走的走，就在这个时候，朱德带了一支队伍进了村。

朱德进了村，就住进了王氏婆隔壁的厅堂里。警卫员大张三下五除二地打扫干净住处，就解下一只铜面盆来烧火做饭。这铜面盆是朱德多年行军打仗的随行用品。朱德蛮喜欢它，说它一物两用，又好烧火做饭，又好洗脸擦澡，大张把铜面盆坐在火上，想起做饭只有米，没有菜，要去买点菜来，就走出厅堂门口，看见侧边一间矮屋的门打开，过去一看，里面有个老太婆窸窸窣窣地不知在干什么，就轻声问：“婆婆，你屋里有冇菜卖？”王氏婆眼睛是看不见，耳朵倒蛮灵，一听又是陌生人来要菜吃，就想起前天几个兵牯佬强蛮倒了她一罐豆种，还骂她瞎眼婆的事，因此就不

① 老：即死了的意思。

作声。大张见老人家不开声，以为她耳朵聋，就大声又问了一遍。王氏婆忍不住回答说："俚饭都冇食，你还要菜食？冇有！"大张一听，转身找到朱德，把王氏婆的话说了一遍，还报告说："这户人家实在苦，她灶头上烧的锅子都只有半边呢。"朱德听了，二话不说，叫大张赶快送米过去。

王氏婆接过大张送来的米，心里很不过意，就在屋里东找西找，找了半天才想起还有半罐腌菜，就装了一钵腌菜送到厅堂。朱德见王氏婆送菜来了，急忙放下手头的事情，扶她坐在椅子上，说："婆婆，你眼睛不方便，这几天我们住在这里，你就不要自己做饭了，有我们吃的，就有你吃的。"还从口袋里摸出几个铜壳子，说是算买菜的钱。

等王氏婆晓得这个做事又和气又贴心，还拿铜钱买腌菜的人是红军的官长时，心里又惊又怕又欢喜。自己受苦受难几十年，碰上了一个大人物，一个少有的好人，就赶快传出话去，叫外出躲兵牯佬的贱狗仔回来，一来做些田土上的工夫，二来帮红军做些本地老表应该做的事情。

过了几天，朱德带着部队要走了，王氏婆拉着贱狗仔找到朱德说要送儿子当红军。朱德学着村里人的口气说："王氏姆呀，你的儿子我是蛮喜欢的，我把他带走了，哪个来照护你呢？还是留在你身边吧！"王氏婆听了，执意要儿子替红军送担子。贱狗仔听了，就挑起一担东西飞快走在队伍前头。

到了夜晚，贱狗仔回来，还带回了一只铜面盆，说是到了兴国的一棵大榆树底下，朱德亲自接过了自己肩上的担子，就要他赶快回家去照护老母亲，临走时还说带上这个铜脸盆交给他母亲用哩。另外，还有一包在路上买的药专门给他母亲治眼病。贱狗仔说着就把铜面盆放在了王氏婆手里。

王氏婆摸着圆圆的铜面盆和那包药，只是说："红军好，红军好！"从此，王氏婆经常叫贱狗仔帮红军做些事情。老人还天天念着："有了红军，穷人就有指望了！"

说来也怪，王氏婆舍不得用铜面盆做饭，就天天用它洗脸，慢慢地，一双眼珠子洗好了，看得见东西了。上村下屋，左邻右舍的人晓得了，有病有痛，都用这铜面盆来洗洗脸，冲冲邪气。人们都说这铜面盆有灵气。有了这只铜面盆，王氏婆还活到99岁哩。

从此，这只铜面盆就成了贱狗仔传家宝，至今还被王氏婆的孙子、孙媳小心地保存着呢。

讲 述 者： 葛正基　男　67岁　于都县葛凹乡葛凹村农民　初中

采 录 者： 李　浏　于都县图书馆干部

采录时间： 1986年6月

采录地点： 葛凹乡政府

两支高丽参

1931年7月21日，朱总司令率领红四军千里会师，来到于都县银坑，住在牛角塘村贫农萧祖耕家里。

萧祖耕的儿子、儿媳妇在桥头暴动中光荣牺牲了。两年前她又把唯一的孙儿送到红军部队，家里还剩一个老伴，老两口70多岁了。

一天，他们见到朱总司令脚穿草鞋、头戴斗笠，身穿灰布军装走出屋来。朱总司令亲切地向两位老人问好，之后就上屋后山坡挖防空洞去了。萧祖耕老两口，待朱总司令一走，就急忙杀了一只鸡清炖，盼望着朱总司令来吃，一直等到日头下山了还不见朱总司令回来。萧大爷再也等不住了，便跑到山坡去叫朱总司令吃晚饭，一到那里，只见朱总司令和战士们仍在挖防空洞。他只好回来和老伴一边纳凉，一边等。老两口等呀，等呀，一直等到鸡叫三遍，东方开始微微发亮，朱总司令才回来。他扛着锄头，同警卫员有说有笑地朝屋里走来。一进房间，只见桌上放着一个用大碗扣着的大钵子，闻着阵阵香味，警卫员打开一看，是只清炖鸡，朱总司令和警卫员都愣了。朱总司令摸摸钵子说："热的，你赶快给两位老人端去，就说他们的心意我们领了，请他们趁热吃掉。"

警卫员一到萧老大爷房门口，只见老大爷正在俯身给老太太额头上擦姜片，他急忙把鸡汤钵子往桌上一放问："老太太病啦？"

"头有点昏，不要紧的！"萧老太太抬起头说。看见鸡汤，又问："你们怎么不吃呢？"

警卫员忙解释说：“噢，是这样的。朱总司令说你们的心意我们领了，你们年纪大，请你们趁热吃掉。”

“哎呀，鸡是自家养的，朱总司令为了咱们穷人日夜劳累操心，不要说杀一只鸡，就是杀头猪慰劳你们也不过分。”说着，萧老大爷抢着要端钵子。警卫员看了，急忙按着老大爷的手，两人互相推让起来。这时，朱总司令也来到房里。他拿着一支高丽参对警卫员说：“你将这支参切好炖水，配鸡汤让老太太早点吃下去。听老中医说，人参鸡汤补气益神，老太太头昏大概是气血衰弱，劳累过度的原因，吃这个会有效果。”

警卫员看看这支透明发亮的高丽参发起呆来，因为这是春上在福建时，朱总司令由于劳累过度，加上偶感风寒而头昏脑痛，一位老中医把脉后说他气血衰弱，要他补补身子，给他开了几包药，另送的两支高丽参。那两支高丽参，朱总司令说什么也不肯收。老中医又执意要送，谁也没有说服谁，结果朱总司令只得收下，并委托村干部将银圆转交给老中医。随即，朱总司令把两支高丽参交给警卫员，叫他送到卫生队去。警卫员提出留下一支小的，朱总司令坚决不让。后来，警卫员和卫生队医师瞒住总司令，将一支小的放在总司令的行李包里，不久，这件事就被朱总司令知道了，警卫员因为这支参挨了不少批评。

朱总司令看见警卫员有点迟疑，便说：“我去烧火。”警卫员只得跟着总司令来到厨房。萧老大爷急忙拉住朱总司令和警卫员的手，央求地说：“我老伴头昏不要紧，躺一躺就会好的，你们不要炖参。”萧老太太也挣扎着起了床，来到厨房劝阻说：“我年纪大了，不要吃参，这参留着总司令吃。”费了好多口舌，朱总司令和警卫员才把两位老人劝回房间。

参炖好了，和上鸡汤，朱总司令亲手喂给萧老太太吃。萧老太太感动得直流眼泪，萧老大爷不知说什么好，站在朱总司令身后，也被感动得热泪满面。

讲 述 者： 萧香溢　男　70岁　于都县银坑镇牛角塘村人
中央苏区时的村干部　初小

采 录 者： 熊佐男　51岁　于都县博物馆干部　中专
李扬发　男　50岁　于都县委对台办公室主任　大专

采录时间： 1986年1月

采录地点： 于都县银坑镇牛角塘村

“辣椒嫂”告状

1933年5月，中央红军一支部队在乐安湖坪善和乡进行改编，朱德军长和康克清同志也随军驻在善和庵下村。

庵下村有个泥水匠名叫罗敲仔，身边带有一个徒弟，以串村上户做手艺为生。这人忠厚老实，从不到外面招惹是非，可是他的老婆却是个多嘴快舌的泼辣娘子。要是谁家的鸡飞到她园里啄了她的菜，她就搬把凳子坐在大门口，咒呀，骂呀，闹个不得安宁，直叫得喉咙冒烟才肯罢休。因此，村里人都不敢惹她，背地里给她起了个绰号叫“辣椒嫂”。

一天晚上，敲仔师傅到农会开完划成分会，一把眼泪、一把鼻涕地回到家。辣椒嫂一见他这副可怜相，以为丈夫在外面受了别人的欺侮，双手往腰间一叉，扯高嗓门叫了起来：“是哪个没良心的欺侮了你啊，快带我去，老娘要给他点颜色看看。”敲仔师傅连忙摆手说：“莫撒泼啦！这回可不得了，我们家的成分被划为地主哪！”辣椒嫂一听傻了眼，靠在墙上发呆。一连几天，辣椒嫂都不敢像以前那样撒泼了，碰到人总是低着头走开。敲仔师傅被划为地主成分，村里人都认为是划错了，还算敲仔师傅的人缘好，有的人跑来悄悄地告诉他，要他去朱军长面前申诉一下。敲仔师傅左思右想，拿不定主意。隔壁陈大嫂也为这事打抱不平，她悄悄地对辣椒嫂说：“红军是按政策办事的，你还不快点去找朱军长说一下。”辣椒嫂经陈大嫂这么一指点，心里顿时豁亮了，她拿定主意去告状。告谁呢？她知道要告的是她曾经得罪过的一个农会干部。

第二天，天蒙蒙亮，辣椒嫂梳好头，拔脚就径直往村头走去。

这天，朱军长的警卫员小徐在门口站岗，辣椒嫂急步走到大门口。小徐立即拦住她："干什么的？""告状来的，我要……""有证明吗？""没有。""没有证明不能进去！"

正当小徐和辣椒嫂争吵不休时，康克清同志一眼就看出这个妇女是辣椒嫂，就上前拍了拍她的肩膀，笑笑地说："有什么事呀？"辣椒嫂说："我要找朱军长告状，可他……""不要急，不要急，到屋里去谈吧！"康克清热情地把辣椒嫂带到屋里去见朱军长。

辣椒嫂进屋一见朱军长，便诉说开了。因为讲的是一口湖坪土话，再加上哭哭闹闹，说了半天，朱军长也没有听懂她说些什么。

"不要哭，慢慢说，把情况讲清楚嘛！"朱军长在旁，一边耐心地劝导，一边用笔记本把她讲的话全部记上，好不容易等辣椒嫂说完，朱军长又安慰她："你先回去，我去调查调查。我们红军办事是实事求是，有错就改嘛！"

朱军长把辣椒嫂送走后，把笔记本贴在胸前，一手托着下颌，在屋里踱来踱去。这时，康克清同志对朱军长说："自从提出反对富农路线后，又反中心县委的'右倾'，农会干部实事求是的作风差了。有的人在划成分时以种种借口扩大打击面。"对康克清同志说的一席话，朱军长反复地加以思考后说："事情确实是这样，党的实事求是的作风不能丢呀！"

午饭后，朱军长和康克清同志来到庵下村和人们扯家常，了解情况。晚上，他亲自召开农会干部会，在会上说："谁是我们的朋友，谁是我们的敌人，这是革命的首要问题。我们不能把朋友推到敌人那边去，掌握政策绝不能感情用事，感情绝不能代替政策。对于划成分的问题，凡是划错了的就要纠偏！"

十天过后，朱军长到外地视察工作回来又亲自到庵下村。农会干部汇报了工作后，朱军长又问："罗敲仔的成分如何？"农会主席回答："已纠正了。""是什么成分？""富农！""划他家富农成分根据什么？""他雇工剥削！""他雇长工主要从事什么劳动？""有时作田，有时做工！""我不是问有时，而是主要从事什么劳动？”

这时，农会主席老王起来说：“罗敲仔是个手艺人，他带了一个徒弟，农忙时帮着田里做农事，农闲时就跟着敲仔师傅学手艺。”“对，群众反映敲仔的老婆快嘴长舌，爱管闲事，得罪了你们，你们就借着批‘右倾’的机会，用个人的恩怨来代替政策，先划他家地主，后又揪住不放，不讲实事求是，硬给他戴一顶富农帽子，你们把师徒关系当成雇工剥削关系，这样不行啊！”朱军长一席话，使农会干部猛醒过来，对错划罗敲仔的成分之事深感内疚。

几天后，朱军长听说农会干部把罗敲仔的成分降为手工业，把没收的东西全部退还了他，又亲自到庵下村来，开了个农会干部会。会上，他笑着对大家说：“实事求是是我们党的优良作风，不能丢，知错能改就是好同志！”

一天，辣椒嫂满面笑容提着一只老母鸡来谢朱军长。朱军长一见她来了，便迎上去笑着说：“你告的状，告准了。”辣椒嫂竖起大拇指说：“红军办事讲事实，呱呱叫！”说罢，把鸡放在朱军长面前说：“这只鸡送给您补补身子。”朱军长将鸡提起送到她手里，严肃认真地说：“你把鸡拿回去，留着生蛋换油盐吃吧。”辣椒嫂执意要朱军长收下。朱军长耐心地对她讲了红军的《三大纪律八项注意》，谁也不能违反的道理。这样，辣椒嫂只好提着鸡回家去了。

讲 述 者：罗桂金　女　86 岁　原苏区妇女干部　不识字

采 录 者：梅绍裘　男　65 岁　乐安县党史办公室干部　中专

采录时间：1979 年 9 月 10 日

采录地点：乐安县民政局招待所

端午节吃田螺

1933 年初夏的一天晚上，在乐安湖坪善和村的大草坪上，红军总部直属工兵连的战士们正织着草鞋闲谈。这时，一个高大的身影忽然出现了，不知道谁喊了一声：“朱军长来啦！”于是战士们蜂拥而上，把朱军长围在中间。朱军长非常和蔼亲切，他问今天是什么日子？有人回答：“今天是五月初四。”朱军长说：“明天是端午节了，大家开开斋吧！”

这时，战士们却默默不语，心想，白狗子封锁这么严，周围村庄的六畜几乎绝种，在山沟里几个月，连豆腐都吃不上，哪能吃上荤腥呢？朱军长早已猜透大家的心事，笑哈哈地说：“吃不上猪肉没有关系嘛！我们可以搞些现成的荤腥来改善伙食。”这么一提，大伙都挖空心思想了起来，有的提议捉野鸡，有的提议打山猪。但这些意见都不切合实际，因为当时红军的子弹少，而且枪鸣起来容易惊动敌人。最后，通讯员徐达桂说：“我们去捡田螺！”这个建议大家都同意，朱军长也点头笑了。

这话传到伙夫老胡耳里，他走过来说：“田螺是样好菜，油烙、辣炒、醋焖，还可汆汤，味道可鲜呢！”这一说，把同志们的口水也引出来了。因为老胡过去在吉安城里当过十几年厨师，有门好手艺，一只鸡可以做几十样菜。经他这么一讲，大家劲头就更大了，决定第二天早晨动手，中午会餐。

第二天，天还没大亮，战士们就下田捡田螺了。不一会儿，朱军长戴顶破草帽走来。徐达桂见了，内心很激动，尖着嗓子喊：“首长，到这里来吧，这一丘田多，到处都是。”话音刚落，另一个战士又喊道：“首长到这里来吧，这里田螺可大哩，一个有半两重！”又有人说：“我这里有一个半斤重的！”徐达桂不示弱地说：“我这里的田螺一个有三斤重呢，你瞧！”他拿起一个田螺来。有人和他开玩笑说：“那不成了田螺精了，你带回去做老婆吧！”说说笑笑，真够热闹。回到营房时，一篓篓的田螺都倒了出来。田螺像一座小山堆在伙夫老胡眼前。老胡忙坏了，他督促大家挑田螺肉。中午时分，每个班都有三个菜：韭菜辣椒炒螺蛳肉、醋焖螺蛳和一盆田螺汤。

朱军长也来了，他把自己的一份也端到战士面前，他看着大家，忽然说：“哎呀，没有酒怎么行呢？”说完，他在徐达桂耳边轻轻道了几句。不久徐达桂和伙夫老胡提了一桶“酒”来。一人面前舀了一碗，大家一喝，原来是茶，都笑了起来。朱军长说：“过去有首古诗说‘寒夜客来茶当酒’，看来茶是可当酒的。”

于是，大家你一碗，我一碗，欢欢喜喜，闹到午后才散。

讲 述 者：陈桂英　男　83岁　农民　小学
采 录 者：李　丛　熊寿松　干部
采录时间：1979年10月
采录地点：乐安县文化馆

朱德智取宜章

南昌起义以后，朱德、陈毅带领保留下来的六七百人的队伍，由广东北面的犁铺头，来到宜章莽山，进行休整。宜章地下党组织得到这个消息，派县委书记胡世俭，委员毛科文、陈东日到莽山来与朱德、陈毅联系。大家坐下来研究了两天，决定拿下宜章，在这里站住脚，发动组织湘南武装暴动。

朱德说："夺取宜章这一仗胜利很重要，这是我们进入湘南的第一仗，必须打好。"胡世俭说："宜章比较好打，城里没有敌人的正规军，只有两三百'民团'，没有什么战斗力。"朱德看了看身旁一个青年人说："可不可以不打呢！比方说请你胡家五少爷唱主角，来演一台戏行不行？"

朱德身边的这个胡少爷，叫胡少海。他父亲是宜章县里鼎鼎有名的大豪绅。他在七个兄弟中排行第五，人家都称他五少爷。北伐时，胡少海当过国民革命军的营长。北伐失败后，他坚持革命，隐藏在广东乐昌、乳源一带打游击。朱德部队离开广东向湘南进军时，胡少海在路上找到了朱德，要求参军，跟朱德一起到了莽山。他的这些经历，宜章谁也不知道。朱德了解胡少海的情况，想出了一条智取宜章的计策。他把这计策在会上一说，大家都说是妙计，决定照计行事。

过了两天，宜章县县长杨孝斌接到一封由国民党第十六军140团送来的信，拆开一看是副团长胡少海写来的，信的意思是：为了保卫家乡，堵截从广东北上的共军，准备带部队回乡驻守一段时间。杨孝斌正愁县里没有部队来为他守城、保镖，如今胡家少爷回乡守城，真是雪里送炭，连忙把政府的官员和本地乡绅召集起来，安排接待国军驻防。接待工作还正在进行，胡少海就带着两个连的先头部队来了。他通知杨孝斌：王楷团长带领全团人马，明日进城，要他们做好准备。

第二天，朱德化名王楷，带着一支队伍，开进城来；县里的官员早就出城，站在路旁迎接。一路上，敲锣打鼓，鞭炮不断，几对大喇叭，吹得“呜哩哇呐”响。

部队在女子中学驻扎下来后，按照计划以布防设岗的名义，布置部队悄悄地包围了县政府、警察局和团防局。

就在部队悄悄地进行战斗准备时，县保安队队长邝镜明悄悄地溜进了县长办公室。他一进屋就把门关上，压低声音说：“我看这支部队来历不明。这个胡家少爷，外出几年没有音讯。他早不回、晚不回，为什么突然在这个时候冒出来！”杨孝斌说：“人家五少爷一直在军界做事，如今升任团副，衣锦荣归嘛，怎么是来历不明呢。”邝镜明又说：“县座，你再想一想，南昌城反水①的一支部队，原先听说来到湖广边境，但至今没有找到下落。早一响广州又发现了武装暴乱②，这支部队又正是从广东来的，不能不叫人起疑啊！”杨孝斌摇摇头，笑了笑说：“你老兄怎么总是把五少爷跟‘共匪’扯在一起呢？人家万贯家财，自己又一直在国军当官，他会带共产党到自己家里来共产吗！我看你就不必多心了。今晚县府设宴为国军洗尘，你是军界代表，不能缺席哟。”邝镜明见讲不进油盐，胡乱应了两声，便退了出来。他想打电话到十六军问个明白，但是宜章没有接通广东的电话线路，而且县里连无线电台也没有。他只好回到家里，赶忙脱下军装，换上便衣，悄悄溜出城外，观察动静。

按照原订计划，当天晚上由140团的长官宴请县政府主要官员和乡绅，但杨孝斌坚持要由他设宴为140团长官接风、洗尘。朱德、陈毅也就

① 反水：指“八一”南昌起义。

② 武装暴乱：指广州起义。

只好来个“就汤下面、顺水推舟”了。

宴席设在县参议会二楼，杨孝斌特别关照县城最大的酒家宴春园承办了几桌酒席。宴会开始后，杨孝斌请朱德、胡少海坐首席，他和前任县长及县府主要官员、乡绅在陪席，全县党政军要人除了保安队长邝镜明外全部到齐了。杨孝斌先给朱德、胡少海敬酒，这些人又是奉承又是巴结，有的人还大骂起共产党来。

就在这时，朱德猛地站起来，举起酒杯往地上一摔，“当啷”一声，接着十几个战士冲进来，齐声喊道：“不许动！”那些家伙吓得手里的酒杯碗筷都“叮叮当当”掉在地上，想走的不敢动，想拔枪的不敢拔。朱德桌子一拍，喝道：“我们是工农革命军，我就是朱德。你们这些贪官污吏、土豪劣绅，平日作威作福，屠杀工农，是穷苦大众的死敌，现在统统扣押起来，听候公审。”

这时，陈毅、王尔琢指挥部队，解除了团防局、警察局的武装。打开监狱，放出被捕的革命同志和群众，还打开粮仓，把粮食分给了穷苦的百姓。

宜章城就这样没放一枪解放了。

讲述者： 谭相吉　男　职工　高中
采录者： 薛豪阜　男　干部　中师
采录时间： 1986年6月6日
采录地点： 郴州地区

朱德巧除叛徒

朱德部下的二十八团三营有个副营长叫戴承炳，这家伙贪生怕死，在郴州战斗激烈的时候，带领一个排撤出阵地，企图叛变投敌。排长识破了他的阴谋，中途把队伍带回来，可惜这个排长还没来得及向上级报告就牺牲了。人死无对证，戴承炳以为神不知鬼不觉，便继续在革命队伍里隐藏下来，等待时机“反水”。他万万没有料到，他的叛变行为，被我们打入敌人十六军军部的内线掌握了。朱德带领部队到资兴布田整训的时候，收到内线送来的情报。

收到情报后，朱德找二十八团团长王尔琢商量。王尔琢一听，气得跳起来：“好个狗日的，马上把他抓起来枪毙！”朱德不赞成马上抓人，他说：“我们没有抓到他的真凭实据，假若他一口咬定没有这回事，事情就不好办了。”说着便讲出了他“引蛇出洞”的计划。

第二天，部队中传开了要清查叛徒的消息，虽然上级并没有传达，但是整个部队都在议论纷纷，不知是谁还用石灰在墙上写着“叛变分子不除，革命堡垒不坚”的标语。

听说要清除叛变分子，戴承炳心里慌张，生怕别人看出他的心思，索性装病，暗中派他的心腹四处打听消息。

这一天，军部派传令兵来喊戴承炳的通讯员到军部领文件，这通讯员是戴承炳的心腹。戴承炳嘱咐他，到军部要留神探听军部对他是不是怀疑。

通讯员来到军部，故意绕到朱德的住房前，见左右无人，便从窗户眼里朝屋里看去，只见朱德正和王尔琢交谈。于是，他蹲下来，装着系鞋带，竖起耳朵偷听，只听得朱德说：“戴承炳的问题，‘八一’开大会时解决！”后面的话声音很小，再也听不清了。通讯员领了文件又从朱德房门口过。朱德喊住他，问道：“听说戴副营长病得不轻，是吗？告诉你们戴副营长，这几天好好养病，不要随便走动。”

通讯员一回来，马上向戴承炳报告军部的情况。戴承炳听了好比五雷轰顶，估计军部已经掌握了自己叛变的情况。事到如今，只有一条路，赶快逃走。他马上叫通讯员弄来两套便衣，一担箩筐和一些苞谷、鸡蛋，到了半夜，他和通讯员化装成老百姓，戴着斗笠，挑着担子，悄悄地出了村子。走到河边渡口时，两个放哨的战士忙问：“什么人？”戴承炳连忙回答：“我，戴承炳。”走到哨兵面前，他故意附在哨兵耳边说：“我们化装出去侦察，不要大声喊叫，惊动老乡。”哨兵点点头说：“那就撑条船送你们过河吧！”说着撑过一条船，把他们送过了河，然后把船撑回来，朝岸上打了个手势。情况马上汇报到朱德那里。

戴承炳也蛮狡猾，他本应该往西朝郴州方面跑，但是为了迷惑哨兵，他们上岸以后却朝北面走了一段路，然后突然折回来，再朝郴州方向走去。没多久，到了一个小村子边，突然从村子里涌出十多个穿国民党军服的人，把他们两个团团围住，一个当官的发问：“你们是干什么的？”戴承炳吓得出了一身冷汗，连忙回答：“我，我们，都是老百姓，去郴州挑盐的。”“搜！”当官的一声令下，两个士兵动手搜身，从他们身上搜出了两支手枪。当官的“哼”了两声说：“挑盐的带枪？我看定是‘共匪’的探子。”一听这话，戴承炳心里高兴，表面上还是不动声色，说：“前几天郴州打了仗，我们从那里经过，枪是捡的。”那当官的不听他那一套，骂道：“混蛋，不说实话，老子毙了你！”一个矮个子士兵对那当官的说：“连长，莫和他啰唆，把他带回军部，向范军长报功去。”另一个说：“带什么，干脆干掉算了，我们还有任务。”戴承炳听了，又惊又喜，没想到在这里碰上十六军的人。他知道再不讲真话，就要上西天了。想到这里，他“扑通”一声，双膝跪到地上，说：“长官，慢点动手，我要见你们范军长。”“少废话！”“长官，这，这里有封信。”戴承炳说着赶紧从鞋帮里取出十六军军部给他的一封密信递过去。那连长看完信，大吃一惊，忙说：“啊呀，你老兄为什么不早说，差点误了事！好吧，请先生先见我们的王团长。”

戴承炳二人高高兴兴跟着那连长来到村里一间住房外面，那连长敲敲房门，报告：“王团长，朱德部下戴副营长二人，带手枪前来投诚。”只听见里面说了声：“请进。”戴承炳低头走进屋里，喊了声：“长官。”那位长官站起来，说：“好啊！戴副营长。”戴承炳一听这声音好熟，赶紧抬头一看，不看则已，这一看，吓得他一下子瘫倒在地上。

原来这王团长就是王尔琢。

王尔琢打了个哈哈，说道：“没想到吧，戴副营长！”又大声朝外面喊，“把他带走，交朱军长处置！”

讲 述 者：刘　时　男　56岁　资兴县委退休干部　高中
采 录 者：李宙南　男　36岁　资兴县文化局干部　大专
采录时间：1978年1月
采录地点：资兴县布田一带

朱德军长到饶平

1927年10月初，朱德军长带领“八一”南昌起义部队的一部分战士，南下来到闽粤交界饶平县的上饶区茂芝寨。一时间把这仅有300户人家的小村住得满满的，许多战士只好睡在群众的屋檐下。深夜，朱德军长在全德学校开完紧急会议，见一位生病的战士靠墙角躺着，不住地呻吟。朱德军长用手摸摸他的额，正发高烧哩！连忙上前把他扶起来，要他睡到自己的床上去，但战士总是不肯。朱德军长说：“同志弟，身体是革命的本钱，我们起义军肩上担子很重啊！”

战士激动地问：“军长，那你睡哪里呢？”朱德军长指着墙边几张课桌笑了笑说：“小鬼，别担心，你看这不是很好的床铺吗？”说完，就把一张张课桌拼起来。泥土地皮高低不平，可朱德军长满不在乎，他把薄薄的军用毛毯铺在上面。这时，赤卫队送来了一个长方形的瓷枕头，朱德军长爱不释手。不一会，他就枕着瓷枕头呼呼地睡着了。

那位生病的战士，望着朱德军长酣睡的面容，却久久不能入眠，一颗晶莹的泪珠滚出眼眶。

讲述者： 丘　明　男　59岁　饶平县农民　小学

采录者： 杨建东　男　40岁　饶平县武装部干部　高中

朱德将军和放牛娃

那是1918年的春天，一天，朱德将军到泸州郊外的大洲驿去巡视护国军的布防情况。一行人扬鞭催马来到蔡松坡将军题刻铭文的护国岩下，看见一群十一二岁的放牛娃正围成一堆，在草坪上下棋。朱德将军看见这群小棋迷兴趣正浓，就叫卫士们不要去打扰孩子们，把战马牵到远处去休息。他自己却不声不响地走过去观看。原来孩子们下的是一种六子棋，泸州叫作“走六码”。这种农村小孩常玩的智力游戏，他童年时代也常在割草打柴时和同村的小伙伴们下。这时，朱德将军也来了兴趣，就凑上去对孩子们说：“我来和你们下一盘，好不好？”放牛娃们刚才只顾下棋，互相争吵，没注意后面来了人。这时候，听见了声音才抬起头来，看见面前站着一个身材高大、相貌威武、身穿军装、腰挎战刀的将军，远处还有几个当兵的在遛马。放牛娃们开始有点怕，但他们很快从服装上认出是护国军——好人的军队，就不怕了。刚才下棋争得最凶的那个小黑娃，就大起胆子回答：“来就来，我不怕！可要摸子动子①，不兴反悔！”

朱将军笑眯眯地盘腿在草坪上坐了下来，嘴里说：“好嘛！摸子动子。不过我们先立个规矩，输什么？”孩子们一听，傻眼了，输什么呢？我们一分钱也没有呀！当衣服吗？穷孩子们一个个都是穿得破破烂烂，只有一条小裤衩好点，但这是输不得的。这时只见小黑娃眼睛一转，伏在小伙伴们的耳边说了一阵悄悄话。小伙伴们一个个都直点头，脸上露出了笑

① 摸子动子：手摸到哪个棋子，就必须移动哪个棋子。

容。小黑娃这才说："我们下赢了，就让我们每个人骑一盘你的大马，好不好？"朱德听了笑着反问："要是你们输了呢？""我们输了，那就……就给你割几背篼草喂马。"小黑娃说完，孩子们又补充说："还让你骑我们的牛，随你骑哪一头！"朱德将军笑着说："好，那就一言为定！"

放牛娃们见朱德答应了，一个个兴高采烈。双方摆开棋子，开始战斗。小黑娃开手有力，棋路不忙不乱，朱德却是随机应变，步步逼近。小黑娃求胜心切，一不小心，"叭！"就被吃掉一颗边子。小伙伴们一个个睁大了眼睛，看如何挽回这个局面。只见小黑娃不慌不忙，调整了一下阵容，便开始长驱直入。朱德将军看见小黑娃聪明机智，心里十分高兴，他推出了当心子。孩子们眼尖，一下子都叫起来了："不好啦！要糟！"可是小黑娃把手一摆说："不要吼，慌什么！"他马上移动左边一颗子，解除了威胁。"好！"小伙伴们发出了赞叹声。正在他们高兴时，朱德将军笑眯眯地再把当心子向前推进一步，"哦嗬！"孩子们惊叫一声，第一盘输了。

朱德将军笑着说："高兴得太早了吧！做事情不能只顾眼前高兴，要多看两步，看远一点啊！"孩子们沉默了一下，小黑娃不服气，说："一盘不算，三打二胜！"经他一提醒，小伙伴们也附和着吼道："对，三打二胜，三打二胜！"

朱德同意了孩子们的要求，双方再摆开阵势。又下了两盘，结果是一胜一负。孩子们一看输定了，一个个垂头丧气。小黑娃站起来，拿起镰刀，招呼大家说："还站着干什么？走啊！"小伙伴们背起背篼，拿起镰刀正要走，朱德奇怪地说："怎么？要走啦？"小黑娃说："你放心，我们不会跑，一会儿就把草割来喂马。"朱德一听，哈哈大笑："嗬！是要去给我割草吗？""我们说话算数！"孩子们齐声回答。朱德从草地上站起，用手摸着小黑娃的头，亲切地说："不忙，刚才你不是也赢了一盘吗？我也说话算数。来，每人骑马跑一圈！"

孩子们一听，可高兴啦。他们一个个骑上那高大的战马，又威风，又神气！

这一天，孩子们玩得多痛快啊！穷人的孩子，过年也没像这样高兴过。

正在这时，卫兵过来说：“朱旅长，天色不早，我们该回去了。”啊！孩子们这才知道同他们下棋，让他们骑马的，就是威震棉花坡战场，打得北洋军闻风丧胆的朱德将军。小黑娃忙说：“啊！要走啊？我们还没给你割草呢！”朱德将军笑着对孩子们说：“孩子们学会下棋、学会骑马，将来有用呀！草割回去喂牛吧！”说完，翻身上马，向放牛娃们挥挥手，就走了。

采录者：陈鑫明　男　40岁　长江液压件厂干部　大专

附记：系根据采录者回忆记录。

邓小平暗访儿童团

1932 年夏天，正是第四次反“围剿”的决战前夕，邓小平来到会昌筠门岭检查工作，他装扮成小商贩，挑着货担子，路过筠门岭儿童局所管的一个检查路口。几个儿童团员手执红缨枪，神气地站在交叉路口放哨。儿童团员见来了个小商贩，便问：“有路条吗？”邓小平故意说：“小同志，真对不起，路条出门时忘记带来，请你们行个方便，让我过去吧！”边说边打开货笼子拿出一大包饼干和糖果塞给儿童团员。儿童团员把饼干、糖果放回货笼子里，毫不客气地说：“走，跟我们到儿童局去！”说着，几个儿童团员就扛起红缨枪，把邓小平“押送”到区儿童局去了。

区儿童局长小朱一见押送来的是个“商贩”，立即命令押送到区政府去。邓小平连忙从口袋里掏出一把钞票递给小朱，并装作求情的口气说：“做个人情，让我过去吧！”小朱一听，怒气冲冲地说：“谁要你的钱，我们要的是路条！”说完，就和儿童团员一起，推推搡搡，把邓小平送到筠岭区政府来了。

区苏维埃政府吴主席，一见儿童局长押送来的“商贩”，忍不住呵呵大笑起来，儿童团员一个个摸不着头脑。过了一会儿，吴主席才一字一板地说：“他就是邓小平书记，是来检查你们儿童局戒严工作的。”邓小平拍拍小朱的肩膀，微笑地说：“你们儿童局的工作很不错嘛，以后要发扬光大啰！”说完，又连忙打开货笼子，把一大包饼干、糖果分送给儿童团员吃。儿童团员们向邓小平行了个礼，连蹦带跳地返回哨口站岗去了。

讲 述 者：朱仲友　男　75 岁　原苏区会昌县筠岭区儿童局长

采 录 者：严修余　谢镇祥　杨远芳

采录时间：1983 年

采录地点：会昌县文联

陈云练塘脱险

中华人民共和国成立初期，练塘镇上有个刘国正老伯伯，大家都叫他刘聋，平时靠卖五香豆过日子。有一次中央首长要请他上北京，这桩事全镇都轰动了。

原来中央首长就是陈云。陈云同刘国正早就熟识。

20 多年前，一天深夜里，陈云在练塘召集几个地下党员，商量发动群众搞减租减息斗争，散会以后，大家各自分手。没想到陈云刚出门没走多远，就觉得后面有两条黑影子盯梢。他当机立断，故意咳嗽一声朝一条死弄堂里跑。这两个盯梢的，大个子叫吃白食阿二，小个子叫捉白虱阿三。阿二、阿三虽然不是同胞兄弟，却都是游手好闲、不务正业的一对宝货，被警察局看中，当上了便衣侦缉队员。现在，他们看见陈云进了死弄堂，心里真有说不出的高兴，这 300 元大洋的赏金是三只节头捏田螺——稳拿了。这阿二资格蛮老，就叫阿三快点回到警察局去报信，自己守在弄底一家的门口。这辰光天落起雨来了，阿二从门缝里偷偷张进去，看见跑进屋里的人在灯光底下脱去长衫，就坐下来了。

再说那阿三，跑到练塘警察局报信。侦缉队长亲自带了人马赶到弄堂里。一伙人用脚踢开大门冲进去，前前后后、里里外外搜查了一通，连陈云的影子也没见到。那么陈云到底在啥地方呢？原来，这家主人是卖五香豆的穷苦小贩，叫刘国正，他的家早就是地下党的秘密联络站，过去曾经掩护过好几个党员脱离危险。这天，刘国正见陈云半夜三更突然到此地，晓得一定有紧急情况。等陈云脱掉长衫、帽子，刘国正就把他领进了后屋，拿出一件蓑衣和一顶笠帽叫他穿戴好，然后拔掉后窗上的三根活络木楞，把陈云一托送出窗外。他也跟着钻出来，走了没几步就到了大河边上。正好从东面过来一只粪船，他一招呼，船靠拢岸，他和船上的人轻轻讲了几句，就让陈云跳上了船，看他们走了之后，刘国正才放心回家。

侦缉队长搜不到陈云，把一肚皮气全发在阿二、阿三头上，每人各吃一顿耳光，打得这一对活宝像两条落水狗。他们回过头来，又把一肚皮闷气出在刘国正身上，就把刘国正押起来，严刑拷问。但问了好久，竟一点反应也没，独看见刘国正一会儿摇摇手，一会儿用手指指自己的耳朵，意思说他是聋人，气得那位队长也伸出手来，噼噼啪啪一连打了刘国正十几个耳光，直到把刘国正打得昏倒在地上，他们才咬牙切齿地走了。其实，刘国正的耳朵并未聋，他晓得同这些家伙有理讲不清，就有意装聋来应付这帮家伙。经左邻右舍帮助，刘国正没过一会儿就苏醒过来了。但从此以后，他真的听不到一点声音，成了一个道道地地的聋子。

上海解放之后，陈云特地请刘国正到北京做客。但没隔几天刘国正就回来了，他说："我不要特殊照顾。以前为党做了些事是应该的，现在宁愿仍旧在镇上卖五香豆。"

讲 述 者：蔡若愚　男　76岁　练塘镇　职工　初中
采 录 者：陈文彩　男　47岁　练塘镇　干部　大学
采录时间：1984年8月
采录地点：练塘镇文化馆

彭总吃糊糊

一天上午，彭德怀副总司令来到黄崖洞兵工厂，了解厂里的军工生产。快晌午时，陈明升厂长把干事梅岭叫来，低声吩咐说：“今天留彭总在厂部吃饭，你到食堂里安排一下，做碗面条，另外再炒些菜。”中午，炊事员端来一碗热腾腾的白面条和炒豆腐。彭总一看，立刻皱起眉头来说：“工人们吃的和我一样吗？”“嗯，差……差不多。”陈明升支吾着回答。

彭总倒背着双手出去了。他到食堂里一看，见工人们吃的是高粱、玉米和黑豆糁糊糊，几个人合就着一小盘生萝卜丝。

彭总回到厂部，指着面条问：“谁叫做的？”陈明升见势头不对，就吞吞吐吐撒了个谎：“是……是伙食委员会叫做的，就……”

彭总眼珠子一转说：“现在，敌伪对我们根据地进行军事包围和经济封锁，军民生活都很困难，我怎能搞特殊？”

彭总说着，端起碗来，“腾腾腾”向食堂走去。陈明升、梅岭傻了眼，紧跟在彭总身后，也走进食堂。只见彭总把面条往大锅里一倒，又来回搅了几下，然后舀起一碗糊糊，大口大口地喝起来。正在吃午饭的工人们，激动得你看看我、我看看你，想说什么又一时说不出来。

讲 述 者： 李志宽　男　54 岁　武乡县志办公室干部

采 录 者： 王照骞　男　44 岁　八路军纪念馆干部

采录时间： 1987 年

采录地点： 武乡县

彭团长度量如海

1931 年 8 月的一天，三军团军团长彭德怀接到紧急战斗任务，带领部队来到兴国下布村。在向导老赖带领下，彭德怀和传令排随行人员，迅速从身旁的队伍中穿插过去，快步向前。

在执行紧急任务时，一旦路被队伍阻挡，传令兵便会大声叫喊道："让开！让开！我们是军团部的！"听见这一声吆喝，队伍再拥挤也会立即闪开一条道来。战士们明白，眼下战斗紧张激烈，前面必定有重要任务，应该让路。

谁知走不多远，在一处拐弯的山凹边，路被堵住了，传令兵的大声呼喊也不起作用。彭德怀上来一看，这是一条窄得只能容一个人走的山路。只见一个年轻的战士叉着双腿，直挺挺地站在路当中，气势汹汹地与传令兵大声争吵，不肯让路。彭德怀上前喝道："闪开！你耳朵聋了吗？"

这名年轻战士是个刚入伍的新兵，根本不认识军团长。尤其军团长那身普通战士的打扮穿着，又很不起眼，仍旧摆开半分不让的架势，气得彭德怀上去一把将他拽开。小伙子不问青红皂白，举手朝彭德怀就是一拳。这下可气坏了传令兵，立即围上去，揪住这个士兵就要捆起来。愣头青还不停地强辩："你们瞎了眼，没看见前面走不动了吗？就知道怪我。"

彭德怀当时愣住了，转而见这小伙子虽蛮横，但纯朴，又一脸稚气，心里顿生几分喜爱，便挥了挥手，说："放开他，快走，别误了我们的大事。"

战斗胜利结束后，彭德怀正在休息。这时，只见传令排长捆押着一个士兵前来。他仔细一看，马上认出就是在山路上用拳头打他的那个年轻战士。他对传令排长说：“哎呀，谁叫你捆人嘛？快放了他。”

传令排长说：“他打军团长，违反军纪。”彭德怀风趣地说：“算了，周瑜打黄盖，一个愿打，一个愿挨。把他放了！”

传令排长还是不肯松绑，彭德怀便严肃地批评他：“你不经过请示批准，就随便捆绑自己的同志，这可是违反军纪的行为。”

这位年轻战士原来还满不在乎，后来知道自己的拳头打的竟是红军中鼎鼎有名的彭军团长时，吓得不知如何是好。可万万没想到彭军团长是这样宽厚仁慈、豁达大度。他羞愧得眼泪直流，一再恳求彭军团长给他处分。

彭德怀安慰他说：“革命同志之间，发生点误会是难免的，打了，骂了，事情过去了就算了。谁都不要积怨记仇。革命手足之情为重呀！”接着，彭德怀又严肃地说：“动手打人是不对的，脾气急躁也要改；革命队伍里要讲纪律、讲团结。”同时又自我检查说：“我是军团长，说话也该和气呀，我有责任，你说对不对？我也应该作自我批评。”

彭德怀的一席话语，使在场的同志都深受感动。

向导老赖感叹地说：“彭军团长，古话说，‘宰相肚里好撑船’，而今你是将军肚里好撑船！”彭德怀连连摇手说：“不要这么夸赞我！我们是革命军队，应该‘严于律己、宽以待人’，大家都要好好学习，认真去做啊！”

从此以后，彭德怀这个“度量如海”的逸闻，便在红军队伍中广为流传。

讲 述 者： 赖福坚　男　80 岁　兴国县兴莲乡富溪村原苏区村主席　初小

采 录 者： 黄健民　兴国县革命纪念馆干部

采录时间： 1985 年 8 月

采录地点： 赖福坚家中

彭德怀会见麻子红

麻子红[1] 13 岁那年得了天花，就留下了一脸的麻子。他性子急，一急脸上就涨得通红，村里人就叫他“麻子红”。他打仗特别勇敢。

1930 年 5 月，彭德怀率领的红五军来到龙港，指挥部设在地主朱同太的大院内。一连两天，彭总不出大院一步，专门考虑建立鄂东南游击队的问题。

第三天，警卫员带着一个满脸麻子、五大三粗的青年汉子来到大院。彭总一看就知道来者是谁，便抢上前，握着青年汉子的手说：“你就是远近闻名的麻子红吧！”麻子红行了一个军礼，回答道：“是。”彭总笑着说：“你这家伙的名字还蛮响亮的哩，我人还没进龙港就听到了这个名字，猜想一定凶得很。可耳闻不如眼见，我看你一点也不凶。只是有一点我不明白，别人挖坑都在山坡上挖，你为什么要在脸上挖？”麻子红见彭总跟自己开玩笑，就爽快地回答：“我这是要把一切敌人都埋在眼皮底下，让他们永世不得翻身。”

彭德怀哈哈大笑，朝他当胸打了一拳，说：“我们要成立鄂东南游击队，正在找合适的大队长。看来这个担子可以由你挑啦！”

---

① 麻子红（1876~1935）：原名张召红，龙燕地区党的早期领导人之一。历任鄂东南游击队队长、交通大队队长、冲锋连连长等职，后被叛徒杀害。

讲 述 者：张圣清　男　67 岁　阳新县农民　识字

采 录 者：刘　坤　干部　高中　石翠环　职工　高中

采录时间：1986 年

采录地点：阳新县龙港镇

彭德怀平粜

年纪小小的彭德怀，就敢于带领乌石寨的几百饥民，涌到财主陈满钻子屋里大闹平粜。这件大快人心的事，当时轰动了湘潭、衡山一带，至今家喻户晓，传为美谈。

1913 年青黄不接的时候，湖南遇上了百年大旱，被称为“火龙脊”的乌石寨，塘里、坝里连水影子都没有了，田土龟裂，禾苗枯死，穷人早就无米下锅，土豪劣绅却放债放粮、剥削穷人。

有一天，梁五十满和符阿公到财主陈满钻子屋里粜米，哪里晓得好话讲了一皮箩，陈满钻子吭都没有吭一声，就把那扇黑漆大门“乒”的一下关死了。彭德怀见符阿公没粜到米，大家都很气愤，有的说野菜都没有一兜了，有的说树皮都吃光了，连观音土都挖来吃了。这样下去大家都要饿死！乡亲们七嘴八舌议论纷纷，彭德怀听了，气得小拳头攥得紧紧的说：“嘿，他不粜米，我们就打开粮仓，挑谷吃！”

符阿公也愤愤不平地说：“如今不反，只有死路一条。”

彭德怀见乡亲们都说要反，就对符阿公说：“您老人像是我们乌石寨的老人，您就给大家出点主意，看怎么反法好。”

符阿公笑了笑说：“三个臭皮匠，顶个诸葛亮，办法靠大家想嘛！”

彭德怀拍了拍胸脯说：“我看人多成王，多喊几个人去。”

梁五十满双手一举：“要得，我们就推你为王。”

“伢子，你胆大心细，当我们的‘王’，我们拥护！”

“符阿公的办法多，当然是他老人家当‘王’好啰！”彭德怀说。

符阿公是个爽快人，就没有再谦让，他又推梁五十满也为王，就这样，确定了三人为“王”。

当晚，三个为“王”的在符阿公屋里商议闹粜的计策。商议入贴[①]，天就麻麻亮了。彭德怀飞快地爬上乌石峰，跟那个守庙的阿公借了一面大锣敲起来，乡亲们聚齐前去闹粜。一袋烟工夫，乌石寨一带的老老少少、男男女女，拿着米袋，挑着箩筐，从四面八方跑到黄泥大坪汇集，彭德怀见人到齐了，纵身跳到壕基上，拉开嗓子大喊：“要吃粮的乡亲们，跟我们一起闹粜去！”

“对！跟真伢子[②]，闹粜去。”

“钻子再厉害，也要把它捶弯！”

陈满钻子得知这几天风声不好，就叫人把仓屋加锁、加门杠，一扇大槽门也关得贴紧贴紧[③]，自己躲在屋里不敢露面。没想到，闹粜的饥民来得这样快。天一亮，那黑压压的人群就像洪水一样涌来敲门：“快开门！快开门！”

陈满钻子采取缓兵之计，要管账师爷钱二站在高桌上说：“满老爷不在家，要平粜的事，我做不了主。”

“谁要你做什么主？快开门！”

“不开门，就砸烂它！”

陈满钻子晓得阻挡不住，就拿了一碗煮蚕豆，站在桌子上喊：“我屋里还吃蚕豆，哪有什么米粜罗！不信的话，你们看看。”说完把一碗煮蚕豆倒在围墙外。

彭德怀纵身跳上围墙，说：“陈满钻子，你不要骗人啦！早几天你还要长工挑谷到湘潭卖高价。”说完，手一挥：“上！”说时迟，那时快，十几架竹梯往墙上一靠，无数年轻的后生伢子爬上墙，纵身跳进围墙内。彭德

① 入贴：即妥当之意。

② 真伢子，彭德怀的乳名。

③ 贴紧贴紧：即严严实实或扎扎实实之意。

怀第一个跑到槽门口，把那扇黑漆大门打开，闹粜米的乡亲们涌进堂屋。陈满钻子见形势不妙，撒腿就往后门跑。彭德怀大喝一声：“陈满钻子，我们把你屋围得像铁桶一般，看你能跑到哪里去！”这时，梁五十满从后门进来，随手抓住了陈满钻子，立即把他捆了起来。陈满钻子气急败坏地说：“老子要告到县衙去，砍……砍你们的脑壳！”

彭德怀说：“哈哈，你要告就去告，你说你屋里只有蚕豆当饭，哪里还有谷米被抢啰！”

符阿公气呼呼地说：“你告我们呀，好！我们还要告你为富不仁哩！”

梁五十满把陈满钻子往牛栏里一推，说：“饿你三天三晚再讲，让你也晓得饿肚子的滋味。”

大家打开仓屋里的铁锁，金灿灿的谷子哗啦哗啦地流下来，人人都拿着箩筐、口袋装谷子。符阿公见大家装满了口袋、箩筐，就让大家各自挑着谷米回家去了。

正当乌石寨庆祝胜利时，陈满钻子从牛栏里逃出，溜到城里，勾结沈百万、刘六十等土豪劣绅，以“聚众闹粜，扰乱乡邻”的罪名，联名告到湘潭县衙，县衙连夜派官兵来捉拿为首闹粜的三人。乡亲们知道这个消息后，急忙凑了几串钱，送给彭德怀等三人作为路费，要他们离开乌石寨。被乡亲们称作“真伢子”的彭德怀，死死不肯收大家送的铜钱，只收了两套烂衣服，捆了一个布包袱，在他娘的坟上磕了一个头，就离开亲人，跑到洞庭湖西林围子挑堤去了。

讲 述 者：彭　鹏　男　68 岁　湘潭县乌石乡乌石村干部　初中

采 录 者：汪立仁　男　57 岁　湘潭市群众艺术馆干部　大专

采录时间：1978 年 11 月

采录地点：湘潭县

一条棉门帘

彭总第二次率兵北上攻打榆林时，司令部扎在镇川堡附近的一个小山村。

当时，已是 11 月上旬，北风呼啸，天寒地冻，部队供给困难，防寒的棉衣还未发放，全军将士都还穿着单薄的军装。彭总[①]比大家更艰苦，他把仅有的一件旧棉大衣，硬让门外站岗的警卫战士轮替着穿，自己却单衣薄裤。白天冒风寒检查工事、了解军情，晚上坐在土窑洞里，不是翻阅文件，就是铺开地图制订作战计划，有时忙得通宵都没合眼。窑洞里又未生火，门上只挂着一条门帘，每到深夜，西北风直往窑洞里灌。警卫员眼见彭总日夜操劳，实在过意不去，便商量把棉大衣送给彭总，可当天晚上棉大衣又披在了警卫战士的身上。

警卫连长去找后勤部的管理科长，如实地反映了情况。后勤部的同志再三考虑，决定用碎布头七拼八凑给彭总缝一条棉门帘。

彭总发现了窑洞门上挂的棉门帘。好生奇怪，他问了好几个警卫战士，他们都支支吾吾说不知道。彭总找来警卫连长问道："这棉门帘是哪来的？"警卫连长知道隐瞒不住就照实说了。彭总一听生气地说："我彭德怀是人民的公仆，不是人民的老爷，为什么要搞特殊呢？"警卫连长流着泪说："彭总，部队粮食不足，你和大家吃着一锅饭，没明没夜地工作。天这么冷，万一着凉有病身体搞垮了，这西北战场靠谁来指挥！"彭总说："你

---

① 彭总：指彭德怀。

的眼睛怎么老盯着我呢，我们好多指战员白天黑夜都蹲在坑道里，他们不是娘生的，不知道冷吗？”警卫连长低下了头。彭总又接着说：“就拿你们警卫连来说吧，同志们顶风冒雨日夜站岗放哨，他们不是比我更冷吗？一条棉门帘看来事小，但影响太大太坏！”彭总这番话使警卫连长深受感动，他按彭总的吩咐把棉门帘送给了伤病员，彭总住的窑洞门上又挂上了那条旧布门帘。

讲 述 者：艾鼎承　男　69岁　米脂县老干局干部　初中
采 录 者：尚　虹　女　48岁　榆林地区群众艺术馆干部　中师
采录时间：1992年1月
采录地点：米脂县汽车站

八尺粗布

1940年秋，120师司令部由李家湾村迁到了靠近黄河的小善。一天下午，贺龙从外面回来，在村口碰见一位40来岁的大嫂，手里拖着一个五六岁的男孩正沿街拾柴。只见这母子二人穿得破破烂烂，在寒风中瑟瑟发抖。贺师长快步走过去问："大嫂，这么冷的天还出来拾柴哪？"

大嫂抬起头来望着这些陌生的八路军，没说话。贺师长又问："家里还有些什么人呀？"大嫂见这位八路军和和气气，神色慢慢地自然了。她告诉大家：她家原是二区康家寨人，去年冬天男人揽工到了这里，她带着刚满月的娃儿跟着来这村里落了户，原指望有个地方寻条出路，没想到走到哪里都一样。贺师长叹了口气，说："大嫂，天冷得很，快回家去暖暖身子吧！"大嫂点点头，拖着孩子走了。

回到司令部，贺师长一进门就问警卫员："咱们有没有多余的衣服？"警卫员想了一下，摇摇头。贺师长又说："没有衣服，有棉花和布也成。""这些东西一样都没有哇！"警卫员苦笑着回答。贺师长不高兴地说："你再想想看嘛！"同时这里看看，那里望望，满屋寻找多余的衣服。

警卫员沉思半晌，突然眼睛一亮，喊道："有了！"说着就跳上炕，打开平时当作枕头用的小包袱，从里面翻出一块白粗布，说："师长，这是老早发给你的八尺布，一直留到现在，我都把它忘了。"

贺师长笑了："你看看，我说有嘛！这不就找着了！"警卫员问："做什么衣服呢，师长？我去找人缝。"贺师长摇摇头："我不要，你给刚才咱碰到的那位大嫂送去吧。"警卫员说："就这么一块呀，送给别人你不穿了？"

贺师长说:“我现在不需要嘛，你看我不是穿得挺好吗！人家怪可怜的，你快给送去吧！”警卫员没有动，贺师长又催道:“你去嘛！”

警卫员不大情愿地站起来，嘟哝着说:“眼下这种时候，弄块布料多不容易！送给别人，看你将来穿什么？”

贺师长轻轻叹了一声，说:“是啊，眼下我们是太困难了，可老百姓比我们更困难！看着群众受苦，我们能不管吗？我们这些人闹革命，不就是为了让老百姓都过上好日子，一块布料又算得了什么！”

一番话，说得警卫员直点头:“师长，我这就给送去。”贺师长脸上露出了笑容:“这就对喽！快去快去！问问房东老乡，让他给你指指路，省得你瞎碰。”

讲 述 者: 李清喜　男　60岁　兴县石岭村　农民　不识字

采 录 者: 刘迎华　男　36岁　干部　中专

采录时间: 1987年

采录地点: 兴县石岭村

贺龙智打武当拳

辛未年（1931）春上，红军从均县去打郧阳，转回来，从草店上武当山。贺龙军长带领一支人马，还有700多伤病员，打着红旗，奔向紫霄宫。50多名道人在道总[①]徐本善带领下，到东天门外欢迎。贺军长骑着一匹黑马，显得非常威武。贺军长把司令部设在父母殿内，后方医院安排到西宫。贺军长性格开朗、平易近人，道总、道士们都很敬重他。

当时，国民党51师前来“围剿”。师长范士贞和民团、土匪纠合到一起，来进攻武当山。先头部队连夜赶到东天门下隐蔽起来了。特务刘疤眼三人，装扮成香客，想混到紫霄宫来。

听到报告，司令部的干部个个急得坐立不安。他们议论：打吧，我军主力南进，敌人多我们几倍的兵力，一打起来，就会破坏武当山的文物古迹；不打吧，撤退来不及了，特别是重伤员不好办。最后，大家都望着贺军长，等待他下命令。这时，侦察员跑来报告说：“特务刘疤眼混进紫霄宫来了，是不是马上抓来审问？”贺军长摆摆手，站起来走出司令部，来到紫霄宫大道场上，对正在出操的战士们说：“同志们，上了武当山，你们可要学会武当拳。这套拳术深奥得很，是张三丰道人看到蛇和鸦鹊打架后，精研出来的内家气功拳术。我从徐道总那里学到了几招。今天，自告奋勇来表演一手，怎么样？”

战士们一听，个个兴高采烈，鼓掌欢迎。道士和香客们也都聚拢来观

① 道总：道观的当家道人。

看。贺军长就在大道场中摆开架势，开头一个“混元一气，旋转乾坤”，接着是“白猿出洞，双峰拜日”；左一招，右一招，前一式，后一式，打得熟练精确。战士们有的跟着学，有的不断喝彩和鼓掌，只有司令部的干部心神不定，不知应该咋办。

练完拳回到司令部，没一袋烟工夫，侦察员又来报告：“特务刘疤眼他们想溜了，再不抓就来不及了。”

贺军长却舒了一口气，笑笑说：“他们是咱们的义务宣传员，一定要保护好，让他们快回去宣传。”然后命令：“马上撤出武当山，转移到房县！”

刘疤眼一伙偷偷溜下东天门，兴冲冲跑到师部。师长范士贞劈头就问：“贺龙是不是在紫霄宫？”

“托师座的福，我们亲眼看到了贺龙。”刘疤眼连忙把贺龙打武当拳的情形说了一遍，“我看贺龙毫无防备，这回他跑不掉了。”

“饭桶！”范士贞打断了他的话，“眼看大军进攻，贺龙还打武当拳？现在是有了防备，我们千万攻打不得！”

范士贞因为误了战机，贺龙的人马顺利撤走了。后来，他们才知道中了贺军长的“空城计”。

讲 述 者：王教化　男　73岁　丹江口道人　识字
采 录 者：李　峻　干部　中专
采录时间：1985年秋
采录地点：武当山

附记：1931年贺龙率红三军撤离洪湖挥师鄂西北，农历四月初五攻占均州城，四月二十进驻武当山，军部驻紫霄宫文田殿，后方医院设在西宫，并在官山一带建玄、区、乡革命政府，开展土地革命。当时武当山道观道总徐本善（河南省人，武当拳唯一继承人），欢迎贺龙军进驻，并指派弟子王教化等为红军伤病员挖药医病。待伤病员痊愈后，让他们化装成道士、香客、采药人、樵夫等，由弟子尹教圣、冷合冰带路，护送到房县大木归队，冷、尹也即参加了红军。王教化现为全国道家协会副主席。

一块银圆

那些年，红军和白狗子常在这大山里打仗。你来我去，你去我来，像拉锯。老百姓常难分清红的、白的，只好一听到风声就鞋底抹油——快溜。

一天，白狗子前脚刚从村里出去，贺龙后脚就进来了。他见房倒屋塌、鸡飞狗跳，眉头皱成了疙瘩。忽听到有哭声，寻过去，茅棚里有个婆婆卧在地上，一把鼻涕一把泪，好痛心！贺龙把她扶起来，说："你有么子难处？告诉我！"

婆婆见他和善，就知道定是红军。她说："孙俊峰的土匪才来过，烧杀抢劫，把老百姓害苦啦！他们连我这苦命的婆婆也不放过，硬把我积攒的一个袁大头[①]抢走了。"又指着地下说："这几个铜壳子他们不要，丢在这儿了。"

贺龙知道，那个袁大头是老婆婆一生的血汗，心头的肉。就赶紧掏出一块银圆递过去："这钱我替他们赔了，请你收下。"

婆婆像被火烫着了，说："这金贵的东西，我哪能白要？"

贺龙黑胡子一翘，弯腰捡起一个铜壳子，装进胸前荷包里："不让你白要。这是一换一，我留作纪念。"挥挥手，大步出门，举起手枪喊："同志们，跑步前进，围歼孙俊峰！"

不大一会儿，双方就接上了火，枪子比雨点还稠。突然一颗流弹飞

① 袁大头：即银圆。

来，射中贺龙的前胸，他身子晃了一下，却没有倒下去。用手一摸，没得血。仔细看：荷包上有个小洞，荷包里的铜壳子已经变了形。天呀天，原来是铜壳子救了贺龙一命！

这巧事很快就传开了。老百姓都说，红军心好，贺龙命大，菩萨总保佑着他们。

讲 述 者：田幺姐　女　70 岁　土家族　鹤峰县农民　不识字
采 录 者：韩致中　干部　大学
采录时间：1984 年
采录地点：鹤峰县

智退敌兵

贺龙同志两把菜刀打下芭茅溪盐局之后，便和赶马的 21 个英雄，用缴来的十多条枪，在洪家关花椒塔竖起了旗帜，组成了一支农民队伍。湖北的鹤峰、来凤，湖南的石门、龙山、永顺等地的农民英雄，纷纷前来投奔贺龙。队伍越来越壮大。前后不到一个月，人马就猛增到 100 多人。反动派个个闻风丧胆，人人心惊胆战。他们千方百计地要扑灭这革命的火种，妄图把这支农民队伍扼杀在摇篮中。

当时，桑植县的伪县长朱海珊，把各地的一些团防势力统统召集拢来说："贺龙自两把菜刀打了盐局，在花椒塔竖旗后，今不到一个月，就召拢了三四百人，杀了罗太爷……吾辈都要成为他刀下之鬼……"散会后，各地的贪官污吏、土豪劣绅、团防势力，以及流氓地痞共 1000 多人，像蚁群似的来到了离洪家关不远的杜家山、枫坪一带来围剿贺龙。两军相距只四五里，形势非常危急。贺龙起义队伍中的人，你一言我一语地议论开了。有的说："敌人有 1000 多人，我们只有百把人，十多条枪，怎么个打法？"有的说："我们干脆和他拼个你死我活！"大家议论不出个结果，战士们来问贺龙："常哥，你看怎么办？"贺龙含着烟斗反问大家："你们看怎么办？"大家没有回答，都把目光投向贺龙。贺龙同志笑了笑说："办法是有，只要大家齐心，就能叫敌人乖乖地听我们的指挥。"说完后，贺龙如此这般地布置了一番，于是，大家就分头各自准备去了。

第二天早上，两个战士手执大刀，押着一个鼠眉贼眼的家伙，来到了贺龙同志的将军台前。花椒塔练兵场上，杀声震天。贺龙同志问："干么子的？”

“走亲戚的。”那个家伙边答边偷看贺龙同志的脸色。贺龙同志把桌子一拍，吼道：“给我打！”那家伙一听要打，忙说：“我说，我……我是‘探水’的。”这时，只见韦寿云、田子云、贺占卿等七八个人，每人挑着一担油光闪亮的步枪，一字儿从将军台前走过去，那家伙一看，心想：贺龙搞来这么多枪，确实不简单。贺龙同志说：“是侦探军情的，给我重打三十大板！”几个战士把那“探水”的捆翻在地，直打得他“哎哟——哎哟”地直叫唤。第二天早晨，贺龙同志又把那探子提来审问。这时，又有十五六个人从卧龙山上下来，各挑着一担枪，急匆匆地从台前走过。那家伙又偷眼一看，不禁吓得瞠目结舌。心想：“贺龙从哪里搞来这么多枪？”当他偷看时，贺龙同志又大吼一声说：“你又刺探军情，再给我重重地打！”那家伙听说又要打，吓得骨头都软了，摸摸昨天被打肿的屁股，哭丧着脸跪在地上求饶说：“贺长官，打不得了，我，我，我小人再不敢了。”贺龙同志对那家伙说：“我正缺一个人送信，饶你一条狗命，放你回去，告诉朱县长，说我贺龙的人马正在这里等他，他不来，我贺龙就去拜望！”“是，是，小人一定照办！”这时，又见贺勋臣手执驳壳枪跑来报告：“常大哥，我们一营扎在哪里？”

“鸭儿池。”

贺勋臣刚走，田凤吾又身挂短枪，跑步来报告说：“常大哥，我们三营扎在哪里？”

“扎泉峪！”

田凤吾带着卫兵走后，贺龙同志对身边一个战士说：“叫二营长王炳南扎洪家关。”这个战士领了命令，飞也似地跑了。那个“探水”的家伙心想：一营、二营、三营，还有贺龙驻扎在花椒塔的大队人马，少说也有上千人马了。

贺龙同志说：“还不快滚，叫你们朱县长来，我在这山上等着他！”“谢大爷饶命。”那探子边说边退了出去。

当探子走到卧龙山前，又看见三四十个人各挑着一担枪，朝着花椒塔走来，战士们齐声喊："抓探子！抓探子！"那家伙听到又喊抓探子，摸摸被打肿的屁股，恨不得娘老子给他多生几条腿，连滚带爬地朝山下溜了。

第三天清晨，战士们站在卧龙山顶，眺望山下，只见朱县长的伪兵急急忙忙地朝桑植县城方向撤走了。贺龙同志和他的士兵们，望着远去的敌人，不禁哈哈地笑了起来。

原来，贺龙同志那天听说捉住了敌兵探子，便想出了智退敌兵的计策，发动群众和战士，做了 40 担木枪，只出现枪托，故意让敌兵探子看出我军调兵调枪的情况，迷惑敌人。愚蠢而又胆小的敌人不打自退了。

讲 述 者：韦寿云　男　85 岁　桑植县洪家关街上居民　初小

采 录 者：田海云　男　干部　大专

采录时间：1976 年 7 月

采录地点：桑植县湘鄂边界

贺龙巧还账

1934年秋，贺龙的队伍从桑植那边过来了，要去打驻扎在溇水对河的土匪朱疤子的兵马。由于贺龙的队伍乍到皂市来，当地的老百姓不知道底细，都躲到山上去了。

过了几天，群众见他们不烧不抢，几个胆大的人晚上悄悄回来看动静。其中有个叫黄大嫂的先到自家门口一看，阶沿上到处睡的是兵，一摸大门，锁挂在门上好好的，就忙开门进去。进去哒，她一把坐在格子边听动静。一会儿，听到有人说："连长，粮食没得了，贺老总还没吃饭呀！"

黄大嫂听这么一讲，心里就想："贺老总不就是贺龙吗？他是一条真龙下凡，到了屋面前，俺哪么不去看下他呢？"想了想，她就赶忙烧火做饭，弄好后，端出去说："贺老总没吃饭，俺这里有。"

"那好，我来跟他送去。"一个勤务兵，伸手就要接饭。

"不，我要自己送去。"

"这……好嘞，那你就跟我来吧！"

她端着饭跟勤务兵走，走到她屋后搭的一个棚棚边，那个兵喊了声报告，内面说了声："进来！"他就进去了，她也跟着进去了。一看，桌边坐着一个穿灰军装、挂黑皮带、挎短把子的黑大汉在用电筒看地图。"这就是贺龙吗？怎么和我们凡人一样的？"她看痴哒！只听那位勤务兵说："首长，这位大嫂硬要亲自跟您送饭来。"

"喔，请坐，请坐。呃，你跟她把饭钱没得？"

“没把。”

“我不要钱，我不要钱，我是来看您的。”

“看我的？哈哈哈……看下我可以不给钱，饭钱可一定要给的啰！”

“好。”

勤务兵随手摸出两块光洋塞给她，她却在出去的时候悄悄搁在凳子上了。

第二天，她就放心大胆地在家里搞事，还把大兵请到屋里住，几天就混熟了。每天，她看到贺老总背根钓竿去河边钓鱼，她总要站在门边瞄，以为贺老总真的是条活龙。没几天，她在贺老总面前说话也不受拘束了，贺老总有时还在她家抽叶子烟呢！

一个黑夜，一仗就把朱疤子的队伍打败了。后来她才晓得，贺老总在河边钓鱼是个假板眼，其实在观察对河的形势。打仗后，队伍休息了三天，贺老总也真的在河边钓了三天鱼。

第四天清早，队伍要走了，老百姓都在路边送客。忽然，那个勤务兵提着一条鱼向黄大嫂走来：“大嫂，这是首长送给你的礼物。”

她提着鱼儿望着他们走远了，才回家用刀破开鱼，只听得“叮当”一声，从鱼肚子里掉出两块光洋。“鱼肚里哪里来的光洋呢？”她想起了那天晚上放在凳子上的那两块光洋，一下明白了。她忙用牛皮纸把光洋包起来放在箱子里，一直舍不得用。

讲 述 者：黄大妈　女　70岁　石门县皂角市镇皂角市村农民　不识字

采 录 者：晏友渺　男　石门县皂角市镇文化站干部　大专

采录时间：1985年10月27日

采录地点：石门县皂角市镇

贺龙擒“龙”

1937年秋天，贺老总在棉花山一仗打出威风哒，除了国民党营长徐金龙一伙十几个人跑脱外，其余一营的兵力统统报销哒！

徐金龙是国民党驻湘西匪军团长周矮子的嫡亲血老表，又是他的得力帮手，棉花山打败仗后，不好向周矮子交差，就悄悄跑到索溪峪的伏龙洞里躲起哒。

贺老总派侦察排伍排长、侦察员小王和小李去索溪峪侦察徐金龙的情况，要其他战士安心睡大觉。同志们不晓得贺老总又想出了个么得好计策。

当天黑哒，伍排长和小王、小李化装后，来到索溪峪的邓家大院子。哪晓得家家房门都锁哒。伍排长他们从东头串到西头，家家是一个相①，好不容易才晓得一点点儿情况。原来，邓家院子的后山——油山坡有个伏龙洞，匪营长徐金龙和十几个土匪跑到洞里后，白天不到院子里来，黑哒他俺②就出来烧屋、杀人、抢东西、强奸妇女。群众一到黑哒，就拖儿带女地躲到深山老林里去哒。

小王回营后把侦察到的情况跟贺老总作了汇报。贺老总高兴得拍着小王的肩膀说：“你俺好搞头子③，会搞事，第一仗打好哒，第二仗就有个好兆头。你先回去，告诉伍排长，我带一个加强连马上就到。”他在小王耳

① 相：样子。

② 他俺：他们。后“你俺”，即你们。

③ 搞头子：有办法。

朵边悄悄地说："你俺要……"

小王回到邓家大院子，把贺老总的指示作了汇报。经过伍排长他俺串联，老百姓大多数都从深山回来哒！小王告诉大家："贺老总回来哒，帮大家打徐金龙来哒！"老百姓听说贺胡子回来哒，那高兴劲儿就别提哒。伍排长按照贺老总的安排，召开了群众大会，讲清了打徐金龙的意义和目前的战争形势。突然，大院门口响起了一排枪声，一队国民党官兵凶神恶煞地冲向会场，把伍排长他俺五花大绑，老百姓见这情景啦，都吓得叫爹喊娘，一满塌的人，跑得一个不剩哒。

徐金龙在洞里听到一排枪声响后，不晓得出了么得事，叫手下的一名副官出去探探风。一会儿，副官跑回洞里告诉徐金龙说："报告徐营长，我们有救哒，周团长派高参谋长救我们来哒，那三个'共匪'被抓住了，正在审问呢。"副官的话，徐金龙又相信又不相信，他抓到副官的衣领，恶狠狠地说："错报了半点点儿消息要你的命！"副官吓得吞吞吐吐地说："小人不敢妄言，的确是真的呀！"徐金龙这才把副官放哒，自己带着几个残兵败将先往邓家走去，并要邓乡长带路。邓乡长早年吃过贺老总的亏，晓得贺老总的厉害。刚推门进去，看见一个长八字胡的人后就吓得一声大喊："贺龙！"扯起腿子就往外跑，徐金龙晓得上了当，拔出手枪，指挥土匪们边打边退。贺老总叫战士们跟到赶。徐金龙调转枪口，开枪打死了赶在最前面的伍排长。不要命地跑进伏龙洞去哒。贺老总见徐金龙打死了伍排长，火冒几丈，一声喊："给我狠狠打！"战士们的冲锋枪一扫，十几个土匪就被打死哒。贺老总找来田大伯，问他徐金龙怎么打！田大伯说："伏龙洞有三个口，进去的洞，出去的洞，顶上还有个洞口，我看只要把火力堵住进去的洞口安排两个人把守，其余的都在出去的洞口熏毒烟，徐金龙熬不住就会从顶上的洞口出来；这时候，就可以捉活的。"贺老总拍拍田大伯的肩膀说："好主意，就照你说的办。"接着，就一一作了部署。

小王带领几十个战士在洞口熏起了毒烟。徐金龙熬不住，急忙朝外跑，洞口的机枪就像几条火龙直向洞里射。他回头又朝洞顶上的出口跑，才冒头，就被守在顶上洞口的贺老总像提小鸡伢儿一样的提起来哒！他对徐金龙开玩笑说：“你是金龙，我是活（贺）龙，金龙值钱，活（贺）龙有力，莫怪我明天吃你的龙肉。”

第二天，贺老总在邓家大院院子里召开了宣判大会，枪毙了恶贯满盈的徐金龙。从此，贺龙擒“龙”的故事就这样在索溪峪一带流传开了。

讲 述 者：毛至高　男　74岁　慈利县索溪峪乡农民　初小

采 录 者：陈　琳　慈利县索溪峪镇文化站辅导员

采录时间：1986年5月29日

采录地点：慈利县索溪峪乡

贺龙买粑粑

1934年10月间，贺龙军长的队伍从沙子坡路过[①]，大队伍朝东边开。

沙子坡有个姓陈的老妈妈，以前给大地主冉家做佣工，苦得很。红军来了，她才翻了身，分得土地。那年地里的庄稼又长得特别好，吃上了饱饭，觉得自己头也抬起了，腰杆也直了，走路也有精神了。她对红军有说不出的情意，总想会会贺军长，掏掏心里感谢的话。但总是打听不到贺军长在哪里，不是说在土地湾开会，就是说到大坝场打大恶霸冉瑞庭去了；这个说在木黄，那个说在淇滩。贺军长是忙人，她怎么会得着？会不着贺军长，她心里总是歉歉的。

这天，她打了一些粑粑坐在路边卖，看见许多红军过路，队伍牵麻流水似的，前面都翻过坳坳，后面还不见尾；有打旗子的，有扛枪炮的，有背军锅的，还有些女兵、崽崽兵，队伍雄壮得很。陈老妈妈听说红军开拔了，心里着急，粑粑也不卖了，就拉住红军，要送粑粑给他们带在路上吃，红军不要，说他们都带的有干粮。问他们什么时候回来，红军说："这事只有问贺老总才知道。"老妈妈想会会贺军长，红军告诉他："贺老总走在后面，还没有过来。"

老妈妈站在路边看，见一个红军骑在大马上过来了，谙到这一定是贺军长了，就赶忙走上去喊："贺军长，贺军长！"那个红军说："我不是，我是病号。贺老总还在后面。"老妈妈接连问了几个，都不是。心想：红

---

① 为配合中央红军长征，贺龙率红二军团主力离开黔东特区，进入湖南。

军走得急，自己又认不得贺军长，怕是难得会着了，就坐在路边发愁。

贺老总有匹枣红马，自己不骑，给一个崽崽红军骑，马背上还驮得着一些同志的背包和干粮袋，他自己跟在马屁股后面走。走着走着，看见一个红军把脚崴了，走路一踮一跛的，就过去把他的背包拿过来背上，叫他坐在路边歇下，揉揉脚。贺老总掉脸一看，见路边棚棚里坐着一个卖粑粑的老妈妈，愁眉苦脸的，就过去问她为什么发愁，是不是丢了什么东西。

老妈妈抬眼一看，只见面前站着一个老红军，有四十岁左右，一张盘子脸，黑红黑红的，嘴上蓄起胡子；好大一个身坯子，站在那里，敦敦实实，像座铁塔。又见他身上穿件补疤军服，背个背包，腰杆上拴对麻耳草鞋，还别根烟杆，像是个烧饭的大师傅，说起话来，一双大眼睛亮晶晶的，透着和气。老妈妈见问，就说："我是丢了东西了，这东西贵重得很，买都买不到！"贺老总一愣，问她到底丢了什么。老妈妈说："你们红军走了，我们穷人失去了靠山，往后的日子不好过了。"贺老总这才知道老妈妈是舍不得红军走。正要安慰她几句，老妈妈又急着问他见到贺军长没有。贺老总问她找贺军长有什么事，老妈妈说："我要亲口问问贺军长，红军什么时候回来？"贺老总摸摸他那"一"字胡，笑着说："我刚才遇到过他，听他说了：红军是要回来的。"老妈妈听了不满意，说："这还要你说，我是要问他红军什么时候回来？"贺老总说："我一定代你告诉他，要他早点回来。"老妈妈听了心里得到宽慰，连忙说："要得，要得。多谢你啰，先生！"

贺老总说声："不用谢。"正要走，老妈妈将一篮子粑粑递给他，指着红军战士说："我给他们，他们都不要，你就接下吧。"贺老总说："这个我可以帮你的忙，我拿给他们，他们准会要。"说着，就把粑粑发给过路的红军，一人一个；自己一个也没留。那些红军都高高兴兴地接了粑粑，放在挎包里；有个小崽崽红军，调皮得很，还当面吃了一口给贺老总看，咂咂嘴，说："好吃，好吃。"

贺老总把粑粑分完了，就叫他身边的一个战士拿了两块光洋，递给老妈妈。老妈妈不接，说:“我是送给你们吃的……”话没说完，贺老总已经把钱塞进她的提篮里，就迈开大步走了。老妈妈看到这两块白花花的老光洋，急了，就追上去，一路追，一路喊:“先生，先生，我不要这么多钱，我不要这么多钱！”她脚小，怎么撵得到？看看前面，只见红军大队伍在走，个个红军的衣服都差不多，也不知哪个是刚才给钱的那个大先生了，就拿着两块光洋站在路边发急。有个红军告诉她:“刚才买你粑粑的是贺老总。这钱，你收下好了。”老妈妈“啊”了一声，急忙紧走两步，再朝前看去。这下看到了，只见贺军长背个背包，腰杆上拴着一双麻耳草鞋，插着一根烟杆，走起路来，那草鞋和烟杆一晃一晃的。她也不追了，她会到了贺军长，得到贺军长亲口说的话，一颗心比泡在蜂蜜里还甜。

这以后，老妈妈见人就说贺军长亲口告诉他:“红军是要回来的。”

后来土豪、财狗们返回来，穷人又遭了罪，尽管日子过得很苦，她也熬着，等红军回来。她把贺军长买粑粑给的两块光洋当宝贝收好，舍不得用。过一阵儿就取出来看看，越看，她越想念贺军长和红军，盼他们早点回来。

那年过大年的时候，她编了个《四季想红军》的灯词，玩灯时唱的。穷人最喜爱。记得其中一段是:

九月秋风渐渐凉，
想念红军快断肠。
清早起来看三遍，
半夜睡醒忙起床；
听听路上有人过，
想是红军转回乡。

贺龙贺凤贺兰英[①]，
你为革命太奔忙，
请到家中歇口气，
沏杯香茶敬你尝。

陈老妈妈年年盼贺军长带红军回来。到了中华人民共和国成立那年，她70岁了，乡亲们告诉她：老红军回来了，解放军就是当年的老红军；贺老总还在带兵，有人说在四川（又说在北京）看到他，带的不是一军人，是好多军的人马；贺老总的身体还是那么好，他还挂念着黔东特区的乡亲们哩。老妈妈听了，笑得合不拢嘴。

讲 述 者：严玉祥　男　30岁　土家族　农民　初小
采 录 者：洪　茵　男　43岁　汉族　省文化局干部　大专
采录时间：1964年5月
采录地点：沿河土家族自治县沙子坡

① 黔东人民传说贺龙同志有两个姐姐，名贺凤、贺兰英，和贺龙一起来到黔东进行革命斗争。

贺老总赔老碗

1937年腊月，贺老总、关政委率领红二方面军从富平庄里镇移驻同官县[①]的陈炉镇。陈炉镇是耀瓷产地，部队进驻后，立即把方圆几十里的土匪收拾得一干二净，救济贫民恢复瓷业，深受民众称颂。

有一天，勤务兵把贺老总的战马拉出来遛。那战马跑惯了羊肠小道，不习惯走镇上用瓷器碎片铺成的路面，只听一声长啸，挣脱缰绳，放开蹄子撒起欢来。马在头里跑，勤务兵在后头撵。不大工夫，那战马闯进了赵家的瓷场上，一个窑工掮着一板老碗刚从窑中出来，人正走哩，马把碗板撞了一下，二十几个老碗当下给打得稀巴烂。撵马的勤务兵到跟前一看，马闯大祸啦！赶紧给人家回话，还掏出几块铜圆给人家赔碗钱。可是推来让去，赵家的窑工硬是不收。勤务兵只好拉着马回到住处，把这事给贺老总说了。贺老总一听，放下正看的文件，和勤务兵相跟着来到瓷窑上，窑工们正忙着出窑哩，一看贺老总来啦，“哗”的一下全围上来。勤务兵当着大家的面说：“贺老总是来赔老碗的。”挤在人群里的赵家掌柜的一听这话，死活都不叫赔，说：“几个老碗嘛，打了就算啦！老总那么忙，快坐下歇歇。”贺老总坐在一块红砖上，和大伙拉起了家常。他询问窑工们的生活，关心瓷器生产，还讲了许多革命道理。拉了两个多钟头，才挥手向大伙告别。

第二天早上，大伙发现瓷窑的碗板上，放着20个铜圆和一张纸条，

---

① 同官县：今陕西铜川市。

纸条上写着几句顺口溜：

我的马碰碎大老碗，
留言给大伙道个歉。
二十个铜圆当碗钱，
每人一个做纪念。

据说现在陈炉镇还有人保存着当年贺老总给赔的铜圆，赵家还把那张纸条收藏着哩！

讲 述 者： 赵祥述　男　64 岁　铜川市工人　小学
采 录 者： 李亚龙　男　30 岁　铜川市干部　中专
采录时间： 1987 年 3 月
采录地点： 铜川市郊区陈炉镇

陈老总解卦

有一天，陈毅派通讯员小牛去通知山区抗日游击队参加一次伏击战。小牛却回答说："我不去！"陈老总感到奇怪，小牛刚才还在争取突破封锁线的任务，怎么一下子变得不执行命令了呢？看来其中必定有缘故，就问他。原来，山区游击队蛮相信迷信，每次打仗，总要先卜卦才决定是不是去打。陈老总听了倒一呆，"噢，真的？"小牛点了点头。陈毅一挥手说："好，同我一道去。"小牛跟着陈老总出发了。

果然，一听说要打仗，山区游击队队长就说："慢，让我卜一卦，赢了，我就打；输了，那就坚决不打。"陈老总心里有点恼火，正要发作，但一想，几千年来的封建迷信思想，要想在几分钟里解决，是不可能的。他耐着性子说："好嘛，卜就卜吧！"

游击队长从口袋里摸出几颗正方形的小石子，小石子的六个面上，分别写着"打"和"不"两种字。他挑了一颗放进碗里，用另一只碗倒扣，拿起来"哐啷，哐啷"摇了几记，然后放下来，慢慢掀开碗，大家都睁大眼睛凑上去，一看是个"不"字，游击队队长抓抓头皮说："咦，不对，不对，看起来今朝的仗不能打。"陈老总笑了："来，我来卜一卦。"陈老总合上碗，也摇了摇，不料掀开碗一看，还是个"不"字，大家都发呆了，可陈老总却哈哈大笑起来。

大家奇怪了，游击队队长说："老总，看见了'不'字，说明打是输的，你还笑啥？"陈老总回答说："我卜的卦是问你刚才卜的卦对不对，结果卜了一个'不'，说明你卜的卦应该推翻，这叫否定之否定。那就是说这一仗一定能赢！”游击队队长听这么一说，倒露出了笑脸，连说：“对，对，马上行动！”

这场伏击战不出陈老总所料，没损伤一个人，打了一个大胜仗。山区游击队队长觉得卜卦真是大有学问，听说陈老总马上要走，就拉住了问他：“老总，你这个卦怎么这样准？”陈老总大笑起来：“哈哈！告诉你，卜卦，是一种哲学，可惜是唯心主义的哲学。我学的是唯物主义哲学，当然比你高明多啦。”接着陈老总告诉他，“卜卦的可能性无非是两个：打与不打。如果卜‘打’，我就可以说出战，如果卜‘不’，我就说否定之否定，仍旧要出战。最重要的是，我事先分析敌情，掌握了可靠的情报，才能做出打的决定。”

游击队队长听到此处，心里像打开了一扇窗，连忙说：“老总，你这唯物主义好，能不能教教我？”陈毅回答说：“怎么不可以。”

过了一天，陈毅给游击队队长送去了书，又派了个精明强干的政委，一有机会就常常开导他。游击队队长在战斗中慢慢认识到封建迷信的害处，终于摆脱了那几颗小石子。据说，后来他也成了一个了不起的将军哩。

讲 述 者：于脉庆　男　63岁　塘桥街道干部　初中
采 录 者：罗顺良　男　59岁　塘桥街道教师　高中
采录时间：1987年8月
采录地点：南市区老干部活动室

陈毅改对联

黄桥大战以后不久，新四军开进盐城蒋营镇，陈毅将军的指挥部设在老秀才马如融家里。那时候的风气，除了敲锣打鼓放鞭炮表示欢迎之外，还行演戏慰劳军队。地方士绅公议，在河东十八亩空旷地面上，搭个戏台，约请筱海红的班子来演出，还邀请陈毅将军看戏。

陈毅将军准时来了，在台前坐下来，场子里来看戏的人不少，非常闹猛。陈毅将军看这戏台两边挂了一副对联："乘风破彼千层浪，抗日凭公一片心。"横幅是"欢迎陈将军"。地方上头面人物的座位，都靠近陈毅将军。等演完了一出戏，第二出还没有上台的空档，陈毅将军含笑问大家："对联的字是哪一位写的？"塾师吴润生拱拱手说："献丑献丑，还请将军指教。"陈毅将军说："笔力雄健，蛮有功底，今后在宣传方面，还要借重先生。"又笑问："对联也是你的杰作吗？"坐在一旁的马如融起身说："是我拟的，有不妥当地方，还请指正。"陈毅将军说："老先生宿学通儒，文才极佳。只是过分赞誉，我愧不敢当。想冒昧改动几个字，不晓得可以吗？"旁边吴润生就掏出原来的底稿递上来，陈毅将军也不再客套，提起笔来改动了几个字。

第二天，戏台两边的对联改成："乘风敢破千层浪，抗日全凭一条心。"横幅是"军民同乐"。地方士绅、四乡群众交口称赞，都说陈毅将军的对联改得好。①

采 录 者：范来苏　男　65岁　中山北路街道干部　大学

附记：这篇传说是20世纪50年代采录者在朋友处听的。

陈司令认“亲家”

说起当年陈司令茅山认“亲家”的故事，可神乎哩！

这天，天刚亮，陈司令身穿长褂、头戴礼帽，骑着一头黑毛驴，“嘚儿嘚、嘚儿嘚”地下了茅山。那黑毛驴颈上系着一个大铜铃，走起路来“叮铃当”一摇一晃，怪好听，一直把陈司令送到了徐光耀家门口。

徐光耀是什么人？他是当地出名的士绅，家里牛羊成群、良田数顷，算得上是个大户。陈司令听说徐光耀念过大学，学生时期参加过反帝示威，平时言谈也有点爱国心，便多次登门拜访，做他的工作，要他参加抗日，做个开明士绅。

可徐光耀哩，他尽管嘴上唯唯诺诺，心里却疑疑惑惑：一是担心新四军人少枪劣打不走东洋人，二是他听说新四军是穷人的队伍，像自己这样的士绅参加抗日，新四军会不会相信他？

陈司令早就看透了他的心思。一次，两次，对症下药；三次，四次，苦口婆心。为建立茅山地区的抗日统一战线，陈司令这天又来到了徐光耀家。

哪晓得，这天徐光耀家可闹忙了。“汪派”的一个苟团长带着一连人，大清早就开到了徐光耀家里，说是去打新四军路过这里，要“休整”一下，实骨子全在客厅里喝茶、吃点心、赌钱、搓麻将。平日里，徐光耀也常被这些“二黄狗”搞得六神不安，但又不敢得罪，还要赔着笑脸。此刻，他正坐在苟团长的对面，陪着搓麻将，无非是多“输”几个大洋给苟团长，拿钱买“平安”。

忽然，徐光耀听见门外传来一阵铃铛响。他心里一惊，顿时面孔煞白，三魂吓掉了二魂半。他晓得，陈司令来了！别的不说，要是陈司令在他家里与“汪派”接上火，这还了得，万一再有个三长两短，他徐光耀有几个脑壳？想到这里，他趺趺撞撞跑出门，想把陈司令拦在门外头。

可他这反常的举动，引起了苟团长的警觉。他拉了拉腰中手枪，也跟在徐光耀后面走了出来。

大门口，陈司令一边系着黑毛驴，一边观察动静，他已经发觉有“汪派”的兵走动了。怎么办？撤是来不及了，这时只见陈司令轻轻掸了掸长褂上的灰，脱下礼帽，大摇大摆向大门走去，一见徐光耀后面跟着一个伪军官，老远就大声招呼：“哟，‘亲家’，‘亲家’，你怎哩晓得我来，老早就到门口来迎接我喽！”

徐光耀也是个机灵人，先是一愣，随即大声应：“是哩，‘亲家’，你怎么现在才来呀！”陈司令哈哈大笑，拉着徐光耀的手进了门。

一进客厅，全是“汪派”的兵，横七竖八，乱成一团，陈司令谈笑风生，搀着徐光耀到了后一进。那“汪派”苟团长盯着陈司令看，似信非信地也跟着进了大门。

此时，徐光耀手还是抖抖的、心还是拎拎的。陈司令对他耳语一番，他的心才一块石头落了地。大着胆跑出去打苟团长的招呼：“我要陪‘亲家’了，我这个‘亲家’有来头哩，你要叫弟兄们规矩点，不要乱跑。”

就这样，前一进，“汪派”兵在闹哄哄地赌钱；后一进，陈司令挨着徐光耀促膝谈心。告诉他新四军抗战打鬼子必定胜利，共产党搞统战对朋友决不变心。

一席话，说得徐光耀心中云开日出，连续点头称是。当场表示今后就参加抗日，并将财力、物力全部支持新四军。

陈司令告辞了。徐光耀拉着陈司令的手依依不舍，苟团长出于“礼貌”，也跟到了大门口。

徐光耀动了感情，一字一顿地说：“‘亲家’啊，我们要常来常往啊！”

陈司令说：“‘亲家’——，你尽管放心，既是‘亲家’，哪有不常来常往的？时间越长，我们走得只会越热乎！”

说完，跨上了小黑驴“叮铃当，叮铃当”远远地去了，徐光耀转身回家，只留下苟团长傻在那里。

不多久，陈司令茅山认“亲家”的事儿传开了，茅山地区不少开明士绅都参加了抗日统一战线，领头的就是陈司令认的“亲家”徐光耀。

讲 述 者：徐志玉　男　70岁　句容县磨盘乡农民　初识字

采 录 者：吴林森　康新民　吉有余　干部

采录时间：1982年5月

采录地点：句容县磨盘乡

陈毅拜师

1929 年，毛泽东、朱德、陈毅率领红四军第二次攻克龙岩。红军进城后，成立了龙岩县革命委员会。红四军政治部设在城内北山脚下的公民小学内。茶前饭后，政治部内经常传出“噼噼、拍拍”“杀”“将”的下棋声，下棋声惊动了住在隔壁的石老伯。石老伯 70 多岁，棋艺高超，远近闻名。一天傍晚，石老伯来到政治部门口，一手撩开长衫，一手扶着门框，津津有味地观看。陈毅主任一见忙起身，请他进屋对弈。石老伯也不谦让，入座连下三盘。可是，老人却输了两盘。

不久，红军撤离龙岩。国民党旅长陈国辉惊悉老巢被端，急率主力窜回龙岩。红四军从连城县新泉奇袭龙岩，经过激烈战斗，消灭陈国辉旅 2000 余人。6 月，红四军政治部又在公民小学安营扎寨。在庆功晚会上，举行象棋比赛。只见石老伯来到政治部门口，高高地拱拱手，大声说：“我老伯祝贺红军打胜仗，祝福红军万万年！”并请求陈毅再与他对弈三盘。陈毅兴致正高，“来！”连忙重摆好棋子。说也奇怪，这次连下三盘，陈毅都输啦。陈毅忙请教石老伯，老伯笑笑说：“不瞒将军，我想，红军一定要与陈国辉一决雌雄，将军尚未出师，岂可在棋盘上失利？因此，我让了将军两盘。现在陈部已被歼灭，为了不使将军滋长骄傲情绪，我就不客气地连胜三盘了！”陈毅听完，急忙离座，在老伯面前深深一揖：“石老伯，你就收下我这个徒弟吧！”

从此，两人经常在一起切磋棋艺。

讲 述 者：张华南　男　70 岁　龙岩市离休干部　初中

采 录 者：郑学秋　男　45 岁　福州市党史干部　大学

采录时间：1979 年 10 月

采录地点：龙岩市

陈毅“还债”找周篮

1960 年，党中央召开了“七千人大会”，全国县以上各级领导人来到北京开会。来自当年赣粤边游击区的大余、信丰、南康、南雄等县的负责人去看望红军长征后留任赣粤边领导南方三年游击战争的陈毅副总理，转达老游击区人民对陈毅同志的问候和想念之情。

陈毅副总理在听了大余县县长的汇报之后，便问他：“那个周篮嫂的情况怎么样了？”这一问，问得县长答不上话来。陈毅感到有点奇怪，便转个弯儿对县长说：“你回去查找一下，我要还她的‘游击债’！”

周篮嫂？县长把随身带的全县老革命同志的名册仔细地翻了翻，都没有看到周篮的名字，便问：“是不是大余县人，住在哪里？”陈毅笑着说：“池江是不是属大余县？”县长说：“是。”陈毅说：“她家就住在池江圩对河，靠近油山的山坑里，单家独户。”县长又看了一遍池江的老革命同志名册，仍不见周篮的名字，心里不安地问：“是不是首长记错了名字？”陈毅哈哈大笑：“错不了，周篮这个名字还是我给她取的呢！游击队的同志都叫她周篮嫂。”

接着，陈毅就说起周篮来了。他说：“周篮不是兰花的兰，是竹篮子的篮字，为何取竹篮子的篮呢？因为这位大嫂姓周，经常提个竹篮子给我们送菜送饭、送药送东西，我给她取名周篮以示纪念。那还是 1936 年端午节的时候，阿丕（陈丕显）他们的棚子就搭在周大嫂屋背后的山坳上，我到阿丕那里落脚，大嫂给我们送了一篮子赣南糯米粽子，同志们吃得很高兴。我问大嫂叫什么名字，她说山里妇女没有名字。同志们都说要给大嫂取个名字做纪念。有的说叫什么英，有的说叫什么秀。我说就取大嫂手里提的这个竹篮子的篮，就叫周篮吧。大家都说这个名字很有纪念意义，所以我现在还记得。”

在座的听了都很感动，大余县长内疚地说：“解放这么多年，我们还没听说过这件事呢！”陈毅想了想，说：“这位大嫂是个热心支持游击队的革命群众，虽不是共产党员，却与游击队直线联系，对游击队的支援很大。阿丕棚子里五六个人的粮食、蔬菜主要靠她家供应。她夫妻俩带着孩子很勤劳，把一些丢荒的山坑田都耕种起来。周篮这个名字只有在阿丕棚里住过的人才知道，当时是不会外传的。”

县长听了陈毅同志这段介绍，说：“请首长放心，我们回去一定要找到周篮嫂，好好慰问。”

县长回到县里，即派民政干部去寻访周篮嫂。民政干部会同公社、大队干部在当年陈丕显搭过游击棚的彭坑调查访问。经过一番细致的调查，终于找到了周篮。原来她的乳名叫周三娣，丈夫姓刘，是个老实农民，因土改时家里被划为富农成分，使周篮支援游击队的事迹传不出来。这次查访，说到是当年在这里领导打游击的高老刘（陈毅当时的化名）要寻她，她才打消顾虑说出来了。

民政干部将找到周篮的情况向县长汇报后，县长就问：“她家是怎样划为富农的？”民政干部说：“据说是因她家种了很多山坑田，农忙时请人帮工，有雇工剥削，还有谷子出借。可周篮却说是为了支援游击队，她家多捡了一些别人不种的山坑田来种，莳田割禾时会请帮工，但都给了粮食。后来游击队出山去了，也借过少量粮食给熟悉的人度荒，就这样划为富农。”县政府根据周篮对游击战争的支援和贡献，决定按老革命同志待遇进行慰问，并将周篮当年用来给陈毅等游击队同志送东西的旧竹篮送进了军事博物馆。

讲 述 者：刘已生　男　61 岁　大余池江乡彭坑村农民　小学
采 录 者：刘生鹏　男　62 岁　干部　高中
采录时间：1978 年
采录地点：大余县池江乡

掌墨师

陈毅的家乡是个山旮旯，又穷又落后。陈毅从法国回来那阵，乡里有几架清朝时汉阳造的轧花机，就算是最先进的工具了。这种轧花机很笨重，两个大汉用脚踩，一天到黑还轧不完 100 斤棉花。陈毅看见了，就对轧花的说："前面不远就是条小河，为啥子不用河水推动机器轧花呢？"轧花的觉得稀奇，问道："陈二哥，那咋个行？"陈毅说："行啊，河水可以带动机器，还可以发电，作用大得很哩！"

经他这一说，大家觉得新鲜，心里又不大信实，提出一拨拉问题，陈毅都讲得清清楚楚。有的问道："这样搞，怕要请个'洋技师'才行啊！"陈毅哈哈大笑："不难，不难，如果大家信得过，我就来当这个掌墨师。"

大家看到陈毅这样热心巴肠的，高兴得拍起巴掌来，决定要搞出个名堂。

动工那天，陈毅才叫忙啊！为了修水槽子，他亲自看水路；为了做流水冲动的大木轮子，他亲自打墨画线。那些天，他时刻都在花心思。过经过脉的活路，他都亲手去做，以做到万无一失。加上十多个石木匠齐心协力，不出十天，水力带动的轧花机真做成功了。好神哪！一股水桶大的流水，沿着水槽直流，冲动木轮子，飞转起来，"嗬嗬嗬"地响，再用皮带传动，五架轧花机连成一排，一齐转动起来了。一架轧花机，一天就可以轧 200 多斤棉花，节省四个劳动力。接着，陈毅还为大家出主意安排了水碾子、水磨子，样样都做得巴实[1]，乡亲们都称赞陈毅为家乡办了一件大好事哩！

讲 述 者：陈映雪　女　76岁　乐至县劳动乡农民　不识字
采 录 者：胡兴模　男　40岁　乐至县文化馆干部　高中
采录时间：1986年1月
采录地点：乐至县劳动乡

① 巴实：妥帖、合适之意。

罗荣桓和“神马先生”

鲁南地区南端，有个古老的镇子。1939 年冬天，罗荣桓政委率领八路军 115 师东进支队，从抱犊崮山区南下，来到了这座古镇。

且说这一天，罗政委开完绅商座谈会，已是掌灯时分。他回到住处，刚刚坐定，就见通讯员小王急火火地跑进来报告：“政委，‘花斑豹’病得很厉害！”

“噢！”罗政委“腾”地站了起来，双眉紧皱，拽着小王，边往外走边说：“走，咱们去看看！”“花斑豹”是一匹白毛红花的战马，罗政委的坐骑。这匹马日行千里，夜走八百，跟随罗政委枪林弹雨、转战南北，立下了赫赫战功。罗政委听说它病了，怎么会不焦急呢！罗政委和小王大步流星地赶到马厩，只见“花斑豹”鬃毛松垂、二目无神，鼻口直喘粗气。罗政委捧起一把料豆，送到“花斑豹”嘴边，“花斑豹”连闻也不闻，将头转到了一边儿。罗政委心里一阵焦急，忙问饲养员：“请人看过没有？”

“报告政委，这次南下，军马医生没有随队……”

“嗯？”罗政委沉吟了一会儿，又问：“地方上有没有兽医？”

“刚刚打听到一位叫田福祥的老大爷，人称‘神马先生’，我正要找他来……”

听到这里，罗政委连连摆手，说：“黑灯瞎火，怎么好让老人家跑路，咱们还是登门求医吧！”说着，就让饲养员牵上“花斑豹”，仨人一同出了大门儿。

饲养员打听到的这位田福祥老大爷，傍 60 的年纪。他祖上三辈全靠给财主喂牲口为生。田福祥从16岁起，就给镇子上头号老财黄家康当马夫，到现在已经有40年了。他虽说人穷，却十分有心计，怕日后年老体衰，被一脚踢出门外，落个冻饿而死，从年轻时就学着给牲口看病。日久天长，他练出了一手绝活：不论是风寒食积、漏蹄烂掌，还是气胀肠结，只要经了他手，便药到病除。就为这，人们都管他叫“神马先生”。

田福祥家住在镇上的东小圩上，因为还不起黄家康的印子钱，被吊打非刑，眼下正跟独生闺女小英在家愁眉不展、走投无路。

却说罗政委他们牵着“花斑豹”，一路打听，来到了田福祥家门口。这时候已是星月满天、夜深人静。通讯员小王不等政委吩咐，跑上前去，抡起拳头就要敲门。罗政委一把拉住了小王的胳膊说：“深更半夜，这样敲门会惊吓着老乡。这里是新区，要特别注意群众纪律！”说着，便亲自上前，轻轻敲了敲门，低声喊道：“老乡，老乡——”

田福祥听见有人叫门，忙从屋里出来，一边应声，一边“吱扭”开了大门。他见眼前站着三个当兵的，不由吃了一惊，胆怯地问道：“长官，您找谁呀？”

小王抢前问道：“你叫田福祥吧？”

“是，是……”

“就是找你！”

“找我？”田福祥借着月光，上下打量着这三个当兵的。

罗政委见老人神色慌张，便和颜悦色地上前搭话：“老人家，我们有匹马病了，想麻烦您老给看一下……”

田福祥一听连连摇头，说：“长官，我会喂马，不会看病哪！”

罗政委早已猜透了田福祥的心理——他不知道我们是什么队伍，故意推托。这也难怪，想到这里，笑了笑，说：“老人家，我们是八路军……”

“这是我们的罗政委！”饲养员不等罗政委说完，接上了话。

“八路！罗政委？”田福祥将信将疑，两眼直瞪瞪地把罗政委浑身上下看了一遍，忽然发现左臂上的臂章，霎时间一颗悬着的心落了地，连连道歉:“实在对不住，罗政委您千万别见怪，实在让老蒋兵作践怕了。您快进家吧！”说着，便把罗政委他们让进院子。

田福祥把罗政委请到屋里，忙着搬凳子倒水，亲热异常。罗政委借着昏黄油灯，环视四周，见屋里空荡荡的。靠山墙一张矮床，床上睡着个十来岁的小姑娘，和衣而卧，寒冬数九，只盖了片麻袋，冻得缩成一团。罗政委不禁一阵心酸，忙把身上披的一件大衣脱下来，轻轻地盖在了小姑娘的身上。田福祥一见，就要上去阻拦，罗政委顺手挡住他:“看冻坏了孩子。”停了半晌，又说:“等打走了鬼子，日子就好了。”此时，田福祥心头滚烫，热泪夺眶而出。他活了快60年，只知道自古兵匪一家，从来没见过这么好的队伍。八路军果然跟穷苦人心贴心，让他不知说啥才好。就在扭过头去擦眼的当口儿。一眼看到院子里的“花斑豹”，忙道:“看我，光顾跟罗政委亲近，忘了正事。”说着走出屋，来到“花斑豹”跟前。罗政委跟着到了天井，恳切地对田福祥说:“老人家，深夜打扰，实在对不起。”田福祥说:“要给牲口看病，叫我一声就行了。罗政委亲自上门真叫我担当不起！”

田福祥牵过“花斑豹”，在月光下把头、脸、腰、背、蹄、腿仔细看了一遍，赞不绝口:“好马，好马！只是劳累过度，又受风寒，病已侵入脾胃，要一面服药，一面调养，须得十天半月才能复原。”

饲养员和小王听说“花斑豹”有救，立时喜上眉梢，一齐央求道:“老人家，那就麻烦您老给治治吧！”

田福祥略略想了一下，对罗政委说:“罗政委，这马就在我这里治病，在我这里喂养吧。用药赶趟，也好服侍，不知您放不放心。”

罗政委没有答话，只是皱着眉来回踱步。田福祥心里有点发毛，急问:“罗政委，你信不过我？”

“信得过，只是你老人家家境如此艰难，怎好给你再添麻烦。”

“一家人不说两家话。罗政委，这马就包在我身上了，半月以后，管叫这马欢蹦乱跳。”

罗政委见田福祥对八路军感情如此深厚，不觉心头发热、眼圈发湿。他一面点头答应把马留下，一面跟小王和饲养员交代：“把药费、草料钱留足，明天再给老人家送些米面。”

小王拿出钱递给田福祥，他说啥也不要。罗政委学着刚才田福祥的口吻说：“一家人不说两家话，老人家，你就收下吧！如果不够，我们再送过来。”田福祥没法子，只得把钱收了。罗政委见天色不早，便起身告辞，临了约定半月之后来牵“花斑豹”。

打这以后，田福祥日夜守着“花斑豹”，针灸、灌药、饮水、喂料，把心全都扑上了。半月之后，“花斑豹”风寒尽祛，胃口大开，果真欢蹦乱跳，跟没病时一模一样了。

这天早饭后，田福祥核计着约定牵马的日子到了，便和小英子一块儿忙活起来。他们先把“花斑豹”喂饱饮足，再把它浑身上下刷得干干净净，只等八路军同志到来。

约莫傍晌，“砰砰砰”一阵敲门声传来。田福祥正要出去开门，只听“哗啦”一声，门已经被踹开，怒冲冲闯进三个人来。田福祥先吃一惊，定睛看时，不是八路军，是黄家康的大儿子黄少枚和他的两个家丁。黄少枚腰挎着手枪，嘴上叼着烟卷儿，斜愣着眼，冲田福祥骂道：“老东西，都腊月初八了，钱该还了吧！”

田福祥“咯噔”打了个冷战：这些日子，他一心给罗政委的战马治病，把黄家印子钱的事儿给忘了。今天他找上门来，凶多吉少。想到这里，忙装着笑脸说：“大少爷，年关将近，告借无门，求你宽限宽限……”

黄少枚听说没钱，便破口大骂：“穷鬼，你老婆坟头上的草都长成树了，可你借我们的钱还不还，想赖！”

田福祥生怕黄少枚发野，赔着小心说：“吓死我也不敢，实在没有钱呐。”

“没钱？有东西就行。这房子也能抵债。这——”黄少枚正说着，一眼看见“花斑豹”，他奸笑了两声，骂道：“老东西，喂着高头大马，还说没钱！”说着走近“花斑豹”，两只眼直勾勾地盯着，嘴里连声嚎叫：“好马，好马！”嘿嘿冷笑两声说：“这马作价大洋十元，顶债了！”说完，回身招呼那俩家丁就要牵马。田福祥听说用“花斑豹”顶债，立时像炸雷轰顶，一步赶过去用身子挡住，小英也牢牢地抓住了马缰绳。

“给我打！”随着黄少枚一声吆喝。两个家丁凶神恶煞，直扑田家父女。黄少枚瞅准空子，窜到“花斑豹”跟前，解了缰绳，转身便走。田福祥和小英拼死命从家丁手下挣脱出来，直扑过去。不料田福祥被黄少枚一脚踢倒。这时小英趁黄少枚不防扑了上去，死死地抓住缰绳，狠狠地照他的手腕咬了一口。黄少枚一阵钻心的疼痛，丢了缰绳，掏出了手枪，举枪要打。说时迟，那时快，只见身后飞来一脚，正中黄少枚手臂，手枪“啪”的一声飞出一丈多远。黄少枚正要发作，转身一看，见是三个八路，立时像吃了哑巴药。你道来人是谁？正是罗政委他们。

罗政委搀扶起田福祥。小英一头扑到罗政委怀里放声大哭。罗政委一边安慰田老汉父女，一边对黄少枚怒目而视，问道：“你们是什么人？为什么欺压老百姓？”黄少枚惊魂已定，瞅了瞅罗政委，慢条斯理地说：“田老头欠我家钱！你们是哪一部分？来管闲事！”“我们是八路军，这就是我们首长罗政委！”通讯员小王满脸怒火，扯起嗓门大声喊着。一听说是八路军罗政委，黄少枚立时软了架，不住地点头哈腰。罗政委走近黄少枚问道：“这位老乡当真欠你的债？”

“不敢撒谎。”

“又是高利贷？”

“我爹让我来讨债，高低不知道。”

“你爹是——”

“家父黄家康，我叫黄少枚。”

“唔！原来是你。”罗政委脸色阴沉，质问道：“前几天绅商座谈会，你父亲参加过。他表示拥护共产党的抗日政策，团结抗战，一致对外，对老百姓不再横征暴敛、重利盘剥。为何阳奉阴违、言而无信？”黄少枚被问得张口结舌，无言以对，只是一迭声地说：“家父抗日，一片至诚，一片至诚。”

“抗日不能只说空话，要拿出行动！”

“是，是，拿出行动，拿出行动。”

罗政委又问田福祥：“田大爷，你欠他多少钱？”

“前年老伴去世，借他五块大洋，到今年本利成了二十块……”

罗政委瞪了黄少枚一眼，斥道：“你们是不杀穷人不富！”黄少枚耷拉着脑袋，大气也不敢出一口。这时，罗政委跟小王要过五块钢洋，递给黄少枚：“田大爷借你家的钱，我们替他还清，再不准你敲诈勒索！”

“不，不，这钱我不要了！”黄少枚只是摆手，不敢接钱。

“拿去！”罗政委厉声道：“对你父亲讲，要表里如一，做伪君子，挂羊头卖狗肉，是不会有好下场的！”

“是，是。”黄少枚怯生生地接了钱，带上家丁，拔腿要走，又被罗政委喝住了。罗政委拾起地上的手枪递给他，严厉地说：“这东西应该用来打日本侵略者，决不许对着自己的同胞！下次再犯，决不宽恕！”

黄少枚接过手枪，连连鞠躬：“下次不敢，下次不敢。”他边说边往后退，一直退到大门口，猛地转过身去，一溜烟跑了。

田福祥见黄少枚抱头鼠窜，多年的阎王债一笔勾销，心里又高兴又感激，一把攥住罗政委的手，老泪纵横：“罗政委，你真是俺救命的菩萨，我该怎么谢你呀！”

罗政委笑笑说：“老人家，你这话我可不敢当，为群众分忧解愁，是咱们八路军的本分。说实在的，我倒是应该好好地谢谢您，您给‘花斑豹’治好了病，又喂养得这么好。”说着，罗政委走近“花斑豹”，拍了拍它滚圆的腰背。“花斑豹”也像通人性，高高昂起头，前腿不停地刨地。罗政委看了多时，喜不自禁，忙从口袋里掏出两块钢洋，双手恭恭敬敬地捧到田福祥面前，感激地说：“老人家，我是个当兵的，战马就是我的身家性命。我谢谢您老人家！”田福祥一下子被感动得泣不成声。他呆呆地望着罗政委，说：“我给财主喂了一辈子牲口，治好了几百匹病马，连一句热乎话都没听到过。今儿个才遇上你们这些好人，你们把我这个糟老头子看得这么重，叫我怎么生受啊！”

罗政委紧紧攥住田福祥的双手，把钢洋放进他的手心，真诚地说：“老人家，我们八路军是人民的子弟兵，群众就是我们的亲生父母啊！”

讲 述 者：张铁民　53 岁　临沂地区戏研室干部　大专

采 录 者：张铁民　53 岁　临沂地区戏研室干部　大专

采录时间：1987 年根据回忆记录

采录地点：临沂市

罗荣桓的传说

南湾街北头，有一座阴森森的关帝庙。每年到了关帝老爷生日这天，关帝庙非常热闹，附近的善男信女们都要给关帝老爷烧香上供。

1915 年，罗荣桓 13 岁了。这一年，离关帝老爷生日还有几天，母亲就开始准备祭品，还要罗荣桓向罗校长请假，一同到庙里烧香。罗荣桓摇摇头，对母亲说："娘，罗校长讲，世上根本没什么鬼神，你也莫去。"

母亲一听，吓得脸色都青了。她一把捂住罗荣桓的嘴，生怕他讲些不吉祥的话，得罪关帝老爷，降下罪来。

罗荣桓见说不服母亲，老大不高兴，暗暗在心里生闷气，直到晚上躺在床上还翻来覆去地想，母亲吃了一辈子苦，逆来顺受惯了，一有风吹草动，就疑神疑鬼。要怎样才能说服母亲呢？罗荣桓想呀想，整整想了一个晚上，总算想出了个办法。

清晨，天刚麻麻亮，罗荣桓就起了床，一溜烟地跑出了屋。他找了个和他要好的、胆子十分大的同学庆伢子，叽叽咕咕地耳语了一阵子才分手。

在关帝老爷生日的先天晚上，在通往关帝庙的小路上，走着两个人影儿，前面是个高大个，挑着一担篼箕，甩着手，走得快；后一个紧紧追赶着。原来，这就是罗荣桓和庆伢子。两人来到关帝庙，推开厚厚的楠木大门，罗荣桓将脑壳往庙内一伸，见无动静，压低声音唤着庆伢子，一同进了关帝庙。两人摸到了关帝老爷的神龛边，费了一把力气，爬上了关帝老爷的腰背后。

罗荣桓打开关帝老爷腰背上的暗门，掏呀掏，掏出一堆茶叶和稻谷来，放在地上，足足有一箩筐。掏完之后，两人又把篼箕里的牛屎填进了关帝老爷的空肚子里，才踏着露水，各自回了家。

那一天，罗荣桓向罗校长请了假，特地跟着母亲，来到关帝庙。他瞧着那一堆堆人，男的女的，老的少的，都跪在地上，叩头祷告，又望着挺着大肚子，留着一口美须的关帝老爷，心里不由暗暗发笑。

几天后，关帝老爷身上散发出一股难闻的臭味，轰动了整个南湾街。当地财主罗风梧一边念着“罪过”“作孽”，一边狠狠地说：“一定要杀一儆百。”

不久，母亲终于知道了这是罗荣桓干的，打又舍不得打，只是在家里狠狠地把儿子骂了顿，饿了他一天饭，算是向关帝老爷赎罪。后来，罗荣桓被家里人看管得严了，母亲也时时为他提心吊胆，总担心有什么不幸降临到罗荣桓身上。

可是，日子一天天地过去了，罗荣桓一无病，二无灾，南湾街上的人也都相安无事。

这件事发生后，罗荣桓的母亲虽说还信神佛，但再也不去关帝庙烧香上供了。

讲 述 者：颜月娥　女　87岁　农民　小学

采 录 者：赵文雄　男　36岁　衡东县文化馆干部　大专

采录时间：1984年11月

采录地点：衡东县

一石公粮

在涉县那边，太行山里有一道清漳河。战争时期晋冀鲁豫边区政府和129师的师部，还有好多的机关，都住在沿河一带的村里。

穿过清漳河往南走，越过九条山涧，翻过九道大岭，就能看到顶梁上有九棵大松树，这就是九松梁，其中第九棵大松树是从崖缝里长出来的，人们就叫它“托山松”。托山松的阴凉里有两间窑洞，窑洞里住着一个白胡子老头，这老头就是老山公。从打八路军到太行山，九松梁上山公的窑洞，就成了个深山交通站。都说他这里是最安全的堡垒户。

这天，山公正在种菜，忽然来了两个老八路。细看来人一高一矮。高个的戴着眼镜，脸庞儿显得清瘦威严；矮点的满面带笑，说起话来格外地精神。矮点的见了山公，说：“山公同志，地方党委介绍我们投奔你这里来了。我的这位戴眼镜的战友老刘同志，近来身体不大好，在部队上他又是个闲不住，我就把他送到你这里来了。让他在你这安全堡垒中‘坚壁’一程子，身体恢复恢复，我再来接他走。给你添麻烦了哇！”

山公说：“咱们一家人不说两家话。部队工作这么忙，我请也请不来呀。只要不嫌照应不到，长期跟我就伴才好哩！”

老刘住在这里，名义上说是休养，实际上还是一点也闲不住。他整天忙着写写画画。隔三差五的有小通讯员骑马跑来，将他批阅过的文件取走，又把新的文件送来。山公对这些事有些不满。有一回就对小通讯员说：“回去给你们部队领导捎个话儿，就说山公我对他们有意见了，不让老刘休息，你们就把他接回去好了！”

山公给部队领导提过意见之后，好像也没生效。心里话，好哇，你有你的主意我有我的办法，你们不让他休息，我非得想法让他喘喘气儿。于是，他从门后顶窗旁边的一个小石龛里，把珍藏多年的一个装棋子的小盒子取出来，硬拉着老刘和他下棋。只要他觉得老刘工作时间太长了，就主动把棋子儿摆开。真想不到老刘的棋子那么硬克[①]，二人时常杀得难解难分。最精彩的一局，他们连战了三天三夜，最后以和局告终。

这天，他们正杀得热闹的时候，送老刘到这里来的那个同志来了，说部队要南征，来接老刘走。山公虽说有些舍不得，也知军令如山，不能挽留，只好和老刘相约，等打完仗再回九松梁，再大战三百回合，决一胜负。

临走，他们给老山公留下一张条子，上边开的是一石公粮，左下角盖着晋冀鲁豫大军区的朱红方印，说这是老刘这些日子的伙食供给，叫山公拿这张条子到地方政府去领一石公粮。如果不愿意去领，到交公粮时，也可用这张条子顶一石公粮的数。

山公再三推让不要，他们说这是子弟兵的纪律和制度，山公才收下了。

老刘他们走后，山公把这张条子装在盛棋子的小盒里，然后才装进棋子，盖上盒盖，又把它藏到门头顶窗旁边的小石龛里，并发誓说：老刘不回来，你就别出来。

几天过去了，几年过去了，老刘没有一点儿音讯。

直到 1949 年的秋天，山公忽然接到一封信，牛皮纸信封上印着“中共中央军委缄”七个大红字。收信人的住址、姓名，是用毛笔写的行书字：河北涉县清漳河畔九松梁询交山公同志收。山公接过这封信，在手里翻过来调过去地端详着，心中纳闷：这是谁给我打来的书信呢？说它是寄错了吧，又写得这么明白。拆开信封，他顾不得看前边正文，先看后边的落款，就见端端正正写着三个大字：刘伯承。下边还注着几个小字：就是当年的眼镜老刘。这一下山公乐了，他对着信上刘伯承的亲笔签名就好像

① 硬克：方言，结实和扎实，这里指棋艺高超。

对着老刘在当面，说道:“我的常胜将军呀，从你一走，我就猜是你，果然让我猜中了！”

刘伯承在信上向山公问过好，就说邀请他到南京去，还特别嘱咐他带上当年的那副棋子，到南京的钟山顶上去大战三百回合。

老山公于是又从门后的小石龛里把装棋子的小盒拿出来，往“哨马”兜兜一装，肩头一搭，就下山去了。

到南京跟刘伯承一见面，老山公头一句话就是:“老刘，那副棋子我可带来了！”刘伯承请老山公吃过饭，俩人就坐下来下棋。等把棋子往棋盘上一倒，当年那张粮条也跟着倒出来。刘伯承拿着这张粮条笑着对山公说:“这不是我当年转拨伙食供给的那一石公粮吗？你怎么没到政府去领？”老山公哈哈笑着说:“当时我不是说过吗，粗茶淡饭我管得起，今天，我两个肩膀扛一张嘴空手来了，这一石公粮就算我的供给关系吧！”

正在这时候，进来一个人，身量不高，显得十分面熟，他上前抓住老山公的手说:“欢迎你，太行山的老堡垒！”

一听这熟悉的口音和笑声，老山公想起来了，送老刘上九松梁，接老刘下九松梁，不都是他吗！山公对他说:“从接老刘的信后，我就猜中你是谁了。”

“你猜他是谁？”

“邓小平政委呗！还能有别人。”

山公在南京住了多少日子，人们也说不准了，光知道他临回来的时候，把那副棋子送给刘伯承作纪念了。那张一石公粮条子，他又带回来了。有人问他:“老山公， 给你十石最好的粮食换你那张条子行吗？”老山公说:“你给我十石赤金豆子我也不换！”

讲 述 者: 司敬祥　男　42岁　涉县索堡公社干部　高中
采 录 者: 叶　蓬　男　31岁　河北省文联干部　大学
采录时间: 1960年
采录地点: 涉县招待所

还门板

上党战役中，刘伯承司令员的指挥部住在黄碾镇老百姓的房子里，门板被电讯员作了电话台。那时正下着大雨，刘司令在门旁的电话机上布置任务，指挥战斗，从外边飘进来的秋雨，把刘司令的衣服弄得湿漉漉的。

警卫员看在眼里，急在心上，为了司令员的健康，他和另一家老乡商量好后，摘下他家的门板，堵到刘司令员住的指挥部的门上。

刘司令员发现了，问警卫员："门板是从哪里弄来的？"警卫员回答："从老乡家借来的。"刘司令员问："借来门板堵到门上为了啥？"警卫员说："为了挡住雨水。你这几天的衣服一直是湿湿的。"

刘司令员说："为了给我堵风雨，难道就不怕老乡家进风雨？要知道我们打仗就是为了解放全国的老乡啊！快把门板还给老乡。"警卫员还是迟迟不动，刘司令员说："小鬼，我命令你，马上把老乡的门板送回去！"

警卫员立即把门板还给老乡，并向老乡道了歉。那个老乡老泪纵横，不知说啥才好。

讲 述 者： 卢媚花　女　42 岁　长治市医院职工　初中

采 录 者： 张文君　男　50 岁　干部　大专

采录时间： 1987 年

采录地点： 长治市城区

刘司令的“亲兄弟”

刘伯承司令员率领大军挺进大别山，到达英山境内。消息传来，国民党的虾兵蟹将怕得要死，穷百姓可就喜得要命。

英山彭畈乡有座不大不细的山，山腰有个不大不细的庙，庙里有个不大不细的金菩萨，传说这金菩萨是唐朝皇帝李世民赐封的“白衣娘娘”，这庙就叫“白衣庵”。

那天一大早，白衣娘娘的神座前，有个一长二大的汉子跪在地上祷告：“娘娘在上，保佑我刘百成平平安安。”祷告完后，就挑着一担片柴到彭畈乡小街上去卖。这条小街上驻着国民党的一营“兔子兵”。当他挑柴来到军营门前时，忽然听到一阵咋呼：“抓刘伯承！抓刘伯承！”抬头一看，四周围住了一圈步枪刺刀。一个歪帽黄狗子站在台阶上指手画脚地嚷：“他就是刘伯承，快抓住他！”

其实，刘百成是白衣庵附近的一个农民，早晨祷告时，被国民党便衣听到了，误把他当成了刘伯承。

刘百成被敌人误抓的事，刘司令员很快知道了，他对战士们说：“这些兔崽子捉了我的亲兄弟，快去把他救出来！”当天夜里，就收拾了国民党的一营“兔子兵”。

刘百成脱难后，一个战士告诉他说，首长要见他。转眼间，院门口进来了几个人，说说笑笑的。有个戴眼镜的，径直朝他走来，笑着叫了一声：“刘老兄，咱们俩是同姓同名的亲兄弟呀！”刘百成傻了眼。那戴眼镜的又说：“我也叫刘伯承呀！”刘百成大吃一惊，想不到威震大别山的刘伯承司令还跟他称兄道弟哩！

后来，刘百成把自己的名字改为“刘遇承”。

讲 述 者： 张士进　男　46 岁　英山县农民　初中

采 录 者： 张旭东　教师　高中

张友生　农民　初中

采录时间： 1987 年 6 月

采录地点： 英山县南河镇

送对联

1927年的春节前夕，国民革命军川军总指挥部为了让泸州人民过好起义胜利后的第一个春节，便组织了军队的政工干部，动员了泸州师范学堂和泸县中学的师生走上街头，义务为工农商书写对联。短短几天，全城各行各业的铺面上都贴满了各式各样的对联，泸州城沉浸在节日的欢乐气氛中。对此，总指挥刘伯承感到十分高兴。

大年三十晚上，城中也能听到稀疏的鞭炮声了。刘伯承带领一队人出来巡查。来到新马路顺城街时，见沿江的住家户门枋上也贴了各式各样的对联。唯有推豆腐卖的李老头门前还没有贴，便停下来，隔着窗子往屋中一看，看见李老头父女正在磨豆子。一边推磨，一边在说话。“爸，明天卖了豆腐，留点钱买几张大红纸，我们家也要请革命军中的秀才为我们家写副对联，贴在门上，我们也要欢欢喜喜过热闹年。”只见李老头添了一勺豆子后说：“女啊，不知人家愿不愿意为我们这样的人家写？”“爸，他们会写的，哪天晚上你抽空去白塔寺听一听，人家讲得可好听啦，真是句句都说在我们穷人的心窝里了。”

父女的对话被门外的刘伯承总指挥听得一清二楚。巡查完后，刘伯承回到指挥部，李老头父女的对话又响在耳边。平日，指挥部要豆腐，打个招呼，不是李老头送来，就是他女儿送来。豆腐做得细白鲜嫩，豆腐干味美可口，价钱又公道。想到这里，刘伯承立即叫来卫兵取来纸笔，当即请文书代他写一副对联，上联是：“半夜磨豆，磨心、磨骨，磨出一个新天地”；下联是：“黎明叫卖，叫长、叫短，叫喊世间庆升平”。刘伯承一看，写得还贴切，便连夜叫卫兵拿去贴在李老头家的门枋上。

第二天一早，父女便挑上豆腐、豆腐干上街去卖。初一这天，买豆腐的人特别多，一下子就卖完了。父女高高兴兴地去买了两张大红纸，回去准备请人写对联。

当父女到家门口时，看见一大群人正在议论纷纷，又说又比。李老头不知出了什么事，把担子一放，分开人群一看，见自己家的门上也贴上了对联。有人告诉他，对联落款处写的是总指挥刘伯承赠。当他知道是革命军总指挥送给他家的时候，李老头这才恍然大悟，没想到昨晚上他父女的说话全被总指挥知道了，连夜为我这个推豆腐卖的穷人送来春联，一下子激动得说不出话来。这时，女儿提醒他说："爸，这买来的红纸写什么呀？"李老头一把接过大红纸，说："走，我们穷人也要去找个教书先生写一副对联来送给总指挥大人。"邻居们一听，觉得是个好主意，找到了教书先生写，上联是："倒项城，击刘湘，功贯古今第一个"；下联是："为革命，保泸州，才兼文武世无双"。李老头和女儿双手托着春联，邻居们敲锣打鼓，放起鞭炮，把对联送到刘伯承总指挥部。

采 录 者：陈鑫明　男　40岁　干部　大专

采录时间：1982年6月

采录地点：泸州市

附记：本篇系采录者根据回忆记录下来，讲述者情况已不详。1926年12月1日，川南爆发了一场由我党领导的武装斗争。这场斗争就是彪炳史册的"泸州起义"，刘伯承同志为起义的总指挥。

陈赓送肉

1942年春天，陈赓从司令部来到一分区所在地和川镇贾寨村检查工作。当时，一分区司务长为了给首长改善生活，喂了一口小猪。经过几个月的喂养，已长到30多斤重了。

在一分区驻地旁边，有盘石碾，村民常来这里碾打粮食。陈赓来这里检查工作的当天傍晚，太阳已经落山了。村民林盛背着半袋玉米到碾上碾玉米面。他正在推碾，一分区饲养的小猪娃拱破圈子，跑到碾场，啃吃了他口袋里的粮食。林盛发现小猪娃吃玉米，一焦急，拿起石头朝小猪砸去，把猪打死了。一分区司务长看到死猪，硬要林盛赔偿。林盛心里有火，二人便吵了起来，越吵声音越大，惊动了窑洞里的陈赓。陈赓和一分区领导走过来，弄清事情的经过，陈赓马上向林盛赔不是，并对司务长进行了严肃的批评。事后，炊事员把小猪煺了毛，做成熟肉送到陈赓的饭桌上。面对香喷喷的猪肉，陈赓风趣地说："今天，我们改善生活哩。快，给老乡也送上一碗肉。"

讲 述 者：逯丁艺　男　55岁　安泽县政协干部　中专

采 录 者：孙延震　男　25岁　干部　大专

采录时间：1986年10月

采录地点：安泽县

草人借弹

刘志丹领导陕北人民闹“红”那阵，人们把他带的游击队传神了，简直成了天兵天将。实际上当时游击队的人马很少，只有几十个人、几十条枪，子弹也少得可怜，每条枪最多只有三发子弹。队员们把子弹看得比金子还贵重，看起来一个个子弹袋装得满满的，其实全是些用高粱秆切成的“子弹”。

有一天下午，刘志丹从山下回到游击队驻地，见队员们正三个一群五个一伙，围在一起造子弹哩！有的往起冲子弹壳上的火帽，有的把一根铁棍砸成一截一截，有的在石头上磨子弹头……他想，要把手指头粗的铁棍，磨成毛笔头一样的子弹头，的确很不容易！

刘志丹想出一个向敌人“借”子弹头的办法。他布置大伙扎制十个草人，外表装扮成游击队的模样，队员们都很奇怪，不知道刘志丹为啥叫扎草人。刘志丹笑着说：“让草人给咱游击队造子弹嘛！”

两天以后，十个草人扎成了，有的拢着白羊肚子手巾，有的戴着草帽，有的握着木刀，有的端着木枪，个个都像真游击队员。

这天晚上，刘志丹带领游击队员扛着草人下山了。他们走到川里，把十个草人放在庄子后沟的山坡上。坡上荒草齐腰，还长着稀稀拉拉的树木，这是刘志丹在前几天看好的地形。刘志丹指挥队员在山坡上立好草人，又让附近几个村庄的群众埋伏在山坡四周，呐喊助威。

离这里五里路的一个山寨上，住着一排白匪军。这群害人虫依仗着自己枪好子弹多，根本不把游击队放在眼里。带队的排长是个歪脖子，坏得要命，经常带着匪兵窜到各村抓鸡打狗。

这天早上，歪脖子排长吃完抢来的鸡肉正坐在椅子上剔牙缝，值班的匪班长引进一个农民，报告说："刘志丹带着游击队到我们村里了！"

"什么时候到的？"

"半夜来的！"

"你是哪个庄上的？"

"刘家寨！"

"游击队有多少人？"

"刚刚十个，拿五条枪，五把大刀。"

匪排长瞪着眼睛，对那个值日的匪班长说："你快去侦察一下，看情报是不是真的！"

过了一阵儿，匪班长气喘呼呼地跑回来了，向歪脖子报告说："刘志丹真的下山了！"

歪脖子一听，留下一班守寨子，带上两个班直向刘家寨扑来。

刘志丹见白匪军上钩了，心中大喜。匪军们刚要进村，游击队向匪军们打了两枪，就向后沟里跑去。歪脖子一看游击队逃了，紧追不放。游击队跑到山坡前，就钻进一条小山沟里，三绕两拐地爬上山头去了。歪脖子追到山坡前，不见了游击队，东瞅西看，忽然发现山坡上的草丛里有游击队员，他马上命令匪军们向游击队猛烈射击。

打了一阵，歪脖子一看，游击队员一个也没有被打倒，不由吃惊地叫："游击队真的枪打不进吗？！我就不相信。弟兄们，狠狠地给我打！"

匪军们又是一阵猛烈的射击，把游击队员手里的枪打掉了，刀打落了，可游击队员还是好好地站在那里，一动不动。

歪脖子一看更气了，说："游击队枪打不入，弟兄们，快上去用刺刀捅！"

匪军们在歪脖子的手枪威逼下，向游击队员跟前爬去。当匪军们快要接近游击队员时，突然飞来两颗子弹，两个匪军随着枪声滚下山坡。匪军一看，吓得趴在地上动也不敢动。这时，四面山上喊杀声雷动，漫山遍野都是挥舞着木棍、铁锨的人群，喊着“缴枪不杀”的口号，从四面八方直向匪军压来。

仗打胜了，群众高兴地帮助游击队打扫战场，寻找弹壳，挖子弹头，不一会儿就拾回1000多个弹壳，挖到了七八百个子弹头。有个游击队员高兴地说：“三国的诸葛亮会草船借箭，咱们的刘志丹能草人借弹！”说得大家都哈哈大笑起来。

讲 述 者：田兴旺　男　70岁　志丹县老干局老红军　小学
采 录 者：白　黎　男　50岁　志丹县党史办干部　大专
采录时间：1986年
采录地点：志丹县

雪甲冰靴过辉发河

杨靖宇师长率领第一师，离开磐石，从南边过了辉发河，到濛江去开辟新的根据地。

小鬼子怕红军钻进长白山老林子里，就跟着红军屁股后边儿点起一把火来。他们派出成千上万的日伪军和警察大队，跟踪出击，一心想把红军消灭在辉发河北岸。

红军为了抢时间，就来个急行军，要赶在辉发河上冻前，蹚过河去。

小鬼子紧紧咬住杨靖宇的部队，尾追不舍，他们满以为天气冷，红军无法过辉发河，这样，他们就会不费吹灰之力，把红军队伍吃掉。

和老天爷抢时间，就得凭勇士们的两条腿。红军们一溜儿小跑，往前赶路。没曾想，刚刚 11 月就下起了冒烟儿雪，西北风卷着雪粒儿，狠狠地打着红军战士的脸和手。

这个队伍里有三个小战士，一个姓万，两个姓李。这三个小嘎儿①紧跑紧跟，狗皮帽子上都冻了老厚一层霜花。三个小嘎儿变成了白毛小老头儿了。

日头老爷快落山时，队伍才赶到了河边山冈上。这会儿大河两岸风夹着雪越刮越大。又宽又深的辉发河已经冻上一层薄冰，只剩下一条窄窄的河心没有封上。靠两条腿取胜的红军明白，想要顺利地过河，是很困难的。有的战士逗趣地说："咱们蘸蘸冰糖葫芦呗。"

---

① 小嘎儿：半大孩子。

三个小嘎儿冻得直哆嗦，头上也不冒热气了。一会儿工夫，皮帽耳子和棉袄领子就都冻到一块儿了。要是这个时候下到冰河里，走不到对岸，不就给冻在河里了吗？大伙儿都紧抱着膀子，眼睛盯着冰河，琢磨蹚河的法儿。

杨靖宇师长在河边来回走了两趟，看了又看，就告诉三团长集合队伍。他牵着自己骑的大红马来到三个小嘎儿跟前，先把最小的小李抱上马背，又把那两个小嘎儿抱上马背。小万大两岁，他翻身跳下马来，说："我都十三了，能蹚过去，我不骑马。""太凉了，冻抽筋儿就过不去了，快上马！"杨靖宇命令道。"我不怕抽筋，马该师长骑，要不然你抽筋儿，可咋办？"杨靖宇"扑哧"笑了："这小鬼，你不怕抽筋儿，可也得听话呀。"说着又把小万放到马背上了。

队伍集合好了，杨靖宇对大家说："日本鬼子想叫老天爷帮他的忙，把我们堵在辉发河北岸，吃掉我们。可我们一定要冲过河去，把鬼子讨伐队扔下，叫他们瞧着咱们队伍进军长白山。这不是老天爷帮咱们的忙吗？你们说对不对？""对！"大伙儿说。

蹚过河去的命令下达后，杨靖宇牵着马第一个跳进河里，大步流星地朝河心走去。薄冰在脚下"嘎巴嘎巴"地裂开，冰块儿浮在水面上，被激流冲走。红军们也一个个跳进水里，向对岸蹚去。

水齐腰深了，大红马扬起脖子，在水里艰难地走着。杨师长站在激流里，露出水面的双肩冻成了一层雪的冰甲。

杨师长牵着马登上了南岸，把三个小嘎儿抱下马来，把缰绳递给小万，向队伍喊道："千万不要停下，快步往前跑！"喊完，就领头跑了起来。泡在冰河里本就透心儿凉，上了岸又在大风雪中跑，那滋味儿别提有多难忍了。上身衣服一经风吹就冻成了冰，真像明晃晃的铁甲上挂了一层银星星。战士们的两条腿刚上岸还往下淌水，跑不到半里地，鞋就成了冰靴子，两只脚成了一对冰坨坨，走起路来"嘎巴嘎巴"直响。

队伍一口气跑了十几里地，来到了一个小村庄住下了。

真不出杨师长所料，队伍过了河还不到两个时辰，日伪军就赶到辉发河边上。他们瞅着河水发呆，就向河对岸放了一阵枪，掉头跑回去，向他们的主子“报功”去了。

讲 述 者：周永福　男　67岁　汉族　通化市农民　初中毕业

采 录 者：李文瑞　女　32岁　汉族　吉林市文化干部　高中毕业

采录时间：1963年（1989年复核）

采录地点：辉南县

杨司令种地

这个故事出在海龙和磐石两县交界的一个小村子五块石。“九一八”事变第二年春天，鬼子、汉奸和胡子你来他往，不是抓人就是绑票，见鸡就抓，见猪就杀。年轻小伙子和妇女，白天钻山，夜晚猫洞，人们伙儿养一头老黄牛也天天跟着跑荒，地哪能种好呢！

这天晚上，人们凑在一起，商量种地的事儿。这时村里涌进来一伙儿人，有的穿军装，有的穿便衣，还牵着一匹白马。老百姓分不清是哪一面儿的，小伙子和妇女赶忙躲开，把老黄牛也藏起来，只有牟老五和温长海出来应当。这伙儿人真怪，他们不像汉奸，也不像胡子，乡亲们给他们做饭，他们给米钱；给他们喂马，他们给草钱，一口一个“大爷”，和和气气地跟大伙儿唠家常。牟老五胆小心细，处处加小心，生怕出娄子，黑灯瞎火去喂马，忘了把嚼子摘下来。

第二天一早，队长请他们。这个队长是个大高个儿。他说：“谁喂的马呀？怎么不摘嚼子呀？”吓得牟老五半天没说出话来。温长海说：“我喂的，也不知道你的马带嚼子，你怎么罚，我怎么领吧。”那个队长笑了，说：“罚你扶犁、点种儿，我们拉犁。”一句话，把牟老五、温长海闹愣了。

原来，这伙儿人马是抗联战士，那个队长就是杨司令。他们知道老百姓种不上地，特意给他们送来一匹白马配套。没想到马带嚼子没吃好草。杨司令和同志们一合计，时间紧迫，就用人拉犁种地吧。

牟老五和温长海头一次看到抗联战士，心不托底。抗联战士和他们唠嗑儿，他俩哼儿哈儿地支吾着；抗联战士给他们种地，他俩不紧不慢地随从着。抗联战士不着急，也不发火，背着绳套在前边，拉呀，拉呀，也不说累，也不叫苦。

歇头气儿了，温长海小声儿和牟老五说："看他们干活儿实实在在的，像是好人，把老黄牛牵出来吧。"牟老五呲儿他一句，让他少说话。他俩还是不紧不慢地跟着拉犁。抗联战士在前边拉呀，拉呀，脸上的汗直往下淌。

温长海再也沉不住气了，他放下犁杖跑到前边去，和一个战士说："你太累了，咱俩换一换吧。"那个战士说："不累不累。"他又和杨司令说："队长你太累了，咱俩换一换吧！"杨司令思谋一下说："也好，大家轮换着干吧！"大家就轮换着拉犁，点种儿，踩格子。

这伙儿人干啥啥带劲儿，杨司令活像一个打头的，扶犁、点种儿、踩格子，样样都在行。牟老五见了对温长海说："这可真是咱老百姓的军队，快去叫咱们人回来。"他自己跑回去了，把老黄牛牵出来，向杨司令赔礼说，"我们不知道你们是啥人啊，这头牛的事就一直瞒着你们"。这时战士把喂饱的白马也牵出来了。杨司令说："我们早知道你们有一头牛，所以才给你们送一匹白马来配套。"

温长海把抗日联军种地的事儿传出去，一传俩，俩传仨，不到一袋烟的工夫，人们全回来了。有的使镐，有的用犁，不几天把地全种上了。老乡们感谢抗日联军，拉着拽着到自己家去吃饭。姑娘媳妇们争着抢着给抗日联军拆洗衣裳。有人怕抗日联军走了，种上的地再撂了。杨司令知道了，就留下三面红旗，两棵抬杆子①，告诉他们，有情况和抗日联军联系。

抗日联军走了，人们把红旗竖在岗梁一棵大树上。大伙儿铲地，一人在上边瞭望，日本"讨伐"队来了，就给他来个"空城计"；小股土匪、

① 抬杆子：重型的土枪。

汉奸来了，就“咚咚”地给他几抬杆子。天长日久，名声闯出去了，都知道抗日联军给他们撑腰，汉奸、警察看见红旗，假装没看着，绕道儿走了，土匪看见红旗，就蔫退[①]了。

讲 述 者：赵大娘　女　56 岁　汉族　海龙县家务　不识字
采 录 者：向　农　男　43 岁　海龙县干部　初中毕业
采录时间：1963 年
采录地点：海龙县

异文：

这是哪年哪月的事，记不清了，反正是杨司令领着抗联打日本鬼子的时候。

有一年春天，正是春暖花开的季节，杨司令带领队伍不知从哪儿打仗回来，路过珠宝岭时，就见一伙人在那儿种地。他们一没牛，二没马，全是人拉犁杖，老半天才翻一垄地。杨司令见了，心里一阵难过。他回过头来对战士们说：“同志们，你们看吧，咱们中国人叫日本鬼子欺负到什么份儿上了，种地连头牲口都没有！”大伙儿一看，心里这个不是滋味儿。这工夫，杨司令看看战士们，又看看那几个种地的，就对大伙儿说：“咱们先别走了，帮助老乡把这块地种上！”大伙儿一听，都说：“好！”就一窝蜂似地跑去了。这个帮拉犁，那个替点种儿。那几个种地的一看，心里都明白了，除了杨司令的队伍没有第二份儿。这时，一个 60 多岁的老头儿说了话：“你们一来，我们的心里也就托底了。”杨司令说：“是啊，等到把日本鬼子打跑了，大家就可以过安稳日子啦。”

这工夫有一个八九岁的半大孩儿毛愣愣地说：“杨司令的队伍真好，我就是没见过杨司令啥样儿！”他这一说，大伙儿都哈哈地笑起来了。杨司

---

① 蔫退：悄悄溜走。

令一边摸着他的小脸儿和脑袋瓜儿，一边问他："你想看他吗？"那小孩儿把脑袋一歪说："我早就想杨司令了，你不好捎个信儿给杨司令吗？"杨司令笑着说："等我给他捎个信儿，就说有一个小孩儿叫你替他去拉犁杖！"那个小孩儿一听，把小嘴一撅说："那可不行，杨司令是个大官儿，哪能叫他来拉犁杖！"杨司令一听就哈哈笑开了："杨司令可不像你说的那样，他要是来了，一准儿替你拉犁杖。来，咱们干吧！"说着，他把上衣一脱，就和战士们拉起犁杖来了。也不知他有多大力气，走起来只听"呜呜"直响，不一会儿就是一条垄，翻起来的土又深又喧乎。

杨司令干得可上劲儿了。战士们见他走了一宿，怕他顶不住，一个劲儿地劝他休息，杨司令擦了擦汗笑着说："我行军你们睡觉了吗？拉犁杖种地是大伙儿的事，人人有份儿，你们说对不对呀？"大伙儿都知道他的脾气，不管干啥，都和大伙儿一个样儿，你就是磨破嘴皮也不行，只好让他拉吧。大伙儿和杨司令一块儿干活儿，觉得浑身是劲，这块地还不到晌午就干完了。

临走时，那个小孩儿又把脑袋一歪说："请你给杨司令带信儿啊。"杨司令听了，笑着对他说："好啊，他一定能来给你拉犁杖！"说着就带领队伍走了。（靖宇县）

讲 述 者：卢万福　农民

采 录 者：刘殿祥　男　30岁　干部　小学毕业

采录时间：1962年

采录地点：靖宇县珠宝沟

附记：采录者刘殿祥已故去，不能提供讲述者详情。

杨靖宇雪夜摸敌群

1938年冬，杨司令带领抗联一军在深山老林里与日伪军“讨伐队”周旋了三天三夜，敌人一个个被拖得精疲力竭。

旧历冬月，铺天盖地的大雪下了好几场，整个山岭大雪平地没膝。大烟泡[①]一刮，更是连气也喘不上来。上山时爬一步滑一步，下山时连溜带滚，一天的急行军，战士们一个个滚成大雪球。

夜幕降临了，在桦甸县水曲柳沟的森林里，两搂粗的老松树下是一圈干松松的草地，战士们围着老松树点起一圈篝火，背靠着树干说笑着。为了应付紧急情况，他们把蹚湿的鞋脱下一只烤干后，塞上靰鞡草穿上，再脱另一只。

“老杨，该‘改善一下伙食’了吧！”平时，老部下们总爱这样喊他。大家把打仗，都叫“改善伙食”。

杨司令把狐狸皮帽耳朵往上一卷，习惯性地磕磕烟袋锅，对大伙说：“别急，看今天晚上的吧。”战士们看得出，一场漂亮仗将要打响了。

晚上9点多钟，六名战士侦察回来了，杨司令听完汇报，果断地一挥手：“好，今晚咱们来个摸火堆，打他个狗崽子。”

就在这时，杨司令传下命令：“全体集合，按原路返回！”

蹚着厚厚的雪，战士们顽强地跋涉着。爬上岗梁，四下一瞅，远处是灰蒙蒙的山，近处是静悄悄的树，神不知，鬼不觉，正是偷袭的好时机。

---

① 大烟泡：方言，暴风雪。

“火堆！”走在前面的战士突然用手一指，只见山下隐隐约约出现了惨淡的篝火，再往前摸，敌人的帐篷也看得见了。直到离帐篷只有20多米远的地方隐蔽起来。

天，哑巴冷。敌人哨兵甲冻得钻了帐篷。帐篷外的火堆里，时而“噼叭”地响着，帐篷里的鼾声也听得见了。

突然，“叭”的一声枪响，曳光弹飞扬老高，雪地照得银白。霎时，机枪、步枪、手榴弹一齐飞向敌营。眨眼工夫，帐篷翻了，山沟里一片鬼哭狼嚎。大约一袋烟的工夫，这些跟踪了三天三夜的“讨伐队”在梦中上了西天。

因为黑夜不便打扫战场，第二天早一看，打死的敌人光着脚躺了一山沟，雪地里到处都是炸飞了的鞋。

战士们把枪支弹药收拾完以后，杨司令下命令：

“留下一个机枪排，其余全撤！”

讲 述 者：姜殿元　男　58岁　东宁县东宁镇农民　不识字

采 录 者：贺兴玉　男　34岁　东宁县东宁镇农民　初中

采录时间：1985年7月

采录地点：东宁县东宁镇

将军拉马垫镫

抗日战争时期，太行山一带流传着这样一首歌曲：

爆炸英雄李成山，
切断鬼子交通线，
汽车炸成破瓜架，
车上的鬼子血成滩。

我这可不是瞎编。说起李成山来，在涞源县无人不知无人不晓，那可是个了不起的人物。你也许不知道吧，这还有段聂荣臻司令员为他拉马垫镫的故事哩。

那是一次庆功大会上，有个30多岁的中年汉子走上了领奖台。这人身材魁梧，满脸络腮胡子，往那一站，呵！好不威风。认识他的人都知道，他就是那个爆炸英雄李成山。聂司令员手捧着光荣花，走到李成山的跟前，拍着他的肩膀笑哈哈地说："好样的，咱们中国要是有许多像你这样的抗日英雄，还愁小日本赶不出中国去！"说着，将光荣花给他戴在了胸前。李成山忙打了个立正，端端正正地给司令员行了个军礼。台下的人都给他鼓掌。司令员又拉着李成山的手，走下领奖台，从一名战士手中拉过一头大毛驴，奖给李成山。这头驴比一般的驴高大，最出奇的是从头到尾没一根杂毛，长得乌黑锃亮。要不是那嗷——嗷——地叫，人们都以为是匹马呢。司令员把驴拉到李成山跟前，说："愿你骑着这头快驴，踏遍太行山，希望你要多炸鬼子，多立功。”说完，司令员左腿一躬，右腿稍向下一弯，成垫镫姿势，稳稳当当地蹲在了那头毛驴的左侧。当大官的给当兵的当垫镫，这可是奇事，人们甭说见过，连听都没有听说过，今儿个可是大开眼界了。台下一双双眼睛都盯着李成山。再看李成山，他长这么大根本不知道什么叫害怕，可今儿个这事也着实让他有些不自在。可很快他就稳定下来，他正了正帽子和衣扣，端端正正地给司令员行了个军礼，左腿轻轻一抬，就蹬在了司令员的膝盖上。右腿一跷，稳稳当当地骑在了那头高大的驴背上，动作干净、利索。这下，全场的人都给李成山喝彩，司令员也满意地笑了。

讲 述 者： 刘　普　男　80岁　涞源县教坊村农民　不识字
采 录 者： 袁士朝　男　36岁　涞源县曲村干部　高中
采录时间： 1989年10月
采录地点： 涞源县教坊村

李先念修面

皖南事变后，李先念任新四军第五师师长。继续留在大别山一带，发动群众打击敌人。

一天，他来到横车策山访问开明绅士张九丹。张九丹正眯着眼睛让剃头师傅给他修面，忽听门外有人禀报："九公，有位大官要见你。"九公连眼也不睁开，说："刮完胡子再接客。"

剃头师傅抬头一看，见是新四军李师长来到跟前，吓了一跳，心一慌，剃头刀从手上掉下地来。张九丹靠在椅子上说："大官又怎么样？慌什么？"

李先念笑眯眯地走到剃头匠跟前，拾起剃头刀，左手轻轻地按住张九丹的额头说："看我的手艺荒了[①]没有。"张九丹睁开眼睛一看，认得是李先念师长，好不自然，说："啊，是你家来了。"李先念捺住张九丹的头说："别乱动嘛，你的脑壳在我手上，安全由我负责啰！"

张九丹说："首长，你这么大官，怎么能要你给我修面？"李先念一边为张九丹刮胡子，一边说："大官又么样？慌什么！"张九丹面红耳赤地站起来，抖落围袱，打算向李先念赔礼。李先念连忙按他坐下，说："刮完胡子[②]再接客嘛！"

---

① 荒了：即生疏。

② 刮胡子：俗语中意为碰壁、给人难堪，用在这里是双关语。

讲 述 者：张百清　男　60 岁　蕲春县剃头匠　不识字

采 录 者：张明清　教师　初中

韩海清　干部　高中

采录时间：1987 年 6 月

采录地点：蕲春县马畈乡策马村

李先念路过槐树庄

1947年冬季的一天，王二娃刚上岗，点着烟锅抽了一口，就见从槐树庄沟口走来了两个人。走在前面的披着个黑山羊皮袄，叼着个玛瑙嘴烟锅；走在后面的年轻一些，背着个大背包。王二娃迎上前去问：“干啥的？”

“过路的。”

“有通行证吗？”

披羊皮袄的回答：“没有。”年轻的只是笑。

王二娃冷冷地说：“不允许通行。”

年轻的刚想说啥，让披黑羊皮袄的挡住说：“我们确实是普通老百姓。”

排长王占魁听到吵声，走过来，认出披黑羊皮袄的就是几天前在马栏大礼堂观看文艺演出的李先念同志，赶紧上前敬了个礼说：“报告首长，请通行吧！”

王二娃说：“他们没有通行证。”

王占魁笑了：“哈哈，要啥通行证，他是我们的首长李先念同志。”

王二娃说：“不行！不管任何人，没有通行证是不能放行的。我守着这条道路，就要负责任哩！”

俩人争执不下。这时李先念上前拉住王二娃的手说：“小同志，你说得对。革命就是要负责任，任何人通过都得有通行证。”说着，让年轻同志拿出了通行证，他拍了拍王二娃的肩膀：“考验小同志哩，关中战士的觉悟不低嘛！”

王二娃看过通行证，双脚并齐给李先念敬礼道："请首长上路。"

李先念呵呵笑了："好，好！我还要送你一个礼物哩。"他卸下自己的烟锅嘴，按在王二娃的枸蕖蕖烟锅上，说："这玛瑙嘴小得很，可红里透光哩！"

讲 述 者：王八胜　男　74岁　旬邑县马栏乡农民　小学

采 录 者：师雪松　男　34岁　旬邑县文化馆干部　中师

采录时间：1988年11月25日

采录地点：旬邑县马栏乡马栏村

“木头人”骗敌记

1931年6月，黄公略军长奉命从兴国去吉安县东固镇，领导红三军在此进行第三次反“围剿”。在行军路上，黄军长看到沿途张贴着捉拿他的“告示”，风趣地对红军战士说:“想不到，蒋介石竟不惜血本来买我的头啊。”

红三军来到东固后，住在六渡凹附近一个偏僻的小山村里，这个村子只有三户人家，因为都姓胡，所以附近的老表就叫它“胡家村”。

黄公略住的这户人家，户主叫胡瑞祥，是个年轻木匠，尚未成家，家中只有他和老母亲两人。胡木匠是个能工巧匠，没经师传，却能做一手极精巧的木工活，而且还擅长用树蔸雕刻人像，雕什么人就像什么人。

黄公略来到胡家村后，一有空闲便帮助胡木匠母子干活，茶余饭后也常同胡木匠谈一些革命道理，使这个埋头做手艺的年轻人懂得了只有红军才是真正为工农谋利益的队伍。因此，胡瑞祥时常帮助黄公略搜集情报，与红军战士一道做宣传鼓动工作。胡瑞祥从警卫员口中得知，比他只大几岁的黄公略，是个身经百战的红军军长，便非常敬佩黄公略。一天，胡瑞祥从山上背下一个大树蔸，进屋里时，看见黄公略正伏在桌上，观看军事地图。胡瑞祥便生出要给黄公略塑像的念头。于是，他将树蔸放在院子里，又悄悄拿出木匠工具，一边仔细地观看着黄公略的举动，一边用工具削、砍着树蔸。

胡瑞祥用了三天时间，把黄公略的塑像雕出来了。战士们高兴得不禁拍手叫好，忙把黄公略从屋里拉出来观看。这时，胡瑞祥反倒不好意思起来，拍拍身上的木屑，说："黄军长，没经你同意，我偷着给你塑了个像。"

黄公略看了塑像，感到胡木匠的手艺确实不错，便说："胡师傅，从手艺上讲，你是个能工巧匠。不过，你给我塑像反而要害你们一村的群众。要知道，国民党说我们红军是'匪'，我就是'匪首'。你给'匪首'塑像，那是要满门抄斩的啊。我看还是劈了当柴烧吧。""烧掉？"听说要把自己几天的辛勤劳动付之一炬，胡瑞祥顿时有些不快，他对黄公略说："我可舍不得呢！有你们红军在，我看'中央军'不敢来！"黄公略说："还是烧掉了好。要知道，我们红军目前像条木船，今日东，明朝西的，别连累了伯母及另外两户人家。"胡母在一旁说："哎，黄军长，我可不是怕死的人。来，祥子，娘同你把这塑像扛到堂屋里去。""对，不能烧掉。"几个警卫人员也随声附和着。于是，塑像被众人抬进了堂屋。

就在这天晚上，发生了一件意想不到的事。

一个叛徒得知大部分红军正在为反"围剿"做临战准备，黄公略只带着几个警卫员住在胡家村，他立即向白军的一个团长告密。这个团长听说能逮到黄公略，心想这是升官发财的好时机，便命令一营长带队前去搜捕，并指令"抓活的"。

敌营长带着队伍立即出发，一下子将胡家村团团围住了，在叛徒的带领下，敌营长来到胡瑞祥家附近，只见胡家灯光闪闪，有一个人正披着件衣服坐桌边看什么。叛徒透过灯光一看，大喜，贴着敌营长的耳朵，轻声说："长官，这坐着的，就是黄公略。"敌营长用左轮手枪头推了推自己的帽子，问："你看清了真是黄公略吗？""长官，绝对没错，就是烧成灰我也认得他。"叛徒答道。

一听说是黄公略，众敌军立即紧张地拉动枪栓，呼啦啦四下散开。敌营长挥动左轮，高声喊道："黄公略，快出来吧，你被包围了！"

这时，屋里的灯光一闪一闪，灯下的身影好像在移动似的。众敌军以为黄公略要逃走了，都屏住声息，双双眼睛紧紧盯住窗子，一连长沉不住气了，扯着公鸭嗓子叫道："黄公略，识相一点，快出来投降吧，可以免你一死。”敌营长接着说：“岂止免你一死，蒋委员长看中你是个干才，升官发财少不了。”

屋里的人还是不声不响，众匪徒不知黄公略葫芦里卖的是什么药，有几个白匪军实在沉不住气了，端起枪“砰砰砰”，射了几颗子弹。

“别开枪，要抓活的！”敌营长急忙摇动着双手，想制止士兵们莽撞行动。可是，拦不住了，”砰砰砰……”一时枪声大作，房内的灯光被打熄了。黄公略是死是活，敌营长实在没法知道，只好吩咐一连长带人冲进屋去，敌连长揿亮手电筒一看，只见桌子旁坐着的是一个用树蔸雕成的黄公略塑像。敌连长将情况报告敌营长，敌营长要士兵四下搜索，白忙了半天，三栋房子里，不但没有黄公略的踪影，连一个老表也不见。敌营长气得“啪啪”扇了叛徒几个巴掌，带着众士兵回团复命。临走时，放了一把火，把胡家村全烧了。

原来，当警卫人员报告敌人已包围村子时，黄公略立即让战士们把雕塑的黄公略搬到自己的座位上，然后他急忙带着战士和老表下了地道。敌人与木头人周旋、喊话时，他们赢得了足够的时间，顺利地钻进深山老林中去了。

白军走后，黄公略他们从深山老林里出来。胡瑞祥冲进自己的屋里，见厅堂里那尊塑像仍在燃烧，他忍不住大哭起来。黄公略走过来，拉住胡瑞祥的手，说：“胡师傅，应该感谢你的手艺，把这股凶恶的敌人骗住了，要不然我们都会丧生虎口的。”

胡瑞祥抹干了眼泪，把手中的斧头一掷，对黄公略说：“黄军长，我有手艺也无处安生，不打垮白匪军，再好的手艺也无处使用，让我参加红军，跟你去打敌人吧！我要去找这些家伙报仇！”

那两家的青年也要求参加红军，黄公略拾起斧头，说：“参加红军我们欢迎，不过这斧头可不能丢。你的手艺精湛，弄得敌人胆战心惊，还赔了不少子弹。将来打败‘中央军’，你再用它打一副大棺材，去埋葬蒋家王朝。”

众人大笑。黄公略要胡瑞祥他们安排好几个老人的生活后，便带着他们参加第三次“反围剿”去了。

讲 述 者：胡吉祥　男　68岁　吉安县东固镇六渡凹农民　不识字

采 录 者：肖芳麒　男　49岁　中学教师

采录时间：1968年8月

采录地点：吉安县东固镇六渡凹村

附记：1968年8月，采录者到烈士牺牲的六渡凹参观时，听胡吉祥老人讲述的。

陈龙带敌搜“陈龙”

陈龙，是第二次国内革命战争时期大南山游击队一位赫赫有名的领导人。他英勇善战，威震敌胆，有“双枪陈龙”的美称。

大革命低潮时期，敌人四处搜查捉拿陈龙。对他的家乡——周田镇抗美村的搜查就更厉害了，但几次都扑了空。有一次，敌人对抗美村刚搜查过，陈龙却潜回家了。不知是敌人狡猾还是有人告密，很快敌人又回头搜剿，来到陈龙的家门前喊叫:“陈龙，这回你跑不了啦！”陈龙却装作听不见似地躺在床上，等敌人逼他起床时，他才不慌不忙地回答:“陈龙身强力壮、飞檐走壁，怎像我这等病人？”那段时间，陈龙因为生病，身体衰弱，胡须满面，脸色灰白，就连父母兄弟也难以辨认。敌人听了陈龙的答话，一看，果真有几分相信，又问:“这不是陈龙的家？那么他家在哪儿？”陈龙回答:“他家就在后面的树林边。”敌人便逼陈龙带路。陈龙一边装得十分困倦，一边说:“我带你们抓陈龙，将来不被陈龙杀掉，就要被陈龙的亲人活活打死，至少要被乡里人骂三代。你们一定要我带路的话，只能带你们到屋前，我可不敢进去。”敌人觉得陈龙说得在理，也就同意了。陈龙一边带路一边向敌人大讲陈龙的一些情况，从参加游击队、勇敢杀敌，直讲到陈龙的房屋有几间，弄得敌人昏头昏脑。来到村后的树林边，陈龙自己躲进厕池，指着一所没人居住的破草屋，让敌人进去抓，自己急忙逃跑了。

讲 述 者： 陈俊崇　男　56 岁　惠来县原抗美乡干部

采 录 者： 陈运良　男　39 岁　惠来县周田镇文化站干部

采录时间： 1987 年 6 月

采录地点： 惠来县原抗美乡

雨夜救人

1941 年 6 月的一天夜里，左权同志刚刚脱衣躺下，忽然一阵雷声把他惊醒。他打开窗户，外面暴雨倾盆，院里院外积水连成一片。左权同志打开门，连裤腿也没有顾得往上挽就往外跑。警卫员听见了，赶忙阻拦说：“参谋长，下这么大的雨，要上哪儿去？”左权同志说：“下这样的暴雨，老乡家里会出危险！”

左权同志刚刚迈进麻田村邢小女的家门，就听见大人喊小孩叫。他大步走进屋里，原来邢小女的炕沿眼看被水淹住，地下的锅台、炕上的被褥浸在水里，屋里下得和外面一样大。看到这种情景，左权同志二话没说，从炕上抱了小的，拉了大的，说了声：“快跟我来。”急急忙忙就往外冲。他们刚出院子，那座小草房靠炕的一堵墙“扑通”一声就塌了。邢小女望着左权同志，嘴唇颤抖着说：“多亏参谋长啊！要不是您，俺娘仨就砸死在屋里啦。”

讲 述 者：杨进旭　男　49 岁　左权县柳林乡干部　初中

采 录 者：郝福田　男　46 岁　左权县文化馆干部　中专

采录时间：1987 年

采录地点：左权县柳林乡

附记：左权县，原为辽县，因左权将军在这里牺牲，故改今名。

吉鸿昌扒神办学

吕谭镇[①]之么大，原先连个学校都没有。吉鸿昌当了连长，回来探家时，他想在镇上办所学校。在哪儿办哩？镇上有个山陕会馆，他想借会馆办学，会馆里的人不愿意，说："这是俺们外人的会馆，你不能占。"

山陕会馆用不成，吉鸿昌又想在姑姑堂办学。姑姑堂有三间大殿，有门楼，有厢房，有院墙。他对卫士班的兵说："找几个大筐，跟我抬神去！"他奶奶听说他要去扒神，拉住他说："恒立[②]，你想办学是好事。你去扒神，神要显灵了咋办？你总该买点香先烧烧，就说我用这房哩，您都请走吧！"吉鸿昌说："我这是去得罪它的，我能再给他赔礼吗？"扛着抓钩头里走了。卫兵们慌忙抬着大筐撵去了。

吉鸿昌领着卫兵来到庙里，对着那一群神胎说："各位神灵听着，这房你们住多年了，房钱也不交。你们说是交钱还是还房？"那些都是泥塑的胎，能会说话吗？吉鸿昌又说："噢，都不吭气儿，不吭气儿得给我滚了，我用这房哩！"他照着正当中那个神劈头一抓钩，那神稀里哗啦可摔下来啦，接着一抓钩一个，一会儿，神都倒光啦！卫兵们大筐大筐抬起来，都擢到庙门前的水坑里了。这时候，吉鸿昌站在坑边祷告说："各位神灵，要找事儿你们找我吉鸿昌一个，这可是我领头打的，跟他们

---

① 吕谭镇：位于扶沟县城西 9 公里处。

② 恒立：吉鸿昌的小名。

无关！”

扒了神胎，姑姑堂腾得干干净净的，在里面办起了学校，镇上的穷孩子都去上学了。这就是吉鸿昌办的第一所学校，也就是现在的“吉鸿昌中学”的前身。

讲 述 者：李春言　男　74岁　扶沟县吕谭镇农民　小学
采 录 者：唐贵知　男　44岁　扶沟县文联干部　高中
采录时间：1986年6月
采录地点：讲述者家中

赵尚志夜袭警察所

1933年冬，珠河县[①]反日游击队成立后，队长赵尚志决定先拿当地汉奸走狗开刀，为民除害。山关警察所就是他们先要拔掉的一颗“钉子”。

山关警察所位于黑龙宫和长寿交界的牛心山后，山关屯西有一座四合院，上下屋全是砖墙草盖，四周是黄土围墙。所里的警察狗子，都是土豪劣绅花钱收罗的胡子、地痞之流。那帮家伙吃喝嫖赌，无恶不作。见了日本人叫皇军，见到财主称老爷，见了穷人伸巴掌。提起山关警察所，老百姓恨得咬牙跺脚，暗地里都骂他们是汉奸狗杂种。游击队决定除掉这帮祸害。

1933年冬，天刚破晓，游击队里一个外号叫沙快腿的交通员，按照赵队长的密令，装扮成一个要饭花子，到了山关屯，对警察所里的人员和武器装备等情况，做了一番侦察。当天下午，沙快腿回到游击队的驻地，把探听到的情况一五一十地向赵队长做了汇报。赵队长听后，不言不语地思考着。此时屋外下起了大雪，又刮起了大风。晚饭后，赵队长突然命令通讯员，马上召集分散住在老乡家的战士们紧急集合。一袋烟工夫，十几个游击队员聚齐了。赵队长对战士们说：“今晚儿刮风又下雪，我们要利用这个机会，敲掉山关警察所，一会儿就出发！”战士们一听要打山关警察所，那股高兴劲就别提了，个个情绪高昂，分头去做准备。

夜幕刚刚降临，赵队长说服了两个患病的战士和通讯员小崔不参加这

① 珠河县：今尚志县。

次行动，带领其余的九名队员，悄悄从五峰屯出发了。他们翻过牛心山，在丛林雪地里穿行了一阵子，很快就潜伏在山关屯后边的一片松树林里。

黑夜的风越刮越紧，雪越下越大。隐蔽在大树下的战士们的眉毛、胡须和贴在脸上的帽耳，早已挂满了冰霜。他们任凭风吹雪打，冒着寒冷，握紧枪支，一动不动地等待赵队长的命令。时间一分一秒地过去，午夜左右，赵队长又看了看怀表，说了声："开始行动！"他的话音刚落，战士们就蹿出松树林，迅速摸到警察所的土围墙外。

此时的警察所里，上房还亮着灯光。在昏暗的油灯下，四五个警察狗子，围在一张桌子旁边，吆五喝六地掷骰子。东厢房北间的大炕上，所长杨大下巴正在灯影里过大烟瘾。大门口一个站岗的家伙，听到身旁有响动，刚想端枪起身，只见一团黑影飞来，将他按倒在地，随即一把雪团堵进他的嘴里。这家伙迷迷瞪瞪，不知咋回事，就被人架到围墙外，用绳子绑在一棵树上。岗哨端掉以后，战士们进了院，悄悄向正房和东下屋摸去。就在这个当口，一个肥头大耳的家伙正在茅楼①里解手。他听到脚步声，挣命似地喊起来："不好了，游击队来啦！"就只听"叭叭"两枪，胖家伙倒下了。原来这家伙是个赌棍，靠杨大下巴的门子，混进警察所当了伙夫，成了杨大下巴的狗头军师。上房要钱的敌人听见枪声，扔了骰子推了碗，没等摸起枪，就被一支支乌黑的枪口逼住，乖乖地当了俘虏。猫在后窗下的一个家伙，悄悄起身，抬脚踢开窗户，想要逃跑，沙快腿手起枪响，那家伙"吧唧"一下倒在炕上，抱着被打伤的大腿"妈呀，妈呀"地喊起了娘，沙快腿和一个战士迅速缴了他们的枪。

再说下屋大炕上被枪声惊醒的几个家伙，黑灯瞎火摸不到自己的衣服，一个个急得叽哇乱叫，好像马蜂炸了窝。有个小子吓得围着一床大被，躲在炕梢旮旯里，一个劲地打哆嗦。刚抽完大烟，想要脱衣睡觉的所长杨大下巴，听到枪响和院子里杂乱的脚步声，知道情况不妙，慌忙从墙

① 茅楼：方言，室外厕所。

上抽出盒子枪，跑到北屋，逼着屋里的警察狗子："妈的，快点往外冲！"炕上的几个家伙听到所长的骂声，心中更加慌张。一个家伙穿着裤衩，光脚下地点着灯，几个家伙全都下了炕，跑到枪架跟前拿起了枪。他们刚要出屋，"咕嘎"一声，房门被推开，赵队长和两名战士冲了进来，三支枪同时逼住了屋里的敌人。别看杨大下巴平时吃喝嫖赌抽大烟，因他早年当过土匪，打仗也学过几下子。只见他闪身蹲到炕沿下，躲在两个警察狗子的后边，举枪要向赵队长开火。就在这千钧一发的紧急关头，站在赵队长身后的一个战士，照准杨大下巴一扣扳机，只听"哨"的一声，杨大下巴一声嚎叫，一颗子弹穿进他的手腕子，盒子枪"啪"的一声落在地上。杨大下巴痛得咧着大嘴，栽歪一下身子，又猛地蹿起来，发疯似地朝向他开枪的那个战士扑去。赵队长一个箭步蹿到杨大下巴身后，飞起一脚，一个扫堂腿，把他扫个趔趄，随后一伸手，把他摔倒在地上。那家伙被摔得像杀猪一样"嗷嗷"直叫，一个战士立刻上去踩住他的屁股，把他捆上了。此时，再看那几个警察狗子，一个个全都吓呆了，身子发颤，眼睛发直，双手发抖，跪在地上，像跳大神一样难看。

沙快腿和几个战士押着上屋的俘虏，汇集到下屋，两个战士收起枪支弹药，七手八脚地绑上了跪在地下的警察狗子，带着缴获的七支长枪，两支短枪，一箱半子弹，押着十一个警察狗子，离开了警察所。半路上，杨大下巴企图逃跑，被赵队长一枪击毙。第二天清晨，当地群众听说赵尚志带着游击队夜袭山关警察所，打死了杨大下巴，无不拍手叫好。

讲 述 者：李福林　男　70 岁　尚志县尚志镇农民　初小

采 录 者：高浦国　男　33 岁　尚志县体改委干部　大专

采录时间：1982 年

采录地点：尚志县尚志镇

抗日英雄邓铁梅

传说邓铁梅不但是一个智勇双全的抗日英雄，还是一个百发百中的神枪手，他能在夜晚，站在百步以外，举枪打灭点燃的香烟头儿。

一回，邓铁梅的好朋友来看他，两个人进行了一次射击表演。邓铁梅的警卫员拿来一块长三尺，宽五寸的木板，放在墙边。好朋友来到百步以外，举起枪来，“叭、叭、叭……”七声枪响，木板上被子弹穿了七个眼儿，距离就像用尺子量过一样，分毫不差。邓铁梅又叫警卫员拿来一块和前一块一样大小的木板，放在那块木板的后面，也到百步以外，举枪瞄准木板，“叭、叭、叭……”也是七声枪响，子弹从前面木板的七个眼儿穿过去，又把后面木板打了七个眼儿。他的这种枪法方圆几百里的人们没有不知道的，就连驻守据点里的鬼子山田队长也不敢带兵出来扫荡。邓铁梅领导抗日军队，经常活动在凤城、岫岩一带，打击敌人。

后来，山田叫上司撤了职，又调来一个叫小野的鬼子当队长。他用自己脑袋担保，要抓到邓铁梅。

有一回，邓铁梅带领十几个战士到敌占区往根据地押运十几车粮草。小野得到情报，立即带领一队鬼子和 30 多名伪军，来堵截邓铁梅。他扬言要活抓邓铁梅，还说：“谁抓到邓铁梅，赏大洋一万元，黄金千两，官升三级。”

邓铁梅带领队伍来到封锁线，发现了敌人，他来到离敌人 300 米的地方，命令队伍停下。他向日伪军喊话：“日伪军们！你们听着，今天我邓铁梅路过此地，只是借道而行。知趣者，请放开一条路，让我们过去；要不，别怪我老邓不客气！”说完，从战士手里拿过一条枪，瞄准前方，只听“叭”的一声响，竖在封锁线的日本膏药旗杆断了。膏药旗落在地上，吓得日伪军目瞪口呆。小野队长气得直喊：“一群废物！一个小小的邓铁梅算得了什么！给我上，不上的，死了死了的有！”有个不知好歹的伪军，想捞到那一万块白花花的大洋和千两黄金，端枪就上。哪想到，他刚走两步，枪还没举起来，就听得“叭”一声，头上的帽子叫邓铁梅一枪打掉了，吓得他一屁股坐在地上，撒了一裤裆尿，连滚带爬地退了回去，再没别人敢动了。小野看了，举起手里的战刀喊：“呀叽给给！”话刚说完，又是“叭”的一枪，子弹好像长了眼睛似的，不偏不斜，正打在小野举刀的手腕上，小野“啊”地叫了一声，骑马跑了。日伪军一看，当官的都跑啦，咱们不跑，还等到什么时候？就像一群狗似的夹着尾巴跑回据点。邓铁梅带领战士借道而行，顺利地把粮草押回了根据地。

讲 述 者：黄建章　男　满族　42岁　凤城县草河乡农民
采 录 者：张井瑞　男　38岁　凤城县草河乡文化站长
采录时间：1986年
采录地点：凤城县草河乡

王明贵怒斩棒子刘

抗日战争时期，抗日名将王明贵领导的抗联第三支队在嫩江平原上可是出了名的。不说别的，只要日本鬼子听到王明贵的名字，就会吓得浑身打战。这也难怪，日本鬼子走到哪儿都不得安宁，不是今天这个据点被袭，就是明天那个地方的鬼子被消灭，闹得敌人睡觉都得睁着一只眼睛。因此，日本鬼子恨透了王明贵。为了拔掉这颗眼中钉，他们利用地方汉奸队——“讨伐队”到处缉拿王明贵。

却说阿荣旗自来井刘家屯住着一个姓刘的汉奸，人送外号“棒子刘”。这个人是什么事缺德干什么。他见讨伐队到处抓王明贵，就干起捅羊屁股的事来——到处探听王明贵部队的消息，为讨伐队效劳，讨好日本人。

一次，王明贵部队路过刘家屯，在屯里住了一宿。第二天下午，王明贵特意找到棒子刘问:“我们马上就要走了，我们走了之后，你是不是还要去报个信呀！”棒子刘忙装出一副笑脸:“哪敢，哪敢，兄弟我一定守口如瓶，一定一定！”“那好，”王明贵对他一字一句地说道:“报不报由你。今天我就是要看你长了良心没有！”说完，集合了队伍，离开了刘家屯。

王明贵部队走后，棒子刘想：这可是个千载难逢的机会，万一抓住了王明贵，说不定我还能抓挠点什么。对，去报！棒子刘不顾天黑路险，深一脚浅一脚地向离屯子十七八里地的孤山子跑去，向驻在那里的讨伐队报告了王明贵部队的去向。

讨伐队得到这一“重要情报”后，立即组织大队人马，根据棒子刘提供的情况，饿虎扑食般地星夜向王明贵部队奔去。

想抓到王明贵并不容易。讨伐队东奔西窜两三天，跑了数十里，连王明贵部队的影子也没见到，直累得人困马乏。没办法，只好自叹倒霉，懊丧地回孤山子去了。当然，棒子刘挨讨伐队一顿臭骂是不能免的。

王明贵哪去了呢？他们并未走远，就隐蔽在刘家屯附近的苞米地里。对于讨伐队前来追赶，王明贵早有所料。他们事先在苞米地里挖好了掩体。这种掩体在垄沟里，一个掩体里隐藏一名战士。他们亲眼看见讨伐队由棒子刘带路，从地头通过，可就是没有发现他们。战士们饿了，就吃刘家屯群众冒着生命危险送来的干粮；冷了，就披上老百姓送来的衣物。这些事，棒子刘一点也不知道。

再说棒子刘被骂了一顿，无精打采地回到刘家屯。刚一进屋，就听到一个熟悉的声音：“棒子刘！抓住王明贵了吗？”棒子刘一抬头，吓呆了：眼前站着的不是别人，正是他带领讨伐队要捉拿的王明贵。这时过来两名抗联战士，一把抓住棒子刘，一直把他拖到屯外。王明贵用枪指着他的脑门说：“日本鬼子欺侮我们中国人，让我们当亡国奴，你不但不做点对抗日有利的事，反过来还帮助敌人来打我们，真是丧尽天良。今天，也该让你尝尝当汉奸的滋味了！”说完，一枪处决了这个民族败类。

当地群众听说棒子刘被王明贵处死了，纷纷拍手称快，都说这东西该死。

讲 述 者：卢连武　男　82岁　甘南县平阳镇农民　不识字

采 录 者：马玉林　男　42岁　甘南县平阳镇文化馆干部　中专

采录时间：1986年7月

采录地点：甘南县平阳镇

白求恩割治“人面疮”

灵丘县杨家庄有位农民叫李玉林，右腿膝盖上长了一个碗大的恶疮，俗话叫“人面疮”。因为没钱请医生，一直拖了两年多，疼得他地也下不了。

1938 年冬天，白求恩来到灵丘县杨家庄。李玉林知道后，就想让这位外国医生给看看。

白求恩来李玉林家一看，心疼地说：“如果早治的话，也不至于溃烂到这种程度。”接着又安慰道：“不要紧，只要把里边的坏肉取出就好了。下午到手术室去，我在那里等着你。”

李玉林被抬到手术室的床上，白求恩对李玉林说：“别害怕，不疼。”护士打了麻药针，白求恩用刀切开患处，迅速挤出毒液，取出坏肉，缝合刀口，前后只用了一袋烟工夫。以后，白求恩每当检查完病房时，总要到李玉林家看看。一进门总是笑嘻嘻地问：“好点了吗？”一次、二次、三次……李玉林实在过意不去了，对白求恩说：“您工作忙，我的腿也好了，您以后不要亲自来了。”白求恩说：“老百姓和伤员一样，都是抗日的力量，你的腿不好，我不放心。”李玉林腿好以后，逢人就说：“白求恩大夫为咱老百姓真把心尽到底了。”

讲 述 者：张连生　男　78 岁　灵丘县下关村农民　不识字

采 录 者：赵成金　男　55 岁　干部　大专

采录时间：1988 年

采录地点：灵丘县下关村

架桥

1938 年初冬，杨家庄住满了八路军伤病员。这村里有 40 多户人家，分居在河沟两岸的山坡上。白求恩一到这里就跟翻译和卫生员老王去查病房。那天，天气很冷，刮着北风下着雪。过河沟的时候，老王一不留心，“扑通”摔了一跤。白求恩赶紧上前把他扶起来，问：“天冷地滑，伤员能过去吗？”“平时伤员过沟也很困难。”白求恩激动地说：“这是很明显的嘛！”他皱起眉头，向四周扫了一眼，问翻译：“能找到木板吗？”正好本村民兵李继栓从西岸走过来，问：“要木板干啥？”白求恩指着河沟对他说：“每天有很多伤病员要从这里走过，这样爬上爬下，能行吗？”说完，白求恩把手一摊，又把右手向下一劈说：“这里应该架座桥！”

李继栓听说要木板架桥，就自告奋勇地说：“我家有，我拿去。”白求恩高兴地嘱咐了老王几句，就和翻译查病房去了。

查完病房回来，雪早不下了。白求恩见老王和十多个年轻力壮的老乡正搬石头垒桥墩，忙把出诊包放在一边，和大家一起干起来，还不到半天，就把一座简易的木桥架好了。白求恩在桥上来回走了好几趟，感到很结实，他满意地笑了。老乡们看到这座桥感动地说：“白大夫走一步路，也想着咱伤病员啊！”

讲 述 者：张连生　男　78 岁　灵丘县下关村农民　不识字

采 录 者：赵成金　男　55 岁　干部　大专

采录时间：1988 年

采录地点：灵丘县下关村

飞将军刘秋菊

海南岛到处都流传着革命女英雄刘秋菊英勇斗争的故事。人们称她为“飞将军”。

在1939年，有一次刘秋菊和一位男同志在执行任务归来的途中，被白军包围在一座山林里。敌军有100多人，100多支枪，他们仅有两个人两支枪。

敌人认为活捉刘秋菊是十拿九稳的了。刘秋菊就是插翅也难飞出他们的包围圈了。但是刘秋菊他们却表现得临危不惧，他们利用山林的复杂地形，有时打东边的敌人，有时打西边的敌人，打退了敌人的多次猛扑，杀伤了许多敌人，从黄昏一直坚持到半夜。

到了半夜，猖狂猛扑的敌人也感到劳累，有的饿得直骂娘，有的躺在地上打鼾。刘秋菊和那个男同志商量了一下，决定夜里突围出去。他们分两头，同时在前后围攻的敌人中投了两颗手榴弹，并打了几枪，使前后的敌人认为对方就是敌军，于是互相火拼起来。敌人打了大半夜，死伤了几十人，才知道是自己打自己人。正当敌人互相拼得火热的时候，刘秋菊和那个男同志悄悄地从长满荆棘的沼泽中突围出来。敌人停火后，才知道刘秋菊他们“飞”走了。

又有一次，刘秋菊等四个人正在村子里工作，这个消息被敌人知道了，派来一二十个团丁包围了小村子。刘秋菊他们和敌人周旋对打中，两个同志不幸牺牲，另一个同志看到势头不妙，正想猛冲出去，也被敌人打死了。刘秋菊心想：只剩自己了，硬冲是不行的，得想个妙计躲过敌人。

她马上向村子的另一头转移。走到一个群众的家门口，看见这家的主妇正在给孩子喂奶，她伏在妇女的身边，悄悄说了几句，便很快地把身上的衣服脱去了一件，把枪收好，接过孩子就低头喂奶。敌人听不见枪响，便冲进村子里，到处搜查，当敌人走到她身旁时，她马上在孩子的腿上拧了一下，孩子哇哇地大哭起来。敌人问她："见到穿黑衣的共产婆没有？"她用手指着一个方向说："我看见一个人从那边跑了。"说罢，她拍拍孩子说："不怕，不怕，人家是抓共产婆的，不怕，不怕！"匪兵万万想不到她就是要追捕的"共产婆"，便匆匆忙忙地追出村子去了。

刘秋菊勇敢机智，在敌人多次的追捕中都能随机应变，安全脱险，民间盛传她是飞檐走壁的"飞将军"。

讲 述 者：陈孙贵　男　40 岁　文化站干部　高中
采 录 者：李家黎　男　35 岁　文化干部　大专
采录时间：1987 年
采录地点：云龙镇

红色娘子军“蒸猪”

红色娘子军连是在琼崖第二次土地革命高潮中的1931年5月1日成立的，是我党琼崖特委领导的琼崖工农红军独立师中的一支全副武装的妇女连队，也是中国第一支妇女革命武装。全连120人，连长是21岁的庞琼花，指导员是琼崖特委妇委主任王时香。成立后不久，她们就打响了“蒸猪”[①] 的战斗。

那时，驻扎在乐会县文市炮楼的民团队长冯朝天，认为自己在国民党正规军中当过军官，学过军事，对娘子军连是看不上眼的。他对手下的团丁们夸口说：“要是我们碰上共军娘子兵，活捉过来，每人配给一个做老婆，那个女连长就做我的压寨夫人。”

娘子军连知道这个情况后，人人义愤填膺，纷纷向师部请战，要求攻打冯朝天的据点——文市炮楼。那炮楼是用花岗岩石砖砌成的，屹立在一片开阔地中间，墙宽三尺，外围还布了道一列桩铁丝网。冯朝天吹嘘，以红军目前的攻坚能力，是奈何不了他的“铁桶江山”的。

在一个月黑风高的夜晚，文市炮楼外围吹响了军号。黑灯瞎火，冯朝天弄不清红军搞什么名堂，便命令团丁向响号的地方开枪，借着光亮，他看见在夜风中飘扬的女子军特务连的旗帜，以及影影绰绰的人头。枪声一停，便听到女红军们喊话声响起：“团丁们，投降吧！投降了放你们回家团圆，要不然，我们就要‘蒸猪’了。”

---

① “蒸猪”：用火烧敌人炮楼。

“蒸猪”是没有攻坚武器的红军对付固守炮楼碉堡负隅顽抗的民团的主要手段。就是把炮楼碉堡团团围住，然后，在用沙袋堆成的“土坦克”的掩护下，将柴、草等燃料置于炮楼碉堡周围，洒上煤油，撒上辣椒粉，点燃，让民团团丁像乳猪似的被活活烤死。或是用萝席架起一道长长的“壁围”作掩护挖掘地道，然后，沿通往炮楼的地道发起攻击。

冯朝天非但不听好言相劝，反而恶语相向，出言挑衅。

炮楼外围，娘子军有的舞动红旗打旗花，有的擎着稻草人在堑壕里来回走动，有的双手弯成喇叭筒状喊话，有的到附近村庄组织群众运送柴草、碾磨辣椒粉、挖地道。天亮的时候，冯朝天发现炮楼的顺风方向趴着几辆乌龟似的“坦克”，是用木柴、沙土草皮垒起来的土包，“坦克”升腾起漫天的浓烟，使冯朝天看不清烟雾后面的行动，他命令团丁朝冒烟处射击、投掷手榴弹、玻璃瓶。娘子军也不甘示弱，集中火力压民团的火力。娘子军上不去，民团下不来，相持打了三天三夜。

第四天破晓，娘子军终于把地道挖到了炮楼底下，大家七手八脚地把柴草从地道口搬到炮楼底下点燃，又用竹竿挑了用棉被、棉衣拆制成的蘸了海棠油、煤油、辣椒粉的棉球塞进去。顿时，辣烟夹着呼呼啦啦火焰翻滚着往炮楼里钻。开始，团丁们还憋着气向外打枪。可是不多久，火舌舔着了梯子，又舔着了木质楼板，咳嗽声、喷嚏声、呼爹叫娘声顷刻间便响成一片。团丁们受不住了，有的连哭带嚎；有的从枪眼里伸出手直喊救命；有的在枪尖上绑上白毛巾高举着以示投降。娘子军便命令他们把枪用绳子捆好，从炮楼上吊下来，人再顺着绳子一个一个往下溜。娘子军里一位很泼辣的媳妇上前一把揪住冯朝天的衣领，抬起膝盖用力一顶，说：“冯朝天，老娘这就叫你四脚朝天！”冯朝天一个踉跄，喝足了老酒似的跌出几步远，一个狗啃屎。站在一旁的娘子军便问：姓冯的，还敢吹牛吗？可知道我们娘子军的厉害了？冯朝天边咳嗽、边吐着嘴里的泥巴，忙不迭地说：“知道……我输给你们了。”

娘子军哈哈地笑作一团，战地上一片欢乐。女英雄们打扫了战场，烧毁了炮楼，押着俘虏，英姿飒爽凯旋。之后，娘子军声威大震，名声传遍全琼。

讲 述 者：符　明　男　77岁　当年娘子军连号兵

采 录 者：邓竹青　符录　男　干部　大专

采录时间：1987年

采录地点：琼海县阳江镇

游击队的信猴

在黄山东南面的山脚下，有个小山村叫杨家坪。一年，从江西井冈山来了一位名叫刘奎的共产党员。刘奎身材魁梧、谦虚和蔼，善于联系群众。在他的活动下，杨家坪一带几十个山庄、数百户人家，很快建立了皖南游击队下属的黄山支队。刘奎任队长，又是党代表。

白天，游击队住在山上，学习和训练；夜晚，就去摸敌人的岗哨，打土豪、杀敌人，可热闹啦！

游击队在山中活动，经常会遇上野兽飞禽，他们经常捕捉野物来改善生活，独有黄山猴受到了不同的优待。它们经常出没在游击队住的山棚周围，看惯了游击队身背刀枪，终日操练，也就不怕了。冬季大雪封山，它们找不到吃的，游击队还喂些东西给它们吃，时间久了，游击队就与猴子交上了朋友，它们不仅不怕游击队，还模仿着操练、打靶的动作。晚上游击队在山棚里睡觉，猴子们也就偎依在外面过夜，帮助哨兵站岗，一有风吹草动，就及时向游击队报告。

其中有个小猴与游击队格外亲热，它跟刘奎队长特别要好。刘队长睡觉时，这只小猴就偷偷跑到他的床下睡。刘队长下山回来时，它就立即扑到面前，用两只前爪抱住刘队长双腿直打圈圈。有时敌人搜山、封锁要道口，在这种紧急情况下，为了及时与山下党组织取得联系，刘队长便写好信，然后仿效猴子的啼叫："哇！哇！"唤两声。猴子一听呼唤，从四面八方的林子里一齐向刘队长身边奔来，而那只小猴每次都跑在最前头。这时，刘队长将封好的"密件"折成小纸块，拴在这只猴颈下面，一拍它的肩膀，它便箭也似的朝着刘队长指的方向飞奔而去。到了山下村子里，它将脖子一仰，主人收下“密件”，将山下的情报再拴在猴颈下带回。完成任务后，刘队长总要奖给它一些山果或甜桃。

老百姓和游击队都称它为“信猴”。

一个夜晚，刘奎队长带领七八名队员到杨家坪召开秘密会议，不料被叛徒告密。国民党派驻在黄山脚下汤口镇的保安队一行二三十人偷偷地摸到了杨家坪村头，被正在村头大树上站岗放哨的那只信猴发现了。当信猴辨认出这些家伙是敌人时，“扑通”一声，信猴像闪电一般从大树上跳落下来，奔向会场，向正在布置战斗任务的刘奎队长“叽叽”叫个不停，并用两只前爪抓住刘队长的衣服往外猛拖。刘奎和队员们一看信猴那紧张的神色，知道情况危急。“会议暂停！走！”说时迟，那时快，他们迅速走出后门，进入山林，隐蔽在无边的“绿海”中。

游击队刚出门，数十条“黄皮狗”和保安队员，手端长枪，贼头贼脑地探进会场，只见照明的“松明灯”还燃烧着，铜壶的水仍在炉子上沸腾。“是谁走漏了风声？使游击队跑得这样快？”保安队长狂吠道：“搜！”搜来搜去也没找到游击队的踪迹，却发现了一只黄山猴在场。保安队长一声令下，崽子们把信猴团团围住，你一刀，他一枪，把信猴活活打死了。

第二天游击队不见信猴回山，刘奎队长亲自率领数十名战士上山寻找，当大家得知信猴被国民党保安队打死的消息后，无不悲惜万分。为了纪念这只黄山猴，游击队将信猴的遗体安葬在杨家坪村后的山上，并为它立了一块石碑。碑上刻着：“革命义猴，死的光荣”八个大字。

黄山猴为游击队站岗，为革命就义的传说，在黄山一带尽人皆知。

采 录 者：何悟深　文化干部

采录时间：1989 年 9 月

采录地点：黄山一带

“算盘”叔卖菜

红军买卖公平，成为苏区的美谈。有一次“算盘”叔卖菜，红军却破例没有付钱。这是怎么回事呢？

第二次国内革命战争那阵子，有一天，红四军有支小分队经过闽西山区的金龙村。老百姓对红军不了解，都锁门闭户到山上躲起来了。红军只好住檐下、宿庙堂。司务长买柴草计捆数，按价把钱留在草堆边；摘蔬菜，掂重量，将买菜款放在菜地里。这时近冬天，红军打了一些锄头、铁锹，帮乡亲们把未翻的土地全部翻了过来。红军走后，乡亲们陆续从山上回来，见家中物件一样不少，柴火堆矮了，但旁边放着钞票；菜园的菜瓣稀了，篱笆门上却挂着沉甸甸的包，那是菜叶包的银圆或铜板；房前屋后打扫得干干净净的。乡亲们不难明白这是怎么回事，又高兴又感激。其中有个叫“算盘”叔的，那高兴劲就更不用说啦！

“算盘”叔凡事都爱合计合计，便宜他不捡，吃亏他不干。这次他估摸了一下，红军在他的园子里摘了约55斤芥菜，每斤当地市价为二分钱，总计应收一元一角。取下菜园篱笆上挂着的菜叶包一看，里头包着一元三角，多了二角。去田里一看，他家二丘五担三谷田（约合一亩六分）未翻的地全被翻啦，这需花两个工呢，算起来工钱至少要六角四分，算盘拿来一加一减，这不是占了八角四分便宜吗？“不行！应该还给红军。”“算盘”叔是个耿直人，不找到红军把这笔账算清楚、退还款，心里总觉得结了个疙瘩。他想，带钱去退恐怕红军不会收；翻地算工钱给他们也未免太露“俗”，还不如再摘一担菜送去。他就挑了一担翠嫩嫩的芥菜，翻山越岭，一路打探红军的踪迹，逢人就讲红军的好处，买卖公平，不掳不掠，与“刮民党”军队完全不同。好不容易在邻县的一个小镇找到红军，但一打听这支红军前几天并未经过金龙村，那支经过金龙村的红军走远了。怎么办呢？“算盘”叔有些扫兴，拐弯一想，心里又亮堂了：“管他哪部分红军，反正是红军。我把这担菜就留在他们这里吧。”

“算盘”叔在红军驻地找到一位司务长。司务长见他挑一担翠嫩嫩的芥菜，问他有什么事，菜是否要卖？

“算盘”叔一边点头，一边说照价二分，便跟着司务长把菜挑进厨房过秤。一称刚好五十斤，司务长掏腰包就要付款。

“算盘”叔说：“不！已经付啦！”

司务长诧异地说：“怎么？菜还没有卸秤钩，哪里付啦？”

“算盘”叔说：“在金龙村呗！”

司务长有点丈二金刚摸不着头脑，说：“我们根本没到过金龙村呀！”

“算盘”叔一口气把前几天的事儿详细说了。

司务长听完说：“这是我们红军应该做的。”

算盘叔说：“那怎么行呢？这不就成了买卖不公平了？”“算盘”叔边说边把菜从箩里递出，执意不收这担菜的钱。

司务长说：“即使红军前次多给你二角钱，也买不到这一担菜呀！”

“算盘”叔笑着说：“哈！这里有红军帮翻地的工钱在里面，我应付六角四分，刚好！”

司务长一边打趣地说：“啊，怎么能这样算呢，那也不对呀！还多一角六分哪！”一边还是想把这担应付的菜钱如数丢进“算盘”叔的菜箩里。

“嘿！多一点点，不过几斤菜，算咱大叔对红军的一点敬意。”“算盘”叔连忙挑起空箩筐奔出厨房，飞也似的走上回家的路。司务长追也追不上，这担菜只好破例不付钱了。

讲 述 者： 陈五妹　女　78岁　武平县　农民　小学

采 录 者： 石进福　男　49岁　武平县文化馆干部　大专

采录时间： 1987年

采录地点： 武平县玉川镇兴南村

王佐戒烟

南斗牯，井冈虎，
打土豪，济贫苦。
山里山外名声大，
占山为王吃大户。

这是当年井冈山区流传着的一首民谣。“南斗牯”就是那位绿林好汉出身，后来成为红军骁将，王佐烈士的绰号。

王佐精明强悍，性格豪爽，他平时喜欢抽烟，那支用得油黑发亮的旱烟管一年到头不离身。人们说王佐当时有两支枪，一支是铜枪，一支是烟枪，一点也不假。可是，有一次，他突然把烟戒了，而且自那以后再也不见他抽烟了。

那是 1926 年的夏天，王佐率领绿林弟兄，去攻打石围子李世连的反动武装。这支专门欺压老百姓的靖卫大队，是王佐的死对头。王佐部队来到黄坳街，恰好这天逢圩，王佐便命令弟兄们在街头休息一会儿，他自己则在一家屋檐下的板凳上坐下，从腰带上取下那支心爱的烟管正准备抽烟。这时，迎面走来一位 70 来岁、满脸皱纹的老倌，只见他手捧一捆金黄色的上等烟叶，笑嘻嘻地对王佐说：“王营长，我这次种的烟叶不错，味道蛮好，送给你尝尝。上几次弟兄李云飞代你向我要的那些烟，真难为情，青叶子太多。反正你也不是外人，味不好可别见怪啰！”

王佐听了这位老人这么一说，放下手中的烟管，接下那老倌的烟叶看了看，脸上没有一点笑容。他想：我虽喜欢抽烟，可抽的烟子不是自家种的，就是打土豪缴来的，从来也没有叫自己的弟兄去向别人要过，一定有人在背着他干坏事，他越想越不对劲。

老倌见王佐怒容满面地坐在那儿一动不动地想着什么，他进不是，退也不是，显得十分尴尬。突然，他看见王佐站起来，急促地吹着哨子集合队伍。

逢圩的人们也都赶来，站在队伍的四周，好奇地观看着。只见王佐手里拿着老倌那捆金黄色的烟叶，生气地朝队伍中大喊着：“斋脑牯，你给我站出来！”

那个绰号叫“斋脑牯”的李云飞，知道事情不妙，斜看王佐一眼，站出队列，低着头，垂着手，乖乖地站在那儿一动也不敢动。

“我南斗牯什么时间、在哪地方，向你要过烟抽？你又在什么时候送过烟给我南斗牯？你说呀！”这时，李云飞的心里像打鼓似的咚咚响。

“我南斗牯的名声就要败在你们这些冇良心人的身上！”在王佐厉声追问训斥下，李云飞无言以对，只见他脸红一阵白一阵，巴不得立即能钻地脱身。王佐只朝李云飞狠狠地瞪了一眼，转身向列队的弟兄们继续训斥：“我们是‘劫富济贫’的队伍，今天向老表要这个，明天向乡民取那个，能叫‘济贫’吗？”他举起手中那捆烟叶，在空中扬了扬，接着说：“我南斗牯是喜欢抽烟，可我从来没有叫你们去向老百姓要哇！从今以后，不准任何人以我南斗牯的名义向老百姓要东西，也不准你们私自去搜刮老百姓的东西。谁硬是要这样做，哼！可别说我南斗阿哥不讲义气，给你来个白刀子进，红刀子出，见阎王老子去！”

这时，队伍中鸦雀无声。围看的人们则称赞不止。

王佐看了看手中的那捆烟叶，想了一会儿，便提高嗓门说：“现在我宣布，从今天起我南斗牯戒烟了！”说完，只见他从腰间拔出那支烟管，看也不看，就当众一折两段，扔在地下。然后把那捆烟叶交还给那老倌，说："难为你的好意，我戒烟了。"

从此，王佐果真戒烟了。

讲 述 者：邱石秀　女　78 岁　井冈山白银湖村人　不识字

采 录 者：李春祥　男　46 岁　井冈山革命博物馆馆员　中专

采录时间：1985 年 3 月 29 日

采录地点：邱石秀老人家中

附记：邱石秀原是井冈山区坪头村土豪萧贵生家的童养媳，王佐率绿林军打了萧家土豪后，便将她许配给他的外甥石春发。石春发是王佐从绿林到红军的贴身警卫，邱石秀也就一直在王佐部随营生活，所以她对王佐的生活逸事非常了解。虽没有文化，但很健谈，记忆力也很好，经常给家人和村里的青年人讲述王佐烈士当年生活、战斗的故事。《王佐戒烟》的故事是她从婆婆王光妹（王佐姐姐）和丈夫石春发那儿听来的。

谢冬娥送盐

在井冈山斗争时期，敌人对苏区政权加紧了残酷的经济封锁。经济封锁的重点是盐、布匹和药品，这都是当时山区无法生产的。

当时红军要反围剿，战斗非常频繁，有时一天要打好几仗，还要转好几个地方。战士们没有盐吃，身子像飘浮在空中一样，四肢无力，头晕目眩，这难免要影响到红军的战斗力。群众也想出过拆土墙熬硝盐的办法，可是那硝盐又苦又涩，弄的菜实在难以下咽。就是这样的硝盐也是有一餐没一顿的，接济不上。

这一年，在敌人靖卫团盘踞的宁冈茅坪村，有一个 18 岁的姑娘名叫谢冬娥，是个共青团员，妇女会活动积极分子。当她听说山上的红军缺盐吃，心里好难过，总是盘算着，怎样设法送些盐去。她从自己的锅里省下点点粒粒的盐，一天一汤匙地积存下来。好不容易积了一两斤了，有了这些盐，她又犯愁了，可怎么送上山去呢？沿途敌人设了那么多的哨卡，盘查得那么紧，自己一家又是被敌人监视的重点，连每天出外砍柴、做田里的事都要向靖卫团报告，想走个亲戚当然更在禁止之列。谢冬娥左思右想，有几天苦恼得茶饭都吃不下去了。

一天早晨，她起床扣衣服，忽然想出了一个办法。早饭后，天气晴好，冬娥把自己身上里里外外的衣服都换了，洗晒得干干净净。阿妈见了好奇怪，问："这个妹仔，今日嘛格风，讲究起穿着来哩！"

冬娥说："啊，阿妈！明日是我满姑的生日，我想去看看，靖卫团不让走亲戚，我就说是去山上砍柴。"姑娘说得一本正经，连阿妈也不疑心。

晚上，她趁家里人睡熟了，悄悄摸进厨房，将储存的那包盐倒在锅里，加了一蒲杓水，烧了一灶火，搅动几下，盐都化开了。她取出洗得干净的那两件贴身衣服，浸到锅里，一会儿就把盐水吸干了，再放在烘笼上烘干。这时已经半夜了，她把两件吸满盐的衣服，一件贴一件穿在内衣外面，外面罩上一件毛蓝布短衫。临走时带上几个红薯，又找出一把柴刀系在腰间，连家里人都没惊动，便出了门。

出门后，她悄悄地摸近敌人的哨所，两个持枪的哨兵，竟缩头缩尾睡着了，冬娥走近他们身边半点知觉也没有。她闪身就出了村口，沿着山径一路小跑着。

从茅坪到小井的大路，本来相距只有50多里，走得快，半天就到了。为了避免过哨卡惹麻烦，她就转拣野鸡路走，就这样从头天的半夜起，一直走到第二天的黑夜，才踏上了苏区的路。当她被苏区的儿童团拦住盘问时，她竟高兴得跳起来。听说是送盐来的，还是位年轻姑娘，红军战士热情地把她拥进屋里。当她把情况说完以后，同志们都深深地被感动了。

有人竖起大拇指说：“真了不起，同志，你为我们吃苦了！”谢冬娥腼腆地摇摇手：“切莫这样说，你们的急难，大家都应该分担一些嘛！”说着，把浸透盐的衣服脱下来。

从衣衫中浸泡出的盐水，经过几次煎熬，终于熬干了，在锅底积成了一层白晶晶的盐块，敲碎来恰好装满一大碗，看样子，大约有一斤多没有杂质的盐。虽然只有这么一碗，但它却凝结了人民群众对红军战士的一片深情！

谁又会想到，第二天冬娥回到家里，竟被靖卫团以“红军探子”的罪名给杀害了。直到现在，人们也没有忘记这个可歌可泣的姑娘，为了给红军送去一碗盐，献出了自己宝贵的生命！

讲 述 者：张桂庭　男　76岁　宁冈县茅坪革命旧居讲解员　小学
采 录 者：林　青　59岁　井冈山市文联干部　大专
采录时间：1988年4月上旬
采录地点：茅坪招待所

白皮红心的甲长

红军长征后，陈毅来到赣粤边油山打游击。陈毅只带了一个警卫员、一个参谋，隐蔽在深山里。每天由山脚下的李老表送饭进来、送信出去，担任陈毅和外界的交通联络。这个李老表，外号叫高佬，他平时除了种田，还开了家小店，卖茶、卖酒、卖杂货。他这个小店实际上是红军游击队的秘密联络点。

白军开到油山“清剿”，一面发动军事进攻，一面强化保甲制度，实行联保连坐法，一户犯法五户同罪。保长见高佬是个做买卖的人，屋里还有几个钱财，又能说会算，心想这号人不会跟共产党的，指名要他当甲长。

高佬进山对陈毅讲了这件事，并说：“我的心是红的，砍了脑壳也不当白狗子。”陈毅听了摇头说：“不不不，这个甲长你一定要当，你的心是红的，属于共产党，皮可以是白的，属于国民党。你就当个白皮红心的甲长嘛！”经过陈毅的解释和启发，高佬想通了，高高兴兴地回家当了甲长。

来了一连白军，叫高佬带路去搜山。高佬问搜哪座山，白军连长说哪里有游击队就搜哪里。高佬说有人报告猫公窝有棚子，不晓得游击队还在不在。白军连长就下令搜猫公窝。其实，高佬晓得陈毅已从猫公窝转移走了。他背上鱼篓，领着白军上山，故意转了个大圈圈，才带到猫公窝。白军连长看见地上一堆柴灰，还有破碗片，骂了句“丢那妈”，命令一排从左向右搜，二排从右向左搜，三排负责警戒，不准跑掉一个游击队员，又打发高佬在山口路边等候。

高佬一个人在路边河沟里捉鱼，白军在山上搜游击队，搜来搜去，连游击队的影子都没见到。白军气得大骂："丢那妈，统统跑了。"他哪里晓得猫公窝的现场是陈毅跟高佬约定布置的。高佬劝连长说："跑不了，总在山里，明日再来搜。我捉了一篓鱼，慰劳弟兄们。"听说有鱼，士兵们吵着回去吃夜饭，白军连长只好下令回防。

白军接连搞了几天大搜山，什么油水也没有捞到，他们又换了个花招，大搞移民并村，强迫山区老表搬到山外集中居住，想要割断红军游击队和人民群众的联系，把游击队困死饿死在山上。县委事务长来找高佬，要他想法子给游击队送粮食。高佬想出了个办法，叫老表把粮食装在柴杠里和箩筐夹层里，乘进山砍柴种田的机会放在指定地点，做好记号，游击队夜晚来取。

有一天，高佬从山里回来，刚进家门就被白军捆绑起来，解送到白军连部。白军连长骂他："好个李甲长，你也当起赤匪来了。"高佬连呼冤枉。白军连长拍着桌子喝道："不老实，来人对质。"高佬一看，不是别个，正是县委那个事务长，心里一怔：出了叛徒。那叛徒说高佬把粮食接济游击队了，高佬理直气壮地回答说："事情倒有这么一回，你来买粮食，我不答应，你就要砍我脑壳，我冇刀冇枪，有什么法子。千怪万怪都怪我住的地方不好。"那叛徒又说高佬晓得游击队住的棚子不报告。高佬反问他："你在山上时，我晓得你的棚子吗？"叛徒一时答不上话。高佬转对白军连长说："我是政府的甲长，游击队会把棚子告诉我？连长，你是个明理的长官！"叛徒打出最后一张王牌，责问高佬在山里见到他，为什么不向政府报告，高佬哈哈大笑说："你都投降了政府，还用得着我来报告？"叛徒羞得满脸通红。高佬说："你不要疯狗乱咬人，请连长说句公道话，游击队的消息，我报告了没有？"白军连长只好承认："报了，还带路去搜山。"叛徒哑口无言了。白军连长推说是误会，亲手替高佬松了绑，写了一张证明条子，打发高佬回家。

高佬上山向陈毅报告了这件事的经过。陈毅拍着高佬的肩膀说："妙！

这就叫作以毒攻毒。”陈毅想了想，又说:“嗯，你这个甲长当出了经验啰。白皮红心，阳奉阴违，以毒攻毒，保护老百姓，支援游击队，就是这五句话。”

后来，陈毅向整个赣粤边游击区推广了这个经验，多搞黄色村庄，少搞红色村庄，老百姓少受损失，红军游击队得以长期坚持。

讲 述 者: 朱赞珍　男　60 岁　信丰县油山乡坑口村离休干部　小学

采 录 者: 童有庆　男　57 岁　赣州地区文联副主席　高中

采录时间: 1960 年 11 月

采录地点: 信丰县油山乡坑口村

三立红石碑

在瑞金县庵子前一带的崇山峻岭中，有一座无名高峰，峰上耸立着五株古老的松树。古树之间立着一块三尺多长的红石碑，上面写着“流传千古，永生难忘”八个大字。

这不是一块普通的碑石，而是代表瑞金人民的一颗红心。

那是多年以前的事了。红军北上抗日以后，白狗子在瑞金大肆烧杀，土豪、地主疯狂报复。因此，陶米、庵子前[①]等地的乡亲们就扛起锄头、梭镖，打着红旗，组织游击队，隐蔽到山上，神出鬼没地打击白狗子，保卫家乡。

有一次，一支20多人的游击队被白狗子追击到庵子前的崇山峻岭中，这里是不见人烟的连绵大山，只有一位姓方的老婆婆孤独地住在天山凹里。方婆婆早年就和老伴搬上大山来住，在山上自种自食。这时方老婆婆已经80多岁了，她的老伴也已经死去多年。游击队初上山来，她还十分惊怕，后见游击队全是作田人模样，一个个说话和气。一打听，才知道是打白狗子、打地主的工农子弟兵，她才放心下来，积极地帮助游击队安扎住棚，又把自己的口粮分给游击队员吃。

几天后，游击队谢过方老婆婆要走，没料到游击队一登上长着五棵古松的无名高峰时，正碰上白狗子在山上搜索，被包围在无名高峰。游击队坚持战斗，直到后来子弹打光了，敌人依仗人多势众，一次又一次地冲上

① 陶米、庵子前：地名，位于瑞金县城东南，是现今泽潭乡的自然村。

来。宋队长领着队员们用石头往下抛，杀死了许多白狗子，但是游击队员也一个个壮烈牺牲了。最后，只剩下宋队长和一个队员，但他们宁死不屈，就互相抱住了腰，从千丈高崖跳了下去。

战斗结束后，白狗子走了。方老婆婆来到古松树下，一面痛哭，哀悼烈士们，一面切齿痛恨地咒骂白狗子。她后来收住眼泪，把烈士们的尸体收集来，一铲土一铲土地把他们安葬了。又拄着拐棍下山，把自己的一对银镯和一根银链卖掉，找石匠打了一块红碑石，碑上刻着“流传千古，永生难忘”八个字。石匠打好碑石却不肯收钱，只请方老婆婆告诉立碑石的山名。方老婆婆说：“山是无名山，烈士们的名字我也不知道。山上只有五株古老的松树。”石匠看见方老婆婆年纪大了，便关照地说：“这碑石你搬不动，我帮你送去吧！”

他们两个抬着红碑石，累得满头大汗，好不容易才登上高峰。她亲手立起了红碑石。立起碑石以后，方老婆婆每年清明和冬至，都要到石碑面前扫墓。后来，登上无名高峰来到烈士碑前扫墓的人越来越多。原来石匠把方老婆婆对他讲过的游击队壮烈牺牲的事，向他的亲戚朋友们讲了，一传十、十传百，不到半年，瑞金的老百姓几乎全都知道了这件事。为了纪念烈士，每年春冬，人们都登上无名高峰扫墓。传说红碑石会发出红光，这是一种预兆，表示红军一定会回来，世道终究是要变红的。

有一年清明节，无名高峰的红碑石前来了上千个扫墓的群众，忽然白狗子冲上山来，开枪扫射，又质问碑石是谁立起来的？可是人们都不讲。白狗子火了，把群众一个个绑在树上，逐个用刑。方老婆婆不愿意连累大家，就挺身而出，对白狗子说：“碑石是我立起来的！游击队是好人，你们为什么要杀他们？为什么不让我们纪念他们？”白狗子无言可答，对准方老婆婆的胸口“砰！砰！”放了两枪，方老婆婆倒在碑石上，双手抱住碑石，闭上了眼睛。白狗子还不罢休，又把红碑石挖出来捣碎，这才走了。

事后，人们怀着悲痛的心情，把方老婆婆也安葬在烈士墓旁。不久石匠又重新在烈士墓前树起了一块红碑石。白狗子气极了，就把刻碑石的石匠捉来，活活打死，把这块新碑石也打碎了。人们又把石匠也安葬在烈士墓旁。虽然没有碑石了，人们却仍然成群结队来到烈士墓前。

十几年过去了，当年的红军打回来了，全中国解放了。人们又在这个地方立了一块红石碑。

讲 述 者：钟得榛　男　68 岁　瑞金县九堡乡清溪村农民　不识字

采 录 者：钟得茂　男　45 岁　农民　初中

采录时间：1964 年

采录地点：钟得榛家中

活捉张辉瓒

提起张辉瓒，人人都知道，他是国民党军队十八师师长兼“剿共”司令部前线总指挥。这个杀人不眨眼的刽子手，对革命根据地的人民进行残酷镇压，实行“茅草要过火，石头要过刀”的灭绝人性的政策。

俗话说：水来土掩，兵来将挡。既然疯狗咬上门来，就应该关门痛打一顿。毛委员立即发布命令，进行反围剿。中央工农红军迅速把张辉瓒部队层层包围在龙岗一带，经过一天一夜的浴血战斗，把敌人打得落花流水，片甲不留。张辉瓒成了丧家之犬，夹着尾巴逃跑了。

擒贼先擒王。“活捉张辉瓒”成了红军官兵上下一致的行动口号。红四军十团的先头部队三连战士一马当先，攻破敌军司令部。全连战士英勇奋战，冲杀搜索，人人都想活捉张辉瓒，抢立头功。

一班的上官云、夏侯虎、欧阳明是本乡本土的新战士，个个机智勇敢。特别是欧阳明，据说是名人欧阳修的后代，更是“头顶长只眼，聪明到足板”。现在他们三人暗下决心：就是挖地三尺，也要掏出张辉瓒，决不能让这条鲇鱼漏网。

三个人在敌司令部的角头角里，楼上楼下，明沟暗道，仔仔细细地搜查，寻找张辉瓒的踪迹，累了半天，一无所获。就在他们刚要离开的时候，欧阳明突然大叫一声：“还有一个地方忘了搜查！”“什么地方？”“灶里。”“灶里有什么名堂？”“俗话说，‘大寒到，狗钻灶’。现在是隆冬天气，这只老狗可能钻灶了？”两人一听有理，赶快回头奔入厨房。厨房左角有个又高又大的“孔明灶”，灶上铁锅有掀动的痕迹。三人立即端着枪站在灶上，欧阳明用脚勾开大锅，三支枪口对准灶内，三人同时大喝一声:“缴枪不杀!”这一声巨响，把里面的人吓破了胆。随着喊声，一双手慢慢地从灶洞里伸出来。三人把他抓出来，一看是个大胖子，穿着一套黄毛军装，领上有三个花泡泡，肩上有三个星星带三条杠杠。三人见抓住一个“三星”将官，个个喜出望外。夏侯虎迫不及待地问:“你是什么人?”“我……我是……”俘虏吞吞吐吐，不肯说实话。上官云直截了当地问:“你是张辉瓒?”俘虏点了点头。“活捉张辉瓒!活捉张辉瓒!”喜讯传遍了全军，人人奔走相告。为了辨别真假，欧阳明叫那个上校团长来认人。上校团长一口咬定他就是张辉瓒。正在三个人兴高采烈的时候，红四军十团的王团长来审问了。

王团长问:“你是张辉瓒吗?”

“报告长官，在下正是张辉瓒。红军优待俘虏，请给我一只烧鸡吃。”

王团长厉声地说:“你就是张辉瓒?还要吃烧鸡?把你的手伸出来，看看够不够格?”

俘虏不伸出手来，紧紧捅在裤袋子里。王团长用手枪顶着他的额角，把他的手从袋子里抽出来看了看，大喝一声:“你这该死的伙头将军，想冒充师长吃烧鸡，我叫你吃花生仁子。”

俘虏求饶说:“长官，别开枪，我说实话，我说……”

欧阳明看着那松树皮一样的手，知道上当了。原来张辉瓒一见大势已去，扒掉这个胖伙夫的衣服，与副官撬开后锅从狗尾巴灶的“尾巴”里钻出去逃跑了。丢下自己的衣服要伙夫穿上，顶着他的名字躲在灶里，并且交代，一旦被俘，不准说出实情。

正在这时，突然外面一阵吵闹，有人在喊:“三班的战士活捉了张辉瓒!”人们一回头，只见三班五个战士押出一个身材矮小，身穿士兵服的俘虏，据说这人是在一个小山土坑里捉到的。一审问，这个家伙也不是张辉瓒，而是陪伴张辉瓒逃跑的那个副官。这个化装逃跑的副官却十分顽固，至死不肯说出张辉瓒的去向。

上官云见张辉瓒还未抓到，心里气得不行，赶忙找夏侯虎、欧阳明商量抓捕张辉瓒的计策。只见他们如此这般地说了一阵，就分头行动。

这天下午，山下有一个青眉后生扛着锄头来引泉放水，他开好了圳，正转身要把水向田里引。忽然见一个人影一闪，往泉边溜过去。后生对泉边大喊："南山大伯，不是说好了的吗！上午你放水，下午我放水。怎么我刚刚开圳，你就去堵呢？何必偷偷摸摸做事，别躲哟，我看到你了，赶快出来吧！"喊了半天不见人出来。后生急忙走到泉边东寻西找，还是不见人影。后生心里打鼓：见鬼，明明看到一个人，怎么一下子不见了呢？好吧，你躲得精，我找得巧。一般人寻东西都是站着向四处张望，或仰着头向上搜索。可是这后生却倒挂金钩，手扒在地上头仰着往上探视。他这一瞧不打紧，骤然发现"铜鼓滴漏"的崖口下面，喷泉背后面有一个黄色的东西在蠕动。原来崖嘴像个大簸箕一样罩下来，崖前喷泉像白帘子一样遮盖，崖嘴下藏个把人，神仙也找不到。只有倒头仰望，才能发现。

后生往崖嘴里丢了一颗石子，然后喊道："南山大伯，看到你了，出来吧，不要再躲了，久了会着凉的。"随着喊声，一个肥头大耳的人无可奈何地走出来。后生一见，吓了一跳，他哪里是什么南山大伯，而是一个身高马大，穿"老虎皮"的白狗子。后生假装赔情说："对不起，我实在不知道是老总，以为是南山大伯呢！"这家伙凶狠狠地瞪了后生一眼，说："你瞎嚷什么！再乱叫，我送你上西天。""老总，可千万别开枪呀，枪一响报销小民的命是小事，惊动了红军，伤了老总咋了得哇！"正如后生所料，这家伙真是当官的——他就是张辉瓒。这乌龟头非常狡猾，要副官作了替罪羊，自己却钻空子溜了。他本想借"铜鼓滴漏"这个藏身之地伺机逃命，不想乌龟头一伸，就被放水的农民钳住了。他听后生说的是本地话，知道遇上了老实憨厚的农民，所以威胁地说："要不开枪容易，得依我两个条件。""两个什么条件？""第一，把你的衣服与我对换；第二，到你家去吃一顿饭。"张辉瓒在山上饿了一天一夜，饥不择食了。"老总，换衣衫可以，吃饭得问我姆妈。”张辉瓒眼珠一转，心里出了鬼主意：只要一换上老百姓衣服，混进群众中，就好比鱼归大海，自由自在了。

换罢衣服，后生领张辉瓒回到家里，墙有缝壁有耳，进门不到一支烟工夫，外面就一阵笃笃的脚步声传来。上官云、夏侯虎带着三个红军战士跟踪来了。

张辉瓒一听外面有动静，顾不了吃饭，从裤袋里抽出两支手枪，一纵身从天门洞里上了屋顶。没等后生仔细考虑，上官云、夏侯虎已经带领战士冲进屋子，劈面就问：“老乡，有个胖子军官躲到你屋里来了吗？”

后生急中生智，用手向上指了指，然后装着不高兴的样子说：“什么胖鸡、瘦鸡，都瘟尽了，连鸡毛也没有一根。不信，你们搜吧！”夏侯虎还想问，后生迅速写了张字条塞给他，并以双手搡他们出去。上官云会意，故意找台阶下台，说：“你这山古佬蛮扯皮，没有工夫跟你拉磨，快到别家搜去吧，免得误了大事。”

众人走了，后生把张辉瓒“请”下来。吃过饭后，后生对张辉瓒说：“老总，我爷爷说‘车水车到泥，救人救到底’。我愿意把你带出去，就不知道你舍不舍得出血？”

张辉瓒想，刚才不让红军捉走他，原来是想得到一笔钱，就问：“你愿给我带路？”后生回答说：“愿意，不过，长官能给多少钱？”“别的没有，只有这个。”张辉瓒边说边从衣袋里掏出一个手表。后生一看，是个破手表，说：“一块破铜烂铁，有什么稀奇，最多能换两碗面吃。”“有什么稀奇，只能换两碗面，你去看看！”张辉瓒听后生说他的手表没什么稀奇，火了，把手表往墙上一甩，手表“啷”一声落了两丈远。后生过去捡起一看，秒针还滴溜滴溜地走着，嗯，是只好表，可口里不说。张辉瓒说：“看到了吧，这是真正的金壳瑞士表，老子花了一根金条买来的，卖出去你母子至少可以坐吃五年！”“真的有这样大的价，那我就发财啰！”“慢，你说的话我不太信，你有什么可以作凭信？”“得人钱财，为人消灾。这样吧，先把我姆妈捆起来，锁在磨房里。如果无信，回头来任你把我与姆妈一起处罚。”说着，后生真的找来一根麻绳，把娘五花大绑起来。关在房子里。娘破口大骂儿子死情绝义，为了发财用娘作人质。后生把毛巾塞住娘的口，说：“为了钱，姆妈先委屈一下吧！”

后生把张辉瓒引到一条野鸡路上，这条路通往东固。张辉瓒熟悉军事地图，知道过了东固，就可以找到富田、值夏一带的保安团，护送他经吉安回到南昌。到那时，一颗子弹把山古佬送上西天，让他到那个世界去拿金壳手表。想到这里，心中十分高兴，不觉加快了脚步。两人匆匆行走，进入一片竹林。突然道旁一根又粗又长的茅竹弯下来，对准这根弯弓竹的路上有一条小沟。后生纵身一跳，跃过小沟。随即大叫一声：“小心！”张辉瓒正在想入非非，听到猛叫一声，以为发生了什么情况，吓得后退一步，抽出手枪，惊慌地四面张望，脚下乱了步子，不提防一只脚踏进路中间一个松软的土坑里，陷了下去。“扑通”一声，张辉瓒仰面朝天跌了一跤。等他清醒过来时，一只脚已被麻绳扣住了，倒吊在竹竿上，在空中荡来荡去打秋千一样。原来张辉瓒踏着的是一种捕获野猪的强弓。两三百斤重的野猪踏进了陷阱，也吊着动弹不得，何况这两只脚的“野猪”，更不在话下。张辉瓒倒挂在竹竿上，握着手枪，寻找射击的目标，准备顽抗。突然“叭叭”两声枪响，击落了张辉瓒手上两支手枪。竹林里跳出上官云、夏侯虎和后生三人，一拥而上，把张辉瓒活捉了，押往红军司令部。

上官云、夏侯虎怎么会从竹林里一下子蹿出来呢？因为上官云接到后生的纸条，出来打开一看，上面写着：“装好吊弓，在翠竹岭等候。”他们两人就摆好擒狼的强弓，藏在附近的竹林里等候。那后生是谁呢？他就是欧阳明。他听到抓住张辉瓒的副官以后，就知道张辉瓒没跑远，准藏在附近，就定计化装成农民，本来想用计引张辉瓒到屋里关门打狗，后来发现张辉瓒非常凶顽，又改变计划，决定强弓吊拿。还多亏那位房东，扮演了后生的娘，而且遭受了捆绑之苦。上官云、夏侯虎、欧阳明几个战士活捉张辉瓒的故事就这样在当地传开了，一直流传至今。

讲 述 者：孙万厚　男　78岁　吉水县金滩乡人店员　私塾五年

采 录 者：孙贵昌　男　50岁　吉水县文化馆长

采录时间：1980年5月

采录地点：孙万厚家中

接龙桥

湘西龙山县的龙山，和湖北来凤县的凤山，是两座高山。两山中间，隔着一条水深急流的白沙河。沿河西岸是一片肥沃的土地。

1934 年春天，白军向团长盘踞凤山以后，企图继续进犯龙山，消灭红军。他准备在白沙河上修建一座石桥，取名就叫“斩龙桥”。

不几天，白匪把凤山所有的岩工抓来了。向团长命令岩工们：“你们赶紧把桥修好，不得拖延时间，谁敢不从，就以私通红军论罪，格杀勿论。”临走时留下王大麻子带一连白狗子监工。

岩工中有个叫彭七的，已经 50 多岁了。他虽然有一手好技艺，却日夜都在盼望红军打回来，怎么愿意去修桥让白狗子去打红军呢？

岩工们也和彭七一样，都很想念红军，痛恨白狗子，不愿修桥。但是，白狗子天天拿枪逼着人们上工，不去也不行。怎么办？大家想了一个办法：消极怠工。监工的来了，就拿来锤子敲几下；监工的一走，就坐着扯谈。这样开工一个多月，桥墩还没有露出水面。

一天，天才蒙蒙亮，从龙山来了人，给岩工们带来一个好消息，说红军准备打凤山，要尽快地把这座桥架起来。这消息像一阵春风，一霎时就在岩工们和当地群众中传开了。大家真有说不出的高兴，但都不动声色，仍和往常一样上工。不过岩工们的手上却来了劲，村里的老百姓也在暗暗地编织草鞋，筹措军粮，男女老少，忙个不停。

彭七是负责刻桥碑的。这天，他一边凿一边在想：“大家都在准备迎接红军，我何不把“斩龙桥”刻成“接龙桥”，接贺龙，迎红军！想到这里，他心中高兴，一锤接一锤地凿得更快了。但又转念一想：红军还没有来，若是把“接龙桥”三字刻好，被白狗子看见，准会坏事的，怎么办呢？他思索了一会儿，终于想出一个好办法：先刻“桥”字，再刻“龙”字，等桥快修好了，再把“接”字刻上去。主意一定，他便精心地刻起来。可是桥还没修好，“龙”“桥”两个字都刻好了。他只得装病不去上工了。

一天，王大麻子来到工棚里，看到桥碑上刻了“龙桥”两个字，“为什么不顺着刻呢？”他起了疑心，当即追问彭七。彭七说：“修桥建路是好事，按我们岩工的规矩，桥碑上面的字都是先从下面刻起，好像矮子上楼梯，步步高升啊！”王大麻子觉得这话有道理，笑着走了。

看看桥快要合拢了，彭七就在晚上要老伴端着灯，和儿子两人通夜赶刻那个“接”字，天快亮时，“接”字刻好了。他们就把桥碑藏在床铺下面。

红军要打凤山的消息传到了向团长的耳里，他放心不下，命令部队下到各处查看，自己也到了工地上。他看到桥快要合拢了，不由得暗自思量，前些时候工程进展缓慢，为何现在这么快就修好了呢？又想到红军要打凤山的风声心里不禁哆嗦起来。这时一群白狗子抓着彭七来了。原来他们在彭七的床底下发现了那块“接龙桥”的石碑。向团长一见，暴跳如雷，指着彭七大声骂道：“老杂种，你，你好大的胆！”彭七冷笑一声：“你们白狗子是大祸害，我们穷人要迎红军，接贺龙，消灭你们！”向团长气得七窍生烟，立即命令白狗子把彭七拉去枪毙。彭七毫无惧色，他向岩工和老百姓们喊道：“乡亲们，不要怕，红军会给我们报仇的！”这位土家族老人就这样英勇牺牲了。

向团长又命令立即“炸桥”。说时迟，那时快，只见桥边一个青年飞跑上去，抱起炸药包，纵身跳入水里。这个青年就是彭七的儿子，他和他父亲一样，为迎接红军的胜利到来献出了自己的生命！英雄的壮举，惊得白狗子们一个个呆若木鸡。几个岩工趁机跑上大桥，把最后一块岩石安了上去。桥合拢了！就在这时候，对面山上响起了嘹亮的冲锋号声，一面红旗呼啦啦迎风招展，红军战士杀声震天地冲过来了。向团长连忙上马，一溜烟向凤山逃去。红军在消灭了王大麻子一连白军以后，乘胜追到凤山消灭了盘踞在这里的敌人，活捉了向团长。

讲 述 者：佚　名

采 录 者：崔文彬　男　龙山县民委干部　高中

采录时间：1985 年

采录地点：龙山县

古大存山中赋诗

大革命时期，有一次古大存单人独枪，来到揭阳、普宁、陆丰三县交界的革命根据地莲花山。敌人探知了情况，即派重兵进入山区搜捕，并在四村八寨及各处路口严设岗哨，声言：“捉到古大存，赏银一千元。”

在下咸岗的路面上，敌人设下一个排的兵力，对衣着比较像样的过往行人逐个审问盘查。

一天，前面来了一群挑炭佬，他们头戴尖顶竹笠，腰围洗身帕，脚穿六耳大草鞋，土布短袖衫却放在炭笼上面，个个光着膀子，满身大汗。他们来到岗哨旁边，放下担子，在路旁的小店买了草[①]，边吃边说笑，吃完后便坐在后壁歇息，有几个人还用火炭画了“屎缸棋”盘，用石子、树枝下棋。

敌军对这群炭牯佬毫不介意，谁知大名鼎鼎的古大存军长就在里面。古大存在买草时，故意在铺子里丢下一个纸团。过了半个多小时，这群炭牯佬已走远，店主才把这纸团拾起，送给敌军说：“先生！这是你们哪一位丢的？”敌军排长一手抓过，打开一看，两行刚劲的草书写着：

红十一军军长拜会，
请见石壁留诗。

① 草：潮州的一种小吃。

那排长顿时吓一大跳，失声喊道：“厉害！”惊魂稍定，走向石壁，只见用木炭写着龙飞凤舞的四句诗：

一日离家一日心，
如同孤雁宿寒林；
有朝奋发青云志，
直上长空笑百禽。

这个少尉军衔的白狗子，还算有点儿聪明见识：“唔，这首诗就是古大存写的，他原是大学生。瞧，‘有朝奋发青云志，直上长空笑百禽。’哼，他高飞远走了，我们还留在这里被他笑。他妈的！定在那群炭牯佬当中。弟兄们，快追！”

可惜，太迟了！古大存带领他的一群“挑炭佬”，早已不知去向了。

讲 述 者：黄佑显　男　65 岁　普宁县坪上和盛饭店店主　小学
采 录 者：黄国汉　男　42 岁　揭西县文化馆干部　中专
采录时间：1982 年
采录地点：普宁县坪上和盛饭店

云四婆献儿救红军

1942年三四月间，正是日寇侵略时期，云四婆在宋宅山建立了临时医务所，一批批红军伤病员在她和同志们的精心护理下“出院”，回到前方杀敌。当最后一名重伤员老李恢复健康快要归队，还在云四婆家逗留的时候，突然遇上日本鬼子和汉奸潘儒三带领敌人进村搜查。四婆叫老李躲在房里，自己在客厅对付敌人。

“老太婆！伤病员藏在哪里？”领头的一个敌人问。

“不知道。”四婆冷冷回答。

“她妈的，该死的老鬼头！”敌人打了四婆两个耳光。

“住手。”老李忍不住挺身而出。

“你的谁的？伤病员的有！抓了抓了的！”几个日本兵和伪兵说着要动手动脚。

“我是我，我是堂堂正正的中国人！”老李故意讽刺伪兵。

这时，几个伪兵一听，揪住老李拳打脚踢。四婆上前拦住，说：“你们怎么乱打我的儿子呢？”“不管三七二十一，把他抓起来。”几个伪兵嚷叫着。

“你们凭什么捕人？拿证据来。”

“有证据也好，没有证据也好，决不放过一人。”敌人企图把老李带走。

这时，四婆的亲生儿子逢铣回来了。“不许动！”敌人的枪口对准了逢铣。逢铣见到四婆和老李坐在床上，便低声喊道：“娘，娘。”四婆机智地说："什么娘娘，我又不是菩萨，老叫不停。"逢铣看了母亲眼色，便随机应变地改嘴说："娘娘！我是讨点水喝！"四婆故意端一碗水出来说："喝吧！别啰嗦！"逢铣一饮而尽。

"他是谁？又是你的孩子吗？"敌人听了，逼着四婆。

"不认识，过路的客人！"四婆坚决地回答着。

鬼子指挥官哈哈大笑："啊，你是伤病员。"鬼子、汉奸把麻绳套在云逢铣脖子上，推出门口。老李大喝一声："慢走！ 我就是伤病员，要抓就抓我！"

"呵！你就是伤病员？""我是伤病员。"逢铣忙插嘴道。

"他不是伤病员，我是伤病员。"老李抢着说。

这一来弄得敌人真假难辨，一位胡子长官走过来，喝令："统统抓走！"四婆跪在地上捶胸啼哭，用力拉住老李，打了他两个耳光，骂道："你这个败家子，不识好歹，皇军是抓共产党，抓坏人，你为什么冒充伤病员，连你母亲都不认了！想找死啦……"一直骂着打着，死死拉住老李不放。敌人放了老李，把逢铣带走。

傍晚，区委书记邝世发同志闻讯赶来安慰四婆说："四婆，你为了革命，为了伤病员，让敌人抓走自己的儿子，我们非常钦佩，又非常痛心！"

"说什么话！只要你们在，革命的火种就在，万一我的儿子回不来，我乐意认所有孩子为我的儿子，对吗？"四婆平静地说。

为了营救云逢铣，区委会采取以牙还牙的政策，把云学元、云玉成和张会东家人通通抓起来，给张会东等人写信说："如果杀逢铣一人，就要杀你全家。"逼得他们只好向日寇的长官富田讲情，把逢铣释放了。但是，由于逢铣被敌人折磨，伤势过重，出狱不久，便病死了。四婆掩埋好逢铣的尸体，又把最后一个儿子云逢锐送进革命队伍。她的这一行动，带动了一批批青年男女参军杀敌。其中，有双胞胎兄弟俩一齐报名入伍的；还有一家大小六人全部入党，参加革命工作，成为光荣的革命家庭的。

讲 述 者：云昌瑛　男　50 岁　干部　大专

采 录 者：符　录　男　45 岁　干部　大专

采录时间：1985 年

采录地点：海口市

红军松

大巴山里有个松树垭。松树垭有一棵松树，有两个人牵手围那么粗，十多丈高。这棵大松树，当地老百姓叫它红军松。

1934 年 4 月间，红军第四方面军总指挥徐向前，带领 1000 多名红军队伍，抄小路去追打田颂尧的垮杆儿[①]。经过松树垭那天，碰上瓢泼桶倒的大雨，紧接着山洪暴涨、山路断绝。躲雨的时候，徐向前指了指松树，又指了指茅草，然后问大家：“我们是学苍松顶天立，还是学茅草随风倒？”1000 多个红军指战员同时回答道：“我们学苍松顶天立！”徐向前接着又问：“我们要冒雨追田匪，还是躲雨等天晴？”红军指战员又齐声高呼：“我们冒雨追田匪！”“好！立即出发。”徐向前的话一讲完，“打倒刘湘！活捉田颂尧！”的口号声，压倒了狂风，压倒了山洪。

这时候，来了一个叫苏维民的穷人，给红军带路，避开山洪，来到了高台寺。田颂尧的垮杆儿军队，正被李先念政委率领的一支红军队伍打得往高台寺退。徐向前带领着红军截住就打。那些川棒老二（指川军），被打得跳崖的跳崖、投降的投降。仗打了三个多小时，就消灭了田颂尧的一个师。缴获的枪支弹药，整整堆满了六七间大屋。俘虏的川棒老二，一顿稀饭就吃了一石二斗米。回家的发放路费，都发了几箩篼银圆。

1935 年，徐向前和李先念率领红军队伍北上抗日去了，田颂尧那缩进肚子的乌龟脑壳又伸出来了。他有个瘦猴儿团长叫汪德权，被红军释放

---

① 垮杆儿：大巴山的老百姓把四川军阀田颂尧的败兵叫垮杆儿。

回去，给田颂尧的姨太太当了干儿，后来又官复原职。红军一走，他心里老记着高台寺一仗，起下黑心要报仇。派人把给红军带过路的苏维民抓来，他用拇指粗的牵牛绳把苏维民绑在大松树上，又用三尺多长、半尺多宽的大砍刀，架在苏维民的脖子上，咬牙切齿地问：

“姓苏的，你知不知道我叫汪屠夫？”

“管你汪屠夫不汪屠夫，红军来了都是圈里的肥猪！”

瘦猴儿团长气得使劲一巴掌扇过去，想扇在苏维民脸上。苏维民头一偏，瘦猴儿那干爪爪恰恰扇在大松树的油节巴上，刺得满手尽痛，鲜血直流。他一时恼羞成怒，左手指着苏维民的脑袋吼着：

“你不想要你那九斤半[①]了？”

“你摸一摸你那九斤半还在肩膀上没有？”

瘦猴儿团长夺过一根扁担，战战兢兢，一下打偏了，“啪”的一声，扁担在大松树上碰了回来，震得虎口发麻，不敢打第二下。瘦猴儿一脚踢开身边那个川棒老二，狂叫着：“混账东西，快把山前山后的老百姓给我赶到大松树下来。今天，我要把苏维民砍头示众，把这根大松树砍倒烧柴，免得那些个人儿想念红军。”那个川棒老二硬把几十个老百姓赶到大松树跟前，瘦猴儿满嘴喷着唾沫说：“我限定你们，今天下午把大松树砍倒，办到了只杀苏维民一个人，办不到我就鸡犬不留。”

几十个老百姓没有一个开腔。

“你们听懂了没有？听懂了马上回去拿家什来动手！”

几十双眼睛集中在苏维民身上。苏维民觑了一下眼睛，歪了一下嘴巴，这时在老百姓中间，有人高声回答：“听懂了，我们回去拿家什来！”

“走哇！”

几十个老百姓轰的一声散了。

瘦猴儿团长和他的川棒老二等了许久不见一个人来，又等了许久，还

---

① 九斤半：意思是脑袋的重量。

是不见一个人来。他正要派人去催，忽听东面山上有人在吼："大巴山游击队下山来了！"瘦猴儿马上派了一个排到东山去侦察。派去的人刚走，西面山上又有人在吼："大巴山游击队过了三汇溪了！"瘦猴儿又出一个排到西山去警戒。调走的人还听得到脚步声，又来了一个老百姓，跑得汗泼水流，说是在路上碰到100多个着便衣、穿草鞋的精壮汉子，直朝长赤坝走。瘦猴儿听了这话，一桶冷水浇在头上。他想起长赤坝是他顶头上司的老窝，肯定是大巴山游击队抄老窝去了，这还了得。他赶忙集合全团的川棒老二去营救，顾不上大松树绑的苏维民就溜了。

瘦猴儿的队伍刚刚走到九倒拐坡上，左边山上便响了枪声，接着右边山上也响了枪声，前面树林里，后面山顶上到处都响着枪声。瘦猴儿那些川棒老二吓得你推我、我踩你，有的滚了崖，有的钻了洞，瘦猴儿滚进了一个土埝沟里，侥幸逃了命。

过了不久，瘦猴儿收拾起他的残兵败卒，又来到松树垭，四处去抓苏维民，连个影子也没看到。他看见那棵大松树巍巍地长在那里，心里又来了气，便带起他的兵卒去砍树。他们抢来了100多把斧头，磨得明光锃亮，摆了一大坪，然后集中队伍，每30个人一班，轮流砍树。那些残兵败卒使上力气，抡起斧头，一斧砍下去只不过一个白印印。100多个人砍了整整一天，才砍了指多宽的一条口子。

第二天清早，瘦猴儿又带人去砍树，走拢树脚一看，几十双眼睛都惊呆了。他们看见昨天砍开的那指多宽口子，今天又原封原样地长拢了。瘦猴儿看到了，还是不丢手，逼着继续砍。一把斧头砍下去，被松油粘住了。又一把斧头砍下去，又被松油粘住了。一把一把的斧头，沾满了松树，拔不出来，瘦猴儿气急了，自己举起斧头去砍，那斧头同样砍下去拔不出。瘦猴儿急得没法，叫人抢来许多锯子。他想斧头砍不动，兴许锯子能行。

过了一夜，瘦猴儿带着人正要开锯锯树，忽然发现那些斧头无影无踪了。又看见那树干有一块地方，树皮刮得干干净净，上面写着几行红字。瘦猴儿一眼看见，“哎哟”一声便倒在地上，不省人事。那几行红字是：

警告瘦猴儿，
休得逞疯狂，
砍了红军松，
叫你见阎王。

那些川棒老二见了，一个个吓得张口结舌、满脸发白。

讲 述 者：向光钰　男　45岁　村党支部书记　初中
采 录 者：黄　骏　男　56岁　巴中县文化馆干部　高中
采录时间：1986年春节
采录地点：巴中县玉井乡向家梁

钱衣裳

1933年秋天，红军来到文昌场，不久又在文昌宫建立了苍溪县苏维埃政府。

文昌宫附近有一位老妈妈，她姓权，家里很穷。那天听说红军战士分配到各家各户去住，权妈妈像迎贵客那样，把三个红军战士接到家里。

权妈妈家里只有她孤独一人，几间草房多久都没培修过。红军战士一来，忙着帮她翻草房、泥壁头、挑水、捡柴、耕地、灌菜……她从来也没有见过这样好的军队，欢喜得简直合不拢嘴啰。

哪晓得，才住了几个月，红军就要走，说是“转移”。权妈妈拉着红军战士的手，一直过了山嘴，才边揩泪水边往回走。她回屋看地下，扫得溜光；看水缸，水装得满满的；再看桌上，盖了个锅盖，她揭开一看，有一墩红区用的布币。一数，整整40张，面上还搁了张字条。权妈妈去追红军，红军已走得很远了。她找人看那字条，上面写的是：“权妈妈，打扰您老人家了。这是付给您的柴草钱，请收。”

权妈妈听了这几句，一下子喉咙管又哽住了。

红军一走，国民党的乡长、保长三番五次来抄家。权妈妈把布币藏在墙缝里，以后又用罐罐装起埋在地下。她还是认为不保险，又把布币一张一张地连拢，缝在夹衣里。这件衣裳她随时都穿着，再热再冷也不脱。她说红军布币连成的衣裳就是“神衣”，可以辟邪，任何土匪强盗、妖魔鬼怪都不敢拢身。

有几回，坏蛋把她抓去拷问，她一点也不害怕。她想，有红军壮胆，还怕啥？每逢走夜路，她把衣裳敞开，露出“神衣”，她把这当成“灵符”，连鬼都不怕啰。

过了16年，苍溪解放了。县上派人到文昌搜集革命文物，权妈妈把这件“钱衣裳”恭敬地献出来了，她说：“请把这些钱还给红军。”

讲 述 者：胥鸿钊　男　58岁　苍溪县文化馆馆长　高中

采 录 者：魏育才　男　文化干部

采录时间：1986年

采录地点：苍溪县文昌镇

石马

1933年，人们又听到白龙马奔跑起来了。这年6月，红四方面军到达石马场。红军一来，广泛开展宣传工作，宣传队的同志到处刻写标语，同时也在石马背上钻刻了“赤化全川”四字，并修复了马的伤腿。红军一到，吓坏了当地的地主恶霸，一些反动民团和土匪特务逃进深山密林。大恶霸、土匪头子王树森在向家梁一带纠集了1000多人的武装，自任团长，联合了各路头目，抢劫九龙场，火烧石马场。当地群众对他们恨之入骨。驻在这里的红九军战士，决心要除掉这些坏蛋，他们组织了精干的骑兵队伍，准备配合游击队进行夜袭。可是向家梁两边的悬崖峭壁如刀劈斧砍，仅中间的一条崎岖险陡的小道可通寨口。匪徒们又在左右两个隘口上筑了两个坚固的工事，工事上下左右都架着机关枪。王树森吹嘘说：“凭着山寨天险，红军插翅也难飞上来。”

红军攻打向家梁的消息传开了，可是过了半个来月还不见动静。匪徒们以为红军真的攻不上去了，哪晓得就在一个晚上，向家梁突然响起枪炮声，很快就把土匪消灭了。

这是咋回事呢？这事儿后来才听到一个俘虏兵说，那是神马把红军驮上去的。那天夜里，一匹雄壮的白马冲在最前头。枪一响，在一片红光中出现了万马奔腾的阵势。红军的每匹马背上都背有“赤化全川”标语，直向寨顶冲去。匪徒们集中轻重机枪、冲锋枪、步枪猛烈射击，可这些马却时隐时现、越来越多。土匪官兵吓慌了，想从寨西逃走，西面又冲出一支骑兵；想从寨东突围，寨东也杀出一支骑兵，马背上也背着“赤化全川”

的标语。这时一个被吓得魂不附体的营长，恍恍惚惚想起那石马背上不正有这幅标语吗？他恍然大悟，便一下跳到山坡上大喊：“不要打，不要打，石马场的神马显灵了。”他这么一喊，匪兵们更加心惊，都乖乖地缴枪投降了。

从这以后，人们看到石马场的石马遍身都是弹痕，众口一词地说这是石马呼唤来千万匹神马，配合红军消灭了敌人。

讲 述 者：何太阳　男　老红军　原籍苍溪县石马乡　小学

采 录 者：赵华修

采录时间：1984 年 9 月

采录地点：苍溪县城

夜过乌江

1930 年，二路红军在烂坝子[①] 闹起来后，整得国民党的官兵日夜不安。驻扎在羊角碛的军阀周矮子，那家伙鬼灯[②] 多，想方设法要收拾红军。

有天，周矮子派人给红军送信，说他愿意跟红军联合，支持革命，请红军派代表到羊角碛来谈判。红军的领导晓得周矮子狡猾，为了争取他，经过商量，还是决定派三个胆大心细、枪法又好的代表，渡过乌江到了羊角碛。

周矮子见了红军代表，假装开始谈判。在谈判的时候，他要全部红军开过河来，接受整编。红军代表一听，晓得这是周矮子要消灭红军的阴谋，当场表示不能同意，将他顶了回去。周矮子根本没得真心和红军谈判，等的就是这个机会。他脸一抹，就不认人了，立马命令手下的人把红军代表捆起来关起。

红军代表出发过后，三天没有见到消息，晓得遭周矮子扣留了，马上集合起几百人，开到羊角碛对门的乌江边扎起。晚上，亮起灯笼、火把，排了几里路长，又吹牛角，又打冷枪，吼得豁子震天的，要周矮子放人，还说第二天就打过河去捉他。周矮子一看那阵势，吓得屁滚尿流，只好把红军代表放了。

---

① 烂坝子：今双河乡。

② 鬼灯：鬼主意。

红军代表来到乌江边，要找一条渡船过河。哪晓得，乌江的水“哗哗哗”直往两边分，一会儿，就在五里滩上让开一条路来，三个红军晓得有“天神”保佑，很快就跑过河去了。

周矮子那几个护兵，送红军代表到河边，看到这个样子，脸都吓翻了青。回去跟周矮子说了后，周矮子也吓到了，在铺上睡了三天三夜才爬起来。他晓得红军不好惹，有“天神”保佑，再也不敢跟红军作对了。

讲 述 者：马福海　男　71 岁　武隆县白果乡农民　初识字

采 录 者：杨友仁　男　43 岁　武隆县文化馆干部

采录时间：1987 年 6 月 17 日

采录地点：武隆县白果乡红光村一组

万灵丹

红军第四方面军为了北上抗日，于1935年春天离开了川陕革命根据地。红军一走天就变，抓丁派款的川棒老二和土豪恶霸相互勾结，搜刮老百姓。这还不说，“打摆子”[①] 成了那一年的流行病。挨家挨户都有人打摆子，一个人还没有好，二个人又染上了。老百姓连吃都顾不上，哪里顾得上医病啊。他们染上了摆子，就只有一天一天地过拖啰！

油房沟的蔡桶匠，一家七个人，七个人都在打摆子。因为红军来到油房沟的时候，蔡桶匠是村苏维埃主席。红军走了，他们家被联保主任杨九麻子抄了，并把他赶到穿洞子去住崖壳[②]。没有吃的就吃草根树皮，没有铺的盖的，就在乱草里睡。人病了没药吃，再也想不出什么办法，就拖一天算一天。先是老伴拖死了，接着是最小的儿子拖死了，后来大儿子、大媳妇也拖死了，二儿子、三儿子今天又断气了。气息奄奄的蔡桶匠，独自一人，在乱草里等死。等着等着，迷迷糊糊看见红军又转来了。蔡桶匠欢喜得想跳起来。可是，脚底下像縋了个千斤重的大石头，没有跳起来又跌到乱草里。红军上前按住他的肩膀，问道：“你是咋个的啊？”

“我在打摆子呀！”

“咋不找个医生看看？”

“腰无半文，有法找医生吗？”

---

① 打摆子：患疟疾。

② 崖壳：指石崖，岩缝。

“你还有红军印的布票子吗？”

“有啊。红军走了，布票子也使不脱了。”

“布票子本身就能医病。将布票子烧成灰，兑开水喝下去……”

“啊！”

蔡桶匠还想向红军说些啥，眼睛一眨，跟前的红军就不在了。不过，红军说的布票子能够医病的话，他却记得清清楚楚的。红军的布票子，不用到别处找，他贴身穿的烂汗褂子里还缝了好几张呢。蔡桶匠立即脱下身上的汗褂子，撕开烂布疤，取出一张布票子，放在火里烧成灰，然后兑水喝下去。嘿！硬是灵得很啊！服下不到煮一顿饭的工夫，身上的病就像被拈掉一样，该热的时候不热了，该冷的时候不冷了，周身都有劲了。当天他就到左邻右舍去串人户。原来左邻右舍差不多都是一屋病人。他把方法告诉左邻右舍，左邻右舍照样办了，一个一个的病都好了。

杨九麻子家里的人，也先后害起打摆子的病来了。好在九麻子有的是钱，成天医生不离门，还派人到成都、重庆去买回医治打摆子的特效药。谁知他的家人，不但本地的医生医不好，就是大城市买回来的特效药也医不好。特别是九麻子接了四个老婆，只生了一个独儿子，这是他一家人的心肝宝贝。这次打摆子又数他那独儿子最严重。为了给独儿子医病，九麻子请来的医生坐几桌，买回的药要装几箩篼，就是没有把病医好。

一天，九麻子听说蔡桶匠打摆子，吃了什么万灵丹，一时三刻就病脱体了。他亲自跑到蔡桶匠那石崖壳里，恭恭敬敬地问：“蔡哥，你的病当真好了？”

“当真好了。”

“你吃的什么药？”

“万灵丹。”

“你在哪里买的？”

“我在梦里拾到的。”

九麻子不敢不信，也不敢全信：“梦里能拾到药吗？”

蔡桶匠明白九麻子的来意，说:“人有诚心，神有感应。我们的心子是长在中间的，当然梦里捡得到药……”

九麻子无可奈何地说:“你的万灵丹还有吗？”

“没有了。”

“你帮我再从梦中捡一回万灵丹，我给你一座房子，20挑谷子，怎么样？”

“我怕梦不到了……”

“怎么我求你就梦不到了？”

“我们穷人没钱买药，才梦里捡得到药，你杨主任有的是钱，我咋个在梦里捡得到药呢？”

“哼！”杨九麻子走出石崖壳，总想给蔡桶匠找个坡坡爬。可是他刚走到自家院坝边上，就听见四个老婆齐声齐气儿天啦地在屋里号啕痛哭。他心里明白，独儿子的命已经送了。

第二天，杨九麻子又去找蔡桶匠，蔡桶匠早已远走高飞了。

讲 述 者： 李树云　男　55岁　巴中县万安乡七村农民　不识字

采 录 者： 黄　骏　男　56岁　巴中县文化馆干部　高中

采录时间： 1982年春节

采录地点： 巴中县万安乡七村

附记：这个传说在川陕革命根据地传播较广。这一方面是老百姓对红军的怀念，另一方面是当时缺医少药，在没有办法的情况下产生的幻觉。那时候打摆子，穷人是拖好了的。

活捉杨胜武

沙子区河坎出了个大土豪叫杨胜武，拖了三十几条破枪，自己封了个团长，张牙舞爪，称霸一方，真是了得！他整人的办法多得出奇，但凡在他的管辖下，不管是哪个出了什么事，都要由他来断。要是哪家山羊吃了哪家的麦子，经他一断，山羊就给判了死罪，拉去杀了，把羊肝子炒来自己吃，说是羊肝可以治他的鸡蒙眼；把羊腰炒给他小婆子吃，说是补身体；把羊肉分给他手下那些背枪的吃，说是吃饱了跑得跳得；把羊皮子拿给原告，叫给硝好了送转来给他做皮褥子。要是两家不服，先各打 20 扁担，然后再罚款。这样一来，他家大厅里就搞得闹哄哄的。后来群众不管有什么皮绊，都不去找他断，也不让他晓得。那些豺狗就背着枪出来找事，看到哪家猫捉到了别家的老鼠，也要把两家主人捉到团防局去敲棒棒。群众都恨透他了。

红军到了沙子区，四乡都红了。杨胜武在河坎孤不住，就把豺狗队拉到箐林里去，打起清乡的旗号，专和游击队、乡政权作对，却不敢会老红军。老红军一来他就躲起了，一走又拱出来，整人害人，牵牛打马。群众纷纷要求老红军给他们除害。贺老总想，杨胜武是地头蛇，人去多了会把他惊了，捉不到，要打计谋才行。

那天，贺老总派人去探得确实了，杨胜武从岩箐里梭回河坎老宅里孤起，就派三个红军去收拾他。这三个红军穿起长衫子，把连枪藏在里面，大摇大摆地去会杨胜武。因为他们装扮得很气派，看起像跑过码头、会过官府的那一号人，所以闯到河坎时，并没有受到豺狗们的多少羁畔，就抵拢杨胜武家老宅。

杨胜武的勤务兵在门外站岗，见来了人，就问来干什么。红军说是杨司令（指的是彭水的大匪头杨昌时那龟儿子）打了公事来了，要会团总。勤务兵要他们等一会儿，等他进去通禀。红军说公事紧急，等不得，跟脚就进来了，经过穿堂，一直跟着进了内室。进屋一看，杨胜武正睡在床上，手里捧着杆包金镶玉的大烟枪，眯着眼睛在烧烟泡哩。有两个红军不等勤务兵开口就过去了，把帐子一掀开，说："贺军长打公事来，要你马上去一趟！"

杨胜武抬眼看着来人说："弟兄伙不要开玩笑……"一面说一面就去枕头边摸枪。哪晓得红军把长衫子一撩，就亮出枪来。杨胜武见三支连枪大张着机头，张着嘴巴对着他，吓软杆了，动都动不得。红军把被子一掀，伸手过来抓他，哪晓得杨胜武光着身子，肚子溜圆；四肢又软又滑，抓住又滑脱了，抓住又滑脱了。杨胜武在床上三滚两滚滚下地来，摔晕了。红军一下子撑在他身上，拿一只臭袜子堵在他嘴里，把他四脚朝天捆起，像抬死猪一样把他抬出去，塞进横边猪圈下面的粪池里，然后就大摇大摆地走了出去。

再说那个勤务兵看到红军来捉杨胜武，站在旁边吓得浑身透凉，头皮发炸，挪脚不动步，张嘴不出声，像一截木头栽在那里。等红军一出去，反手把房门"砰"的一声关好，他好像遭雷打的一样，惊得跳起来，一扑爬就拱到床上去，把三床被子没头没脑地拥在身上，还抖得床架子咯吱咯吱地响。等给人发觉时，眼已直了，手也爪了。问他团长在哪里，他只晓得发抖，不晓得说话，一下下就死了。

后来，杨胜武给人从猪圈底下拖出来，肚子早已烂穿了，现出里面的心子又黑又臭，粪蛆直起拱，真是看不得，闻不得，狗都不吃。

杨胜武死了，他那班豺狗也干净逃散了。团转的一些豺狗队得到讯，吓得夹起尾巴逃得远远的。

群众都说：红军是神兵，活捉杨胜武，吓死豺狗兵。

讲 述 者：田荣仲　男　30岁　仡佬族　农民　小学
采 录 者：杨浩青　男　43岁　汉族　省文化馆干部　大专
采录时间：1964年7月
采录地点：印江土家族苗族自治县

红军智打谯家铺

有一回，国民党军开来打“黔东特区苏维埃政府”，他们来了很多人，像蚂蚁爬树，牵起一股一股地来。那时节，在这里保卫特区政府的红军只有一个团，是贺炳炎团长带领的。名是一个团，实际上只有 400 来个老红军，其余都是些地方上刚入伍不久的新兵，枪支少，子弹也缺。

贺团长对大家说：“同志们，敌人想来消灭咱们黔东特区苏维埃，他们简直是在做白日梦。好吧，枪打出头鸟，杀蛇先杀头。咱们趁敌人还没站稳脚跟的时候，当头给他一棒，砸了他的司令部，叫他们晓得咱们红军的厉害。”大家齐声喊道：“揍他妈一顿！”贺团长又说：“我们保卫特区政府，正缺枪支弹药，敌人给送来了，要我们自家去拿，这是火里取毛栗，动作要快。”

于是，他叫 300 多个老红军带着六七百个新兵，去两边山里打埋伏，明日下山抓俘虏。调度好了，他自己带着两排老红军，进驻谯家铺①，要等敌人来到了才离开。

大家不明白这是啥板眼儿。

贺团长笑笑说：“这不是明摆着吗，告诉白军，我们只有这几个人，好叫他们安心睡觉吧。”说着，举起两个拳头一碰，悄咪地挤挤眼睛，然后道出他那“引马相踢，拉牛相碰”的点子来。大家听了，一个个喜得摩拳

① 谯家铺：今沿河县一个区所在地。是当年“黔东特区苏维埃政府”先后所在地白石溪和瓦厂坝的咽喉，地势险要。红军曾在此为保卫苏维埃特区政府打了几次大仗。

擦掌，都说：“要得，要得！”

说话之间，敌人来到枫香溪了。红军还在淘米做饭，老百姓气喘吁吁地跑来说：“贺团长！贺团长，敌人开进枫香溪了，你们还不走呀？”

贺团长说：“哦，那还远呢，吃了饭走。”

不多一会儿老百姓又气喘吁吁跑来说：“贺团长！贺团长，敌人来到耳当溪了，快走吧！”

贺团长咂着烟说：“哦，那也还远，刚吃过饭，抽杆烟再走。”

眨个眼，老百姓又气喘吁吁地跑来说：“贺团长！贺团长！ 敌人来到官庄了，只隔几里路啰，快走吧。”

贺团长说：“收拾收拾，就走啰。”

红军把他们住老百姓的屋子，打扫得一干二净的时候，敌人的先头部队已经开进关亭了，隔谯家铺只有一里多路，贺团长才带着两排老红军从老岩上退走，故意走得慢悠悠的，敌人把他们看得清清楚楚。

敌人驻下来了，先头部队扎在贵家寨，总部扎在谯家铺，尾子还在枫香溪。这一山槽子四十几里，村村寨寨都扎满了敌人。

敌人是从思南开来的，一路爬坡下坎，走了两天两夜，一个个骨疼筋酸，动弹不得。他们仗自家人多，见红军只是那几个人，问过老百姓，谁都说红军的大队伍扎在白石溪特区政府那边，在这里的，也就是那几个人。他们还不放心，吃过晚饭，派探子去四边山上转了一趟，回来说，红军确是那几个人，因见我们人多，吓得跑个没影没踪了。他们这才放心，脱起衣服睡大觉。

夜里，墨黑墨黑，脸对脸都看不见。贺团长带着两排老红军，悄悄地来到老岩上，传着密令说：如此这般地下去，如此这般地回来，跟着就摸进谯家铺去了。

这谯家铺是一条半里长的独街，两边两排房屋，密集而齐整，远望像只大蜈蚣。一条干沟，宽约丈余，由北而南，直插街心而过，沟上盖着石板，初到这里的人不易发现。敌军总部，就在东街当头的伪区公所里。

贺团长们一拢地，就接上了内线，那内线是个乡苏维埃的代表，本地人，又是红军的交通员，为人机智勇敢。他每次带红军去摸敌人的岗哨，都如探囊取物，一次也没有出过事。当时红军把住街两头，就派十个人去摸敌军总部，不巧，一拢就被哨兵发觉了。敌哨兵端起枪，刚要喊，忽然背后伸出来一只大手，掐住了喉咙，他的口令留到阎王殿前喊去了。掐死狗哨兵的，就是那个机智勇敢的交通员。红军一拥而上，朝屋里就是一排子枪，摔出去十几个地瓜蛋，炸它个稀巴烂。

总部遭砸了，敌人还在雾里黄昏，不晓得是哪回事，都一窝蜂拥到街上来了，有的披着衣服，有的提着裤子，看不见红军在哪儿，只听四面枪声。他们吓得乱闯乱窜，像一群断头苍蝇。这时，红军“哗”的一声从两头冲出来，枪声砰砰地响，敌人不知来了多少红军，只当他们被包围了，慌作一团，在东边街的朝西边街跑，在西边街的往东边街窜，人撞马，马撞人，跌倒的被踩成肉酱。

红军把敌人一逼，逼到街当心的木桥上，那桥也同他们作对，“嘎嗒”一声就断了，人和人，马和马，约好了似的，一齐掉下去，哭的哭，嚎的嚎，只有死了的才是好汉——不哼一声。

没掉下沟去的敌兵，无路逃命，就又钻进屋里去了。

红军缴了掉下沟的敌人的枪弹，就在沟里朝街两边房里的敌人打枪。这么一来，街这边的敌人当街那边的是红军；街那边的敌人也当街这边的是红军，都拼命地朝对方打枪。

贺团长见敌人自己互相瞎打起来，就按原来的计划，带着大家悄悄地从干沟回去了。

正在这时，驻在贵家寨和关亭的敌人赶来了。他们来到街口，碰上逃出去的白军说：“红军占了谯家铺，司令部完啦！”他们闻到风就是雨，拾到封皮就是信，管你什么三七二十一，架起机枪就朝谯家铺里头打，在街里互相瞎打的敌人，又以为红军增兵包围他们来了，也开枪还击。呵哟，听那枪声，跟大年除夕晚上满街的人家合放炮仗一般，山摇地动。

这时候，红军站在老岩上，坐山观虎斗哩。一个红军战士说：“贺团长，你这引马相踢、拉牛相碰的点子出得不错呀，看，这批死牛烂马都听咱们的指挥，拼命打斗哩。”大家听了，忍不住格格格地笑。贺团长说：“让他们斗吧，斗累了，明天咱们好好收拾他。”

里外三层的敌人雾里黄昏瞎混战了一夜，打到天亮一看，才知道是上了红军的当。哎呀呀，满街都是死人，走路都没个下脚的地方。撒了一地的军帽，像爆的苞谷花花。

敌人晓得上当了，就赶忙吹号收兵。哪知，他们的收兵号音一落，红军的冲锋号声就起，埋伏在两边山里的红军，呼的一声杀了出来，轰雷闪电一般，敌人措手不及，拔腿就跑。“兵败如山倒”这话不错，看那敌人队伍，前边的跑得慢，后边的跑得急，只见那人流，旋起旋起就成一堆；旋起旋起就成一堆，像蚂蚁绷虫虫，拥拥挤挤。红军个个抖起精神，几下就消灭一堆敌人，几下就消灭一堆敌人。缴得的枪，装满一屋子，子弹更饱足。

从此以后，贵州的白军听不得红军的威名，一听，就好比耗子见猫猫，骨头架子都吓垮了，还没看到红军的影子，夹起尾巴就跑啦。

讲述者：田兴道　田兴仁　男　土家族　农民　小学

采录者：燕　宝　男　37岁　苗族　文艺干部　大学

采录时间：1964年4月

采录地点：沿河土家族自治县谯家铺街上

梵净山上的红云

梵净山[①]是贵州省最高的山。有首歌谣唱道：

提起梵净山，离天三尺三，
晴天云接顶，阴天看不见。
若要山顶现，未时太阳天。

一听这歌谣就可以知道它有多高了。这山太高，上面没有人烟。每年立冬以后就下起鹅毛大雪，冰雪封山，连半坡的护国寺、中元寺里的和尚，也冷得朝山脚下跑。

1934 年 11 月间，黔东独立师为了配合贺老总率领的二、六军团东征[②]，就在和尚跑下山的时候拉上了老山。这一下子，就把白匪军七个团的牛鼻子给牵住了。那时候，尽管红军缺粮缺子弹，穿的还是单夹衣，可是斗志很高，成天在山上，不是唱歌就是操练。白军呢，人多，不敢上山来，尽在山下糟蹋老百姓，有的抱根吹火筒筒在山脚下坐口子，不让群众给山上的红军送粮食、盐巴，每天朝着山上打几枪冷枪，吓吓雀鸟。

独立师在山上扎了半个多月，知道二、六军团已经到了湖南永顺，就冲下山来，杀条血路，突围出去了。只有一个排长，带了四个红军，在后

① 梵净山在黔东印江、江口县境内，是武陵山脉的主峰。

② 为了配合中央红军长征，贺龙同志率领二、六军团红军主力自黔东特区革命根据地东进湖南。由黔东独立师担任后卫。

面打掩护，给敌人切断了，出不去，就朝山上退。白匪军看他们人少，就大起胆子上山来“清剿”。

那个排长已不知道是姓什么的了，生得粗壮结实，说话的声音像打雷，打起仗来生死不顾。敌人见了他，就像耗子见了猫，吓得浑身骨头都抖垮架。这时，他带着四个红军一股劲地朝山顶爬。他听老辈人说过，有人曾在六月天从舍身岩过天心桥，翻过金顶，从泥鳅背上出去过。尽管如今是大雪封山，他也要闯一闯。

他们爬呀爬，爬了一天，大家又累又饿，就在一棵大松树下面歇下来。山上水很少，只有几个石洞子里有水，他们就去取了水，拾些干树枝架起，准备烧火取暖，也好煮点干粮吃。哪知道一生火，烟子冲上去，把树上的两只捅水鸟激怒了。那种鸟像老鹰一样大，性情十分怪，谁要是惹恼了它，它就飞到深谷山涧中，纵然千里迢迢，也要含了水来淋你。这几个红军哪里知道这个，刚生好火，这时头上掠过了两只大鸟，哇的一声怪叫，从嘴里吐下两股水来，把火淋熄了，把他们的衣服也淋湿了。几个红军抬头一看，只见那两只鸟就蹲在这棵大松树上，圆睁两眼，看着下面。心想，可能是不让他们在这树下烧火，就搬到另一棵大树下面去。哪知道刚把火生起，那两只怪鸟又来了，又把他们的火淋得烟消火熄。那个排长叹口气，只好叫大家背贴背地坐起，每人喝两口冷水，吃一口干粮，就歇了。

这时，半坡上的白狗子，也在生火煮饭，火光照亮了半匹坡，烟子直冲到半天云里。这一下把许多捅水鸟都激怒了，就从各处寻水来淋他们，把他们淋得浑身湿透，冷得直筛糠。有些白匪军就开枪乱打。那些鸟也不怕，还是照旧淋水。吓得白狗子们跑得远远的，也不敢生火了。过了一夜，这拨烂兵好多都冻成冰条了。

到第二天，天麻灰灰亮，那五个红军又出发了。爬过了棉絮岭，钻进了一座老林。那老林里阴森森、黑黢黢，古树顶天，一眼望不尽；脚底下的树叶落得有一两尺厚，一脚踩下去陷一个坑。有些枯树倒下来，堵在面前像一堵墙一样。他们就手拉手、脚跟脚地从树旮旯里钻过来钻过去，分不清东南西北，光知道朝高的地方爬，没一个回头的。

他们爬呀爬的，爬到老林的边边上了，只见脚底下是伸出去的一座悬岩，就像一只鹞子，朝对面笔陡的一座大光岩扑过去，只差一点点就要撞山了。就在这两座岩中间，架着一个独木桥，桥下面云雾腾腾，也不知有多深，这就是舍身岩和天心桥了。红军排长走到桥边一看，眼都发花，脚底心都发软。那大树架起的桥面上，雪白雪白的，已经变成了一座冰桥。他从怀里掏出红旗来，向后面一招，带头上了冰桥。走在桥上，就像走在阶沿坎上一样，平平顺顺的。大家紧跟着排长，也走了过去。过了天心桥，大家就朝金顶上爬。

那些白狗子，在后面追赶着。白匪军的大官在后面督战，说是谁要是捉到一个活的红军，赏 100 块光洋；谁要是打死一个红军，赏 50 块光洋；谁缩脚，就毙谁。钱就是命，命是臭狗屎，能不追吗？那些白狗子就拼命地在地上爬呀爬的，爬出老林，爬到舍身岩边边上来了。一看，红军已经过去了。再看那座天心桥，悬在半空中，实在险得很。白狗子也顾不得许多，就像屎壳郎一样，一个跟一个地朝桥面上爬起来。爬着爬着，只听到咔嚓一声，天心桥断了，桥上的白狗子都像煮荞面羹一样，落下去就起不来了。剩下的白狗子吓破了胆，急得没办法，就在悬岩这边拼命地打枪。子弹打得唧啊唧啊地叫，就是打不着红军。白匪军的官官来了，看这样打不行，就叫一些人去砍树来架桥。

红军朝金顶上爬。肚子饿狠了，肠子在肚子里甩来甩去的。越接近金顶，也越冷得厉害，针尖细的刺刺草都凝成大拇指那么粗。可是这一切都吓不倒这些红军，他们还是一股劲地朝上爬。忽然有一个红军的老毛病发了，气直喘直喘，脸煞白煞白，走不起了。排长立马过去，把他带的东西拿过来自己背，大家扶的扶，拉的拉，继续前进。这时，后面枪响了，子弹从舍身岩那边飞过来，把他们身边的岩头上的冰雪都打飞了。爬着爬着，排长觉得腿肚子被叮了一下，眼睛朝下一望，有血，知道带花了。他也不吱声，拿帕子把伤口裹上，跟着大家一起，爬上金顶去了。

上了金顶，那边就是有名的泥鳅背。它是一匹大光岩的脊背，有百把丈长，这头高，那头低，上面窄得很。人要像骑马一样趴在上面，慢慢地朝前梭，要是偏一点点，不是掉下左边的万丈深谷，就是落进右边的万丈深谷。这时候，后面的枪声又很紧，那个有病的红军死活不肯走了，说："你们不要顾我了，突围出一个算一个。"红军排长说："我们都要活着出去，你不用焦心，慢慢地梭，我在后面掩护你们。"接着，就命令大家赶快顺着泥鳅背梭过去。又说："下山过了马槽河，就出了包围圈，可以追赶上大部队了。"他从身上脱下一件衣服来给那个有病的同志，把自己剩下的一口干粮也拿给他，就催着大家快走。大家看排长的决心已下定，心里都像给钝刀子割得一样痛。他们舍不得离开排长啊！可是，排长的命令又不能违抗，就一个个爬上泥鳅背去。

白匪军架好桥，只有三成人过来，就朝金顶上爬。爬呀爬的，一抬头，看见红军排长两手端着枪，身上背着鬼头刀，像一座金刚，威武地站在金顶上，都吓得不敢动了。一个两个躲在岩脑壳背后，只晓得喊"捉活的呀""捉活的呀"，就是没一个人敢上去。红军排长虽然有一杆枪，可是只有一颗子弹呀，不能轻易地把它打了，他像一根铁柱子栽在那里，监视着敌人，动也不动。过了一阵，他回头一看，有三个同志已经梭过去了，只有那个生病的同志还在撑持着，一步一步地朝前梭，他想，再坚持一会儿。正在这时，白匪军又开枪了，子弹打的像炒包谷子，又把红军排长打中了。可是，他像一棵大松树，只摇了一摇，又站稳了。再瞟眼一看，那个有病的同志也过去了。他放心了。这时，敌人爬上来了，又对他开枪了。他恨得把牙齿咬成八瓣，一掉脸，对准白狗子一枪打过去，子弹从前头穿到后头，像用柳条穿鱼一样，把白狗子打穿了一大串。他又从怀里把那面红旗掏出来，举得高高的，眼睛瞪得圆圆的，盯着那些白狗子。就这样，他站在那里，再也不动了。

白狗子们趴在地上好久好久，不见动静，就又抬枪打，子弹打在红军排长身上，像打在岩头上，那红军排长都不动一下，白匪军才知道他已经死了。几个白狗子爬起来，正想扑过去抢人领赏，忽然觉得眼前红光闪闪，抬头一看，那个红军排长已经不见了，只见金顶上出现一朵红云，放出灿烂的光辉。白狗子们不敢再看，连忙掉头爬过天心桥，钻进老林，连爬带滚地下山去了。

梵净山金顶上升起的那朵红云，整个黔东特区的人民都看见了。大家想念红军，都说，革命的烈火是扑灭不了的，红军排长永远活在我们心里。

讲 述 者：彭意芝　男　35岁　汉族　农民
　　　　　李泽林　男　33岁　土家族　干部
采 录 者：洪　茵　男　43岁　汉族　省文化局干部　大专
采录时间：1964年7月
采录地点：印江土家族苗族自治县木黄区

红军秧

红三军初来的那阵，我们大龙桥正忙着栽秧。

寨子里要数冉大嫂家最穷，佃种团首[①]家的几丘田，下脚粮[②]也没得，秧又缺。男的无法，就出去想方[③]去了，一去两天还没回来。冉大嫂一个人在家里，拖起几个细娃嫩崽，又忙又没吃的，娃崽饿得直叫肚子疼。她在家里坐不住，到门口一站，又看到别家都在忙着栽秧，心里急得火辣辣的痛。正在这时候，只听田坝里有人在喊："牛吃秧子了！牛吃秧子了！"一个传一个，一下下工夫，那些栽秧的都吓得爬上田坎，提脚就跑。"牛吃秧子了"是句暗话，意思是说："刮民党的烂兵来了！"那阵子，提起刮民党烂兵，哪个不怕？

冉大嫂听说刮民党的烂兵来了，也得一惊。抬眼一看，只见从沙子场那边果然来了队伍：前面打杆红旗旗，后面的兵密密麻麻牵成线线，还跟得有许多大骡马，走起来地都打战战。那些栽秧的，不是朝天元寺坡脚的刺笼笼里钻，就是跳到高田坎的脚脚下躲起来，有的就一阵风地跑回寨子，提的提箱子，背的背铺陈，直朝寨后坡上逃。冉大嫂看这阵仗，早吓得手脚冰凉。一个妇人家，细娃嫩崽一大帮，怎么拖得出去？走了几步，心一横就不走了：穷人家有哪样？命都不值钱！看他抢嘛！就拖起娃崽回来了。

---

① 团首：团防头子。

② 下脚粮：栽秧时的口粮。

③ 想方：土语，常说想方设法，也单说"想方"或"设法"。

那些军队一走拢，见田坝里栽秧的，寨上住家的、都跑了，就连忙大声招呼："老乡们，不要怕，我们是红军……"左喊右喊，都没人听。红军进了寨子，正好撞到冉大嫂，就说："大嫂，你不要怕，我们红军是穷人的队伍。"并给她讲些道理。冉大嫂听红军讲话轻言细语，待人和和气气的，才放了心。红军见她不怕了，又问她："那些人为哪样要跑？"冉大嫂说："怕刮民党烂兵来整人害人！"红军知道发生了误会，怎么办呢？庄稼催人，活路耽搁不起呀。红军顾不得劳累，把队伍开到田家祠堂当门的坝坝里，只留下两个烧水煮饭的大师傅，把枪一架，背包一放，鞋子一脱，就下田去了。满田满坝，都是红军，扯的扯秧，栽的栽秧。我们秧扯只扯两手，他们扯的三手秧，又快又好，真是熟行哩。凡是秧田里的秧子，都扯起来了，一个个整得干干净净，捆得整整齐齐。栽秧的时候，他们看见田里放着一些秧盆，盆里放好灰粪，知道我们喜欢栽拌粪秧，就按照本地的习惯，拿秧根着了粪再栽下去。头不抬，腰不伸，手脚轻巧，一转眼就栽完了一丘，一转眼又栽完了一丘，秧子栽得像墨线弹的、笔杆画的，横看直看，都成行行，真是又快又好。我们栽秧，歌也懒得唱。红军栽秧，山歌吆吆，唱得山也笑、水也笑，阳雀听了也打哈哈。

真是出了奇事了，这是什么队伍啊？躲在坡上的，藏在屋里的，都探出头来看。大家越看越大胆，躲在家的都出来了，跑到坡上去的都回来了，你问我，我问你，谁也不知道这来的是什么队伍。冉大嫂心里明亮，她就告诉大家："这是红军，是穷人的队伍，是来打刮民党烂兵的。"大家一听，才晓得来了自己的队伍。那些栽秧的就下田栽秧去了，那些妇人就回家烧茶烧水去了，那些娃崽，都去祠堂门口看红军的枪去了。整个大龙桥又变了样，像过年一样闹热，像办喜事一样高兴，田坝里山歌唱得太阳直在天上打旋旋。红军栽完秧回来，家家都请红军到他们家去驻扎。冉大嫂嫂家房子窄，就没来。红军叫她不要煮饭，他们煮好了会送给她们吃。冉大嫂实在不过意，红军说："我们都是一家人嘛！"

到擦黑时，冉大嫂的男人回来了，他一个花边毫子也没借到，一颗包谷、荞子也没背回来，肚皮饿得贴着脊梁骨，走不起了。他摸到了坡边，看着坝子里，只见那些秧田的秧子都扯了，空田都栽齐了。看看自家种的那两丘薄刀田、碓窝田也栽上了。说是梦又不是梦，他心里硬是夹疑。几大步进了寨子，一看，有两个人正在田家祠堂的墙上写标语，一问，写的是：打倒土豪分田地，穷人不还富人钱。冉大哥觉得这话再好没有了，说到自己心坎里去了。回到屋里一看，一家人都吃得红光满面的，笑眯了，还留了一海碗饭等他回来吃哩。他才晓得，来了红军，来了救命恩人。心里一高兴，眼泪直在眼眶里打转转。

红军栽的秧子，过两天就转青了，没好久就封林了。这一坝田，青幽幽的像条大草龙，风一吹，就头直摇、尾直摆。过路人看了没有一个不咂嘴的，就问："你们栽的是什么秧啊？"连放牛娃儿也会告诉他："这是红军秧哩！"红军在这里建立根据地后，更是关心我们，到了薅秧的时候，又来帮我们薅秧；到了割谷的时候，又来帮我们割谷。坝子里像铺了一层金子，十成收，比哪一年都收得多。谷子打了，就朝各人自己家里挑。大家的心里，都像蜂蜜一样的甜。

讲 述 者： 田丰朝　男　38岁　土家族　农民　小学
采 录 者： 杨浩青　男　43岁　汉族　省文化局干部　大专
采录时间： 1964年5月
采录地点： 沿河土家族自治县木龙桥

红军树

听我爷爷奶奶讲，过去，黄坪牛筋弯的大山冲，是人来人往的大山路。在山冲大弯弯的坡上，有一棵大伞一样的青树。树下有好几块磨得溜光溜光的石块，成了南来北往过路人的歇脚处。这里原本没有这棵树，是红军长征路过这里栽下的。

那年，长征的红军从宾川县过来了，大队人马都从牛筋弯过。那时的牛筋弯是个光秃秃的山坡。南来的人，北往的人，爬到牛筋弯处，一个个都要累得气喘吁吁的。不管火辣日头，还是刮风下雨，不在这里喘口气，就没力气继续赶路了。长征的红军到了这里，也得坐下来歇歇脚。看到那些背背子、挑担子爬坡过往的老百姓的苦累，红军准备在这里为穷人办件好事。

红军行路，每人都要编个树叶帽，或是扛一根树枝伪装，以防头上国民党飞来飞去的飞机。这下，他们就把这些防空的树枝枝，种在了光坡坡上。说来也怪，红军栽下的树，待红军一走，就全成活了。不几天，就成了一片一片绿树林，后来，国民党的追兵到了牛筋弯，见到红军栽活了的树林，火冒了，便放起了一把大火，烧山林哩。熊熊大火一直烧了三天三夜，把全山坡绿林烧成了一片黑炭。过不几天，山冲大弯弯坡顶上的一棵炭桩桩上，竟然冒出了嫩芽，吐出了绿叶。不几天，就成了一棵枝叶茂盛的大树。地方的坏人又来烧。头天烧了，第二天又长出来，永远也烧不死。人们说这棵树就像红军，都把它叫作红军树。这棵树直到如今，还生长在牛筋弯山坡上，为来往人遮阴遮雨哩。

革命故事

讲 述 者： 小华的爷爷和奶奶

采 录 者： 小华

采录地点： 鹤庆县

红军坝

红军长征的队伍一到牛场，就把土豪严应阶镇压了，还打开伪乡长高某的粮仓，把粮食分给贫苦农民。广大劳动人民扬眉吐气、喜气洋洋。

两天前还火烧火燎的戴大哥，一下子变得安然了。想起往事，他心里面倒海翻江，却不知道说什么好。前些年戴大嫂是周围几十里最漂亮的姑娘，土豹子严应阶天天在打她的主意。但是，戴大嫂就是看不起他，一个月前竟和戴大哥成了亲。土豹子听到这件事，跳起来八丈高，据说当时他正在吃饭，砸了饭碗不说，还一脚把桌子踢翻了，盘盘碟碟踢得一屋都是。没过几天，他把戴大哥种的地收了，还亲自上门追欠租。土豹子不土，花样很多。一会儿要戴大嫂帮他家做针线，一会儿要戴大哥为他跑买卖，或是下四川或是上昭通。土豹子的险恶用心，戴大哥夫妇一目了然，戴大哥脖子上的筋肿起指头粗，眼睛鼓得溜圆，突然像打炸雷一样说："老子家针线不做，买卖也不跑，随便你！"结果，戴大哥的家产被抢劫一空，莫说铺笼帐盖，就是苞谷种、豆种都没有留一颗。土豹子在走时还对戴大哥说："老实告诉你，你婆娘就是死了我也要！"土豹子这话，给戴大哥心头压上一块大石头，搞得夫妇俩坐卧不安。就在这大难临头的日子里红军来了，打掉了土豹子，分得了救济粮，戴大哥夫妇那种高兴、激动的心情，一下子用语言无法形容。

他们巴不得红军不走，但红军又不能不走，戴大哥自告奋勇为红军带路，戴大嫂整天眼泪丝丝站在家门口，目送着一队队远去的红军队伍……

红军最后离开牛场那天，三个战士向她家走来，越走越近了，她发现中间那个是扶着的，衣服上有大块大块的血迹，嘴里不时发出轻微的"哎哟，哎哟”声。戴大嫂断定是个伤员，便轻身进屋把床铺好，找出戴大哥穿的衣服给红军伤员换。等伤病员睡好后，两个红军战士对戴大嫂说：“老乡，请你们好好照料他。”说完，跨出大门赶部队去了。

第二天戴大嫂正在给红军伤员喂药，突然村子里鸡飞狗跳。戴大嫂脑子里一闪：“出什么事啦？”她不慌不忙把药喂完，扶伤员睡好，他家的门被砸开了，一伙国民党中央军冲进来，看见床上睡着一个人，便嚎叫起来：“他是什么人？”戴大嫂神情自若地回答：“是我门前人。”一个匪兵凶神恶煞地诈唬说：“不，他是共军。”说着就要去抓。戴大嫂上前一步拦住，说：“你看见哪个年轻女子，把别人的男人说成自己的？”那家伙感到没话可说，骂了戴大嫂几句无可奈何地走了。

晚上，这伙匪军到戴大嫂家住。一进门就乱开了，有的翻东西，有的找草，东扯西拉，在牛厩楼上的苞谷草中，把红军的衣服、帽子翻出来了。在电筒光下，红军的帽徽、领章闪闪发光。匪军惊叫起来：“有共军！有共军！”戴大嫂若无其事从屋里走来，故意问：“大军，你们说什么？”一个匪军用电筒照着红军衣服说：“这是哪里来的？”戴大嫂很干脆地回答：“捡来的。”匪军们软硬兼施，硬要戴大嫂交出红军来。戴大嫂始终没有承认，衣服被撕破了，嘴被打伤了，鲜血从嘴里流出来……

红军伤病员不忍心戴大嫂被匪军毒打，忍着伤痛猛然从屋里冲出来，大声说道：“不许打她！你们要找的红军在这里！”这两句话，把匪军吓得呆若木鸡，不知所措。红军伤病员夺过一个匪军的枪，飞一般地往外跑去。等匪军醒过来时，村外一片漆黑，什么也看不见，没有一个敢去追红军。

国民党中央军过完以后，村子里的老百姓可以自由行动时，发现这个红军伤员光荣牺牲在一个坝子里。老乡们想红军，就称这个坝子为“红军坝”。

采 录 者：陈寿辉　刘青富

采录地点：昭通市

丰田被俘

1943年8月13日下午，丰滦密七区的公安队长聂成林，带着一个班来到了密云城东五里之外的刘林池收缴救国捐。天傍黑时，檀营村的大乡办事员前来报告，说两个伪警备队来乡里索要80头驴，现在正在乡公所里。聂成林知道的伪警备队那点儿人，一个个都是酒囊饭袋，打起仗来，尿裤子的都有，于是命令：“一班长，集合出发！”

檀营村离县城很近，为了不引起敌人的注意，聂成林带着队员们出村后就径直朝东南走去，约莫走出二里多地，才绕道奔向檀营村。

天黑的时候，聂成林带着队员绕过敌岗楼，进了檀营村，悄悄摸到了伪大乡乡公所。乡公所里静悄悄的，不用说也明白，敌人走了。聂成林和队员们推门而进，只觉一股烟草味裹着酒香扑鼻而来。再一看，屋里烟雾缭绕，桌子上杯盘狼藉，肉骨头、鱼刺、烟头、瓶盖满地都是。乡长赵品三正在打扫“战场”。

这个乡公所是个两面政权，赵品三表面上为日军办事，暗地里却不少给八路军送信。他见聂成林和队员们进来了，一边让座，一边气愤地说：“警备队这帮龟孙子，缺德算缺透了，这不，吃了、喝了、拿了还不算，到底还是拉走了20头驴。”说到这儿，话锋一转，拉过聂成林小声说：“哎，你知道不，主管京承线铁路的日本指挥官丰田今天就住在我们家东厢房里，就他一人，带着一只大狼狗。”

聂成林早就听说过丰田这个人，知道他常在沙河火车站住，没想到今天在这儿碰上了。又听说只他一人可就乐了，这可是天赐良机呀！警备队没打成，抓个丰田也不错。于是，他跟赵品三低声嘀咕一番，冲中队长李文相一使眼色，俩人就跟着赵品三来到了赵家门口。

聂成林刚一探头，就听里面的大狼狗“汪汪汪”地狂吠起来，三人急忙闪到院门外墙根儿处藏了起来。狗的叫声惊动了丰田，他拿着一把橹子来到门口，向外看了看，见没有人，就冲狗嘟囔了几句又回到了厢房里。

李文相从兜里掏出事先揣好的干粮丢给了那条狗，只见那条大狼狗闻了闻，就大口大口地吃了起来。不大工夫儿，就听那狗“呼呼”地打起呼噜来。原来，干粮在乡公所用酒泡过，狗吃了还能不醉？这是他们治狗叫的拿手好戏，诸如肉骨头上缠麻绳，狗尾巴上拴炮仗等，那招数多着呢。

狗不叫了，聂成林和李文相便迈过栅栏，轻手轻脚来到东厢房窗外，舔破窗户纸往里一看，屋里挺亮，丰田正坐在桌前写东西。桌子右首摆着两把橹子。二人当即决定，一个抄枪，一个捉丰田。计划好后，聂成林一个箭步冲上去，把门踢开，没等丰田明白是怎么回事儿，那把上了膛的橹子已经被聂成林抓到手里。说时迟，那时快，李文相紧跟着冲了进来，一把抱住了丰田。聂成林正要拽墙上的电话线捆绑丰田，一个不慎，那把枪从手中滑落，就听“叭”的一声，子弹从聂成林脚底下擦过射到墙上。丰田一看枪走火了，顿时来了精神，只见他两只胳膊用力往外一挣，狠劲一抬腿，一个后踹，那大皮鞋正踹在了李文相的小肚子上。李文相没提防他脚下还有功夫，只觉疼痛难忍，一个趔趄，撞在了东墙上。

原来，这丰田不仅是地道的日本军人，有着军人的信仰、作风、胆量，而且还是一个武术爱好者，会相扑，会柔道，中国的少林功夫也有一些。聂成林见李文相吃了亏，火一下就上来了，用尽力气朝丰田扑去。二人厮打成一团，难解难分。大约有五六个回合，聂成林瞅瞅机会，来了个以牙还牙，照着丰田的小腹上也猛地一脚。这一脚，不偏不斜，一下把丰田踹倒在椅子上。只听“咔嚓”一声，椅子面断裂了，丰田像戴枷似的被椅子将屁股和大腿夹住，两脚悬空，动弹不得。聂成林一把将墙上的电话线扯下来，三下五除二，把他捆了个结结实实。正要带走，一直守候在大门外的赵品三慌慌张张地闯了进来。

赵品三一进门，就一副可怜巴巴的样子苦苦哀求：“长官，求求您放了这位太君吧，您要把他带走了，我可没法向皇军交代呀！”

聂成林二话没说，气势汹汹地走到他跟前，伸手把他的白褂子扯了个大口子，揪着他的衣领高声喝道：“赵品三，你吃的是中国人的饭，却给日本鬼子办事，小心你的脑袋！今天我先饶你不死，再敢多啰唆，就一块儿收拾。滚！”说着，连推带搡把赵品三推出门外。

赵品三出了厢房门，整了整被撕破揉皱的褂子，冲屋里吐了吐舌头，做了个怪样，转身跑了。他还要遵照聂成林的吩咐，到外边有泥的地方打个滚儿，等公安队走后，再去沙河“报案”。

再说隐蔽在乡公所的公安队员，听到村里有枪声，循声赶来。大家在丰田住处搜到一台油印机和一辆自行车，便带着人和东西赶紧离开檀营。队伍刚出东门，就听见身后传来敌岗楼的枪声，接着，沙河方向也传来枪声。聂成林觉得不好，带着队员一口气跑了 20 多里路，赶到了八路军的堡垒村——尹家峪。

百姓们深受日本鬼子的屠杀之苦，大伙儿把仇恨都集中到了丰田身上，纷纷要求把丰田杀了。

县长胡毅得知公安队擒获了丰田，而且还缴获了一台正急需的油印机，十分高兴，立即带着两个同志来到尹家峪。胡毅听完汇报，聂成林便派人把丰田带了上来。聂成林告诉丰田：“这是我们胡县长。”丰田哪儿信呀，傲慢地昂着头，露出不屑的样子。丰田为什么不信呢？一是胡毅太年轻了，只有二十七八岁；二是胡毅的打扮太普通了，他穿着一身肥大的用草木灰染的灰不溜丢、绿了巴叽的制服。丰田心里准是想：堂堂县长能这副打扮吗？这个人县长的不是。胡毅一眼就看出了他的心思，笑了笑，掏出丰滦密三县联合政府的大印在纸上盖了一下，丰田一看，这才收敛了刚才的那副神气。

胡毅向丰田讲了抗日战争中国必胜的局势，列举了日本侵略者烧杀淫掠的罪行，还详细地向他宣传了中国共产党对待俘虏的政策。

为了瓦解敌人，根据对敌斗争的需要，经过教育，见丰田还有认罪之心，胡毅县长便决定把丰田放回去。但有一个条件，就是今后不许再残害百姓。

丰田做梦也没想到共产党不但不杀他，反而把他放回去，睁着两只迷惑不解的眼睛问："你们的不杀？""不杀！""放我回去？""对，给你一个改错的机会！"这回，丰田高兴了，连声说："谢谢，谢谢！"说完，他用眼睛扫了扫屋角放着的自行车。胡毅立刻明白了他的意思，便说："你的东西，除了油印机之外，剩下的我们原物奉还，这让你也好有个交代。"丰田一听，又不住地点头致谢，连声说："可以！可以，谢谢！谢谢！"

丰田走出门，像想起了什么，又走了回来，从腰间摸出800元伪钞塞给胡毅作为报答。当时我方物资紧缺，胡毅见丰田真心诚意，也就代表县政府收下了。丰田见胡毅收下了，又深深地鞠了一躬，才转身回去。

1943年9月底，白乙化率领的十团要攻打榆树底下据点，急需药品。胡毅根据丰田回去后的表现，觉得他虽有罪，但还算是一个正直的军人，有利用的可能，便派聂成林二进檀营，找丰田买药。

这时，丰田已将家眷从沙河迁到檀营。聂成林来到丰田家，说明来意，并将事先开好的药单交给丰田。丰田懂些医道，常为人看病，因此，家里也备了一些药品。他看完药单说："这里，少少的有，可统统地拿去，大大的没有。"聂成林把药装在一个帆布口袋里，见只有多半口袋，便对丰田说："这点药我先拿走。你再想办法多给买一些。"

五天之后，丰田从北京买回了价值4000多元的药品。夜间，聂成林得到信儿，用了三头毛驴把药驮了回来，一共有六麻袋。这些药品发挥了大作用。后来，聂成林又三进檀营将药钱亲手交给了丰田。丰田感谢八路军的不杀之恩，执意要将这些药品送给八路军，最后见推辞不过，才勉强收下。没几天，他又用这钱买了3600双黄胶鞋，通过前票元地下联络站送给了公安队，让他们转送给十团战士。

丰田在我党宽大政策的感召下，在抗战的最后两年里一直同我党保持联系，直到日本投降。

讲 述 者： 聂成林　男　70 岁　密云县　农民　小学

采 录 者： 魏秀娟　女　37 岁　密云县　干部　大专

采录时间： 1985 年

采录地点： 密云县

智运缝纫机

1943 年，小日本加紧对革命根据地的经济封锁，已是五六月份了，驻扎在丰滦根据地的十团战士身上的棉衣还没有替换下来。1500 套衣服等着要缝，为解决战士们的穿衣问题，组织上通过关系在北平为十团买到了 15 台缝纫机。团首长得到消息，经过研究，决定派战士小阎去取。

小阎是本地密云县人，个子不高，瘦瘦的脸上还没完全脱掉孩子气。别看他人小，心眼儿却很灵，到部队后学习文化数他进步快。别看那小嘴唇长得挺厚，说起话来可不岔气，一句顶一句，团长这次把任务交给他，就是相中了他那随机应变的机灵劲儿。

要把缝纫机运回根据地，沿途要经过敌人的好几个关卡，怎么才能瞒过敌人的眼睛呢？小阎到了北平，看着缝纫机运不走，急得吃不下饭、睡不好觉，眼睛都红了。

这天，他急得头昏脑涨，溜溜达达就来到街上。抬头一看，真晦气，是家棺材铺。刚转身要走，猛然，一个主意涌上心头，对！就这么办。小阎拿定了主意。

小阎在街上买了两大片猪肉，还买了一个人头大小的葫芦瓢。等到这两片肉被苍蝇叮咬长蛆后，他又上街买了一口大棺材。小阎把缝纫机包好，一样一样地码放进棺材，上面用烂纸铺平盖好，然后又把两片臭肉放在上边，摆个人形，用葫芦瓢当头，最上边蒙上一大块白布。一切收拾停当，他串小巷花重金雇了一辆马车、一名车夫，还有一个靠给人家浆洗缝补过活的穷家妇女。讲好条件，让那位妇女身穿重孝，装成丧夫之妻，自己也穿上孝衣，扮成这家的儿子。车把式赶着车，小阎打着幡，这一行三人就悲悲戚戚地上了路。那口大棺材放在大车上，甭说什么，一看就知道是送葬的。

一路上，到处都是关卡，对过往行人的盘查也很仔细。可是见他们这般模样，也就没再多过问什么，稍加盘查就放行了。一连几个关卡都没发生意外，小阎心里不禁暗暗高兴，但脸上仍装作愁眉不展的样子。

前边就到密云城了，眼看就要顺利完成任务了。小阎老远看见前面道上堆满了人。原来，敌人为抓一个姓胡的地下党，临时在这儿设了一道关卡，站岗的鬼子、伪军正在一个一个地盘查过往行人。

马车赶到了跟前，一个鬼子指着棺材厉声问："什么的干活？"车把式按照小阎教的话上前说："太君，他们是本县人，当家的在外边跑买卖，让车给轧死了，今儿他们娘儿俩把尸首拉回乡里安葬。"车把式一席话刚说完，那妇女便按照小阎事先吩咐的大声号哭起来，一边哭还一边数落着，手还不住地拍打着棺木。瞧她那一把鼻涕一把泪的伤心样儿，谁见了谁都难受。唯有那鬼子不为之所动，大声喝道："统统地检查，哭的不行！"说着就要揭棺材盖。小阎一看，急忙走上前，装成可怜巴巴的样子一个劲儿给他作揖，哀求说："太君，您行行好，我爹在京停尸七天才找着主儿，我们孤儿寡母前去认领时，尸首已经烂了，恶臭难闻。如今棺木已经封好，请太君开恩，放我母子回乡送葬。""过去的不行！统统地打开！"小阎一听，这事要是露了马脚可就麻烦了。小阎见鬼子拿着刺刀要撬棺材盖，一个箭步冲上去，抓住枪柄说："太君，这棺材已经封好，按照中国人的规矩是不能再撬开了啊！我爹活着没享着福，现在死了，您就积积德让他消停消停①吧！"鬼子非但不听，用枪托一顶，把小阎撞出老远。小阎踉跄几步摔在地上。只见一个鬼子兵把刺刀塞进棺材盖的缝中用力地撬着，一下，二下，三下，棺材盖活动了，出现了一条缝，缝隙越撬越大，眼看就

---

① 消停：安静。

要打开棺材盖了，小阎的心哪，都提到了嗓子眼儿上了。一旦打开撩开白布，那非得露馅不可，就在这时，一股恶臭随着棺材盖的缝儿涌了出来，熏得人透不过气来，几个大蛆顺着棺材板也爬出来了。那几个鬼子被臭味熏得不敢靠前，把帽子摘下来捂住鼻子直往后闪。用刺刀撬棺材的那个鬼子兵一看臭蛆乱爬，秽气冲天，顾不上检查，慌忙合上棺材盖，唯恐盖得不严，还用枪把盖使劲往下捣了几下，然后一手捂着鼻子，一手用枪逼着小阎他们："快快地过去，快快地过去！"

就这样，小阎凭着机智、勇敢，巧设计谋，顺利地把缝纫机运回了山区根据地。

讲述者：阎京哲　58岁　回族　中共密云县党史办干部　大专
采录者：魏秀娟　女　37岁　密云县干部　大专
采录时间：1985年
采录地点：密云县

狼牙山五壮士

1941 年的秋天，庄稼还没收割，鬼子的大扫荡就开始了。敌人五六千人由高见指挥，拉开一个大网，把整个狼牙山包围起来了。山上被围的除了我们一个团外，还有易县、定兴、徐水、满城的四个游击支队和四个县的党政机关，以及周围村庄的两三万老百姓。怎么组织这么多人突围呢？在包围圈外边的杨成武司令员决定来个“围魏救赵”。他马上调集三团和十二团，从岭西和上下隘打出去，猛攻管头、娄山、松山、周庄一带的敌人。这里的敌人以为八路军要吃掉他们那几个据点，赶紧回去救援。这样狼牙山这边就开了一个口子。杨司令员马上给围在狼牙山的邱团长打电话，说敌人已经开了一个口子，让他们马上组织人向东北方向突围。

第二天一大清早，邱团长也打来电话说，狼牙山的干部和老乡正在向牛岗、良岗一带分散，主力一团已经撤出来了，只留下七连掩护。杨司令一听非常高兴，他的“围魏救赵”成功了。

就在这天早晨开始，500 多名敌人开始向狼牙山发起总攻。他们还以为围住了一分区司令部和一团主力，又用炮轰又用飞机炸。其实山上只有一个七连了。七连的战士们和敌人对打了一阵，见群众大部分都突出去了，连长命令留下六班的五位同志掩护，七连的主力也开始沿着棋盘坨小路向外突围。

这时，天大亮了，留下来的六班长马宝玉、副班长葛振林、战士宋学义、胡德林、胡福才五名同志就跟敌人打响了。为了吸引敌人，他们在通往棋盘坨的要道上，站着举枪向敌人射击。500多敌人嗷嗷叫着追赶上来，敌人上钩了。打了一个多小时，打死了50多个日伪军。马宝玉看了看山上，见我方的群众已经全部撤出去了，就命令这几名战士也开始撤退。但是马宝玉为了迷惑敌人，没有尾随我军转移，而是边打边撤，把敌人引向了棋盘坨下的牛角壶小峰。这个小峰非常险要，样子像支牛角，三面是悬崖绝壁，只有一面有一条山路。马宝玉他们撤到牛角峰时，敌人已经被远远地甩在后边。五个人坐下来休息，又渴又饿，见山坡地里有萝卜，每人拔了一个，边吃边检查武器。他们休息了一个钟头以后敌人才赶上来。葛振林问班长："敌人上来了，打不打？"马宝玉说："打！"

马宝玉他们当时要转移还来得及，但他们为了牵制敌人，让我们的人撤得更远些，决定再打它一阵子。牛角壶这地方有不少石洞，口小底大，比工事还好。他们每打退一次进攻，就钻进石洞，防备敌人炮轰。他们在牛角壶又连续打退了敌人的四次进攻。过了中午，敌人发起了第五次进攻。这次炮火特别猛烈。当时掩护突围的任务已经完成了，但是他们已经走不了了，山脚下又增加了100多敌人。五个人见一个日军指挥官把一面日本旗插在地上，把一大块红布铺在地上，正觉得奇怪，忽听空中一阵轰响，两架敌机朝牛角壶俯冲下来。马宝玉他们刚卧倒，一串机枪子弹从他们头上打过来。紧接着，山下的日本指挥官把旗一摇，把战刀一挥，日伪军又冲了上来。马宝玉回头看了看崖顶，决定往崖顶上撤。五个人一起往崖顶上爬，敌人在后边也跟着往上爬。五个人为了不让敌人跟得太紧，能射击的地方就向敌人开枪。他们就这样牵着敌人的鼻子往山顶上移动。太阳偏西的时候，他们撤到了棋盘坨顶峰的万年灯。再也没有地方撤了，向前、左、右三面都是万丈悬崖，后面堵满了日伪军。他们的子弹、手榴弹都打光了。听着鬼子哇哇喊叫，气得五位战士眼里直冒火。胡福才好不容易才从地上找到一颗手榴弹，扬起手正要往下扔，马宝玉飞快地夺了过去，别在了腰里。大伙明白，这是给他们自己留着用的。子弹打光了，他们就扔石头，打退了敌人的又一次进攻。

过了一会儿，鬼子又扑了上来，山顶上的石头也没有了，马宝玉拔出唯一的手榴弹，挨个看了看战友们。四个人全明白了，一齐靠向了班长。小鬼子见马宝玉他们的枪弹用完了，一边往上冲，一边喊叫："八路投降，抓活的！抓活的！"马宝玉扭头一看，大吼一声："去你奶奶的吧！"把那颗手榴弹甩向了敌人。

"撤！"马宝玉扭头往回走，其实这是他打仗的时候说顺了嘴的话。周围是悬崖，从前崖到后崖只有几十步，往哪儿撤呀？葛振林他们见班长一步步向悬崖走过去，都跟了过去。马宝玉见葛振林走到跟前，一手抓住他的肩膀，说："老葛，我们牺牲了有价值，无论如何不能当俘虏！"葛振林点了点头说："人牺牲了，枪不能留给敌人。"马宝玉看了看其他三位战友，咬着牙，把那把崭新的三八大枪抡到悬崖下边去了。

接着，他正了正军帽，整了整军衣。这时候，一批小鬼子爬上了棋盘坨，逼近了万年灯。马宝玉领着大伙喊着："打倒帝国主义！共产党万岁……"一个接一个跳下了悬崖。

当时藏在石洞里的李老道看见，爬上棋盘坨万年灯的日本鬼子，整整齐齐地排成一行，在指挥官的口令下对壮士跳崖处恭恭敬敬地鞠了三个躬。

讲述者：张海丰　男　60岁　易县文联干部　大专　本人根据回忆记录

雁翎队打汽船

小鬼子占据了新安，天天驾着汽船在白洋淀上扫荡。咱白洋淀人也不是吃素的，常配合着游击队用大抬杆[①]教训小鬼子。这大抬杆有个特点，打过以后，火药信子就糊死了，必须得用大雁翎捅开。另外，这雁翎插在信口上，还能防水防雨。有人就说："咱的大抬杆离不开雁翎，咱的队伍就叫雁翎队吧。"这么着，雁翎队的名字就叫起来了。

可巧，这雁翎队的名儿刚叫响，就打了个漂亮仗。那是一天下晌，小鬼子的汽船大模大样地从安新开回来，船上的小鬼子们个个没事儿人似的坐在船帮上，船头上支着挺歪把子机枪。他们哪里知道，雁翎队早在苇塘子里等着他们呢。40多条"鹰排子"[②]埋伏在河道两边，都安排好了哪条船打平，哪条船打高。打平的打船，打高的打人。

眼瞅着小鬼子进了埋伏圈，队长陈万亮着嗓门喊了声："打！"30多支大抬杆一齐开了火，把河道封上了。小鬼子的汽船在水里转开了磨磨，船帮上的十几个鬼子都给扫河里去了。那挺歪把子机枪也给扫哑巴了。这时，陈队长把他那支"独一橛"[③]手枪一抡："冲啊！"40多条"鹰排子"箭一般射出苇塘，追杀那些没死的敌人。小鬼子的汽船起了火，可机器没坏，开船的鬼子让手榴弹炸飞了半个屁股，可没死，还真有个挺劲儿，到底儿开着破汽船逃回了赵北口。

---

① 大抬杆：一种装置在船上的长筒猎枪。

② 鹰排子：放鱼鹰的小船。

③ 独一橛：每次只装一发子弹的土造手枪。

这一仗，雁翎队消灭了20多个鬼子，又得了些枪，还拣了一支冲锋号，号头上被铁砂子钻了几个小窟窿，可还能凑合着用。队长把号给了干过几天磨剪子戗菜刀的姜秃，说:“拿去练练，再冲锋的时候你就吹。”

讲 述 者：柳泽民　男　62岁　安新县新安镇离休干部　小学

采 录 者：张玉祥　男　35岁　安新县文联干部　大专

采录时间：1982年5月

采录地点：安新县政府招待所

荷叶军

荷叶军也就是雁翎队，那咋又叫出这个名？这里有段故事。

说是有一天，有个队员向队长报告，有敌人的一艘汽艇，由县城顺大清河往东去了。一听说有情况，队员们的劲头都上来了，都嚷嚷着又该教训教训这帮龟孙子了。指导员老何说：“咱这儿离县城近，得防备城里的敌人来支援，打鬼子跟打雁不一样，雁没打好它飞了，鬼子打不好，他要掉头来打你。得想得周密些才好。”

队上有个老头叫张大德，为人纯朴正直、多才多艺，又是淀上有名的十成枪，被雁翎队聘为参谋。这时他出了个点子，说把主战场设到大清河南岸的那片苇塘里去，那里河道窄、苇子密，小鬼子的汽艇到了这儿必然得减速。那片苇塘后面是一望无边的大荷花淀，又能打又能藏。

队长一听，这个主意不赖，就决定了。大伙儿立刻各就各位，都埋伏好了。张大爷负责到下游望，一旦敌艇返回来，敲响板为号。

太阳偏西时，“堂堂堂”一阵响板声传进苇塘，大伙儿知道是张大爷发的信号，立刻都紧张起来。“嘟——嘟——”汽艇声也听到了，队员们都做好了点火的准备。有个第一次参加战斗的小队员紧张了，一阵风一吹，摇晃的芦苇竟把他手中的炭香碰断了，正好落在大抬杆的火门上，就听“通”的一声，大抬杆走火了。这下可坏了，小鬼子的汽艇立刻停下了，船上的鬼子汉奸哗啦、哗啦都拉上了枪栓。队长一看不好，忙压低声音叫大伙儿不要动，他自己却抄起大抬杆，瞄准了几只惊起来的野鸭子，

“叭”，一只野鸭子翻着跟头栽进了河里。队长跟着抄起船篙，“噌”地蹿了出去，从河里捞起野鸭子，朝鬼子的汽艇凑了过去。汽艇上的鬼子一看是打野鸭子的，枪都放下了，叽里呱啦喊起来：“野鸭子的过来，我的咪西（吃）。”

队长把船划到汽艇跟前，把鸭子扔了上去，小鬼子竖起大拇指：“要西（好），要西！”一点没怀疑，继续往前开。

队长赶紧转回去，悄悄传下话：“照原计划执行。”

小鬼子的汽艇刚开进拐弯处，就听“轰隆隆”一声巨响，40多条大抬杆如同40多条火龙，一齐向敌人开了火。立时，汽艇被打了个滚，扣在了北岸。这时队长一声吆喝：“同志们冲啊！”大伙儿冲出来三下五除二，就把落水的残兵败将收拾干净了。

大伙儿正打扫战场，忽然下游“堂堂堂”又敲起了响板，很快就听到“嘟嘟嘟”，又有敌人的汽艇开过来。队长说了声：“快撤！”大伙儿刚撤进苇塘，敌人的汽艇就到了。一看眼前这个惨状，发疯似地向苇塘里猛射，一直打到日头偏西，愣是把一大片苇塘打得东倒西歪。鬼子中队长龟本还不解气，又命令：“统统下船搜！”一船鬼子和黄协军战战兢兢地进苇塘搜了个遍，除了看见一些他们自己打的弹片，连个人影儿也没有见到。警备队长说：“明明进了这块苇塘，怎么转眼就不见了，上天了不成？”龟本叹了口气说：“上天的没有，下水的大大的，统统回去。”

小鬼子的汽艇开走了以后，村上的群众带上慰问品来了，可还是不见雁翎队的踪影。大家伙儿正担心，张大爷划着船来了，说：“快去接同志们！”原来张大爷在布置战场的时候，以防万一，事先就踩出了一条通荷花淀的路。当队员们撤进苇塘后，没站脚，就进了荷花淀。

乡亲们来到荷花淀，可还是见不到一个人，只见一张张大荷叶直朝他们划过来。有人就说：“看！我们的雁翎队成了荷叶军了。”就这么着，以后荷叶军的名字也叫开了。

讲 述 者：刘夫海　男　60岁　安新县漾堤口村退休干部　高小
采 录 者：赵玲艳　女　32岁　安新县漾堤口村教师　高中
采录时间：1985年8月
采录地点：安新县漾堤口村

四海山修庙

海龙县西南边，有座高高的鸡冠砬子山，山尖儿上有座大庙。据说，这座庙是一个名叫四海山的人修的。

四海山姓任，是个贫苦的庄稼人。日本鬼子霸占东北，逼得他走投无路，只好凭一把子力气给财主扛活。这年他给东家挖一整年窑地，年三十了东家不给工钱，还暗通鬼子要抓他的劳工。他听说了这事儿，一把火点着了四合大院儿，骑上东家的快马上了山。

过了两年，在鸡冠砬子里出来一伙儿杀富济贫、打鬼子救穷人的人马。领头儿的好汉就是四海山。四海山的人马到底有多少，谁也说不清。

从打闯出四海山这伙子人马，日本鬼子就闹心了。大白天，守备队的军火库就着了火，站岗的鬼子就掉了脑袋。邵本良[①]曾多次派人去劝降，每次都是坐汽车去，拄着拐回来。后来，邵本良一听四海山来了，就像耗子见了猫一样，不敢出洞。鬼子们更是害怕，日头一下山就不敢出大营。

抗联早就知道四海山是打鬼子救百姓的好汉，想争取他联合抗日。

一天，杨司令从长白山派来两个联络员，和四海山商量联合抗日的事。四海山以为是来收降他的，气得手拍桌子，说险关难关他自己能闯，用不着别人操心！

---

① 邵本良：汉奸，任日伪东边道剿匪司令。

有一回，四海山领兵在圣水河[①]南岭和鬼子打了一仗。打了两天两夜，不见高低胜败。正在这时，四海山忽然觉得自己兵多了不少，他一问，原来是杨司令怕他失利，暗地里派了两个中队加在他的队伍里。四海山一听火了，说杨靖宇想和他四海山争功夺名，把这条道儿让给抗联！他手一挥，掉转马头拉起队伍走了。从那以后，四海山见鬼子就打，见抗联就躲。

转过年春天，四海山的各路兵马回到鸡冠砬子集合点兵，鬼子从奉天调来一个司令官，搬来了海龙、柳河、山城镇一带的守备队，3000 多人马把砬子围了起来。

鬼子人多，四海山人少，山上要水没水，要粮没粮。第三天夜里把四海山逼上了光秃秃的砬子尖上。鬼子在四周点起火堆，把秃砬子照得通红。鬼子的翻译官嚷道："四海山快投降，不然天亮要拿你的脑袋进城领赏了！"这时的四海山，内无粮草，外无救兵，急得火烧火燎，没法儿只好跪在一块青石上叩拜天地，许愿说："谁要能救我四海山人马出砬子，事后我就修庙立碑，感激他的大恩大德！"说也怪，不多时只听人喊马叫号声响，四海山的人马就不见了。山下的公鸡一叫，鬼子奔上山来，鼻子撞鼻子扑了个空。山没崩地没裂，连个人影儿也没见着。鬼子司令官爬上砬子发愣。忽听一个鬼子报告说，四海山把安口镇包围了。鬼子司令官一愣怔，回头一望，只见西南山脚下大火冲天，夹杂着"噼噼啪啪"的枪声。气得他把洋刀在砬子上砍得直响，哆嗦着双手指着山下的大火"哇哇"叫起来，又像蚂蚁泛蛋一样涌下山去。跑到安口镇，只捡起几具鬼子的尸首，四海山的大队人马，跟一个骑红马的人进了长白山。

原来，是抗联救了四海山。四海山被围困的第二天，杨司令就从长白山派来了大队人马。第三天夜里鬼子围得最紧的时候，一队抗联战士在外缺口处烧了一堆大火指路。这样，四海山的人马从虎口里逃了出去。

---

① 圣水河：在柳河县境内。

四海山为了报答抗联战士解救之恩，就领着弟兄和百姓，用了三个月的工夫，偷偷在山顶上修了一座方八尺、高丈二的大庙，用来表示他的一点心思。中秋节那天，四海山领兵拜了庙，谢过了乡亲，便拉着大队人马投奔抗联去了。

讲 述 者：周殿臣　男　77岁　满族　海龙县工人　不识字

采 录 者：王义男　22岁　海龙县干部　大专毕业

采录时间：1963年（1989年复核）

采录地点：海龙县

李子园

靖宇县西部龙湾跟前，有个李子园。听说这是抗联给留下的。

有一年，杨司令带领队伍从抚松往金川开拔。鬼子把老百姓的房子烧光，粮食抢走，红军的给养供应不上。正是青黄不接的时候，抗联战士们上顿下顿不是蘑菇野菜，就是又酸又涩的野果子。这一天到了龙湾前丁家小山，遇到一片李子林，红红绿绿的李子挂了满树。抗联的纪律严，不动老百姓一针一线，见了这些李子，战士们虽然直淌口水，也没有一个人去摘。多少天没吃点儿正经东西了，战士想买点儿李子吃吃，就问拉道①的老乡："这是谁的李子园？"老乡说："谁的也不是，是野李子。"抗联队伍这才摘李子吃。大家饱吃了一顿，临走时又往兜里装了一些。

队伍往前走了一程，天黑了，就在林子里打小宿②。大伙儿围着火堆，一边烤火一边吃李子。一个战士说："咱们吃李子把核儿白白地吐在地上，多可惜呀！不如把李子核儿埋进地里，明年就能发芽，大后年就能开花结果，叫老百姓吃吃咱抗联种的李子那该多好！"战士们一听，齐声说："对！对！"就都把果核儿埋进土里了。

不几年，这儿就长出了一大片李子树。李子树都一圈一圈长的，哩哩啦啦一大长溜儿，直到如今还那么茂盛。一到秋天，水灵灵的红袍干碗李

① 拉道：向导，带路。

② 打小宿：露宿。

子把树枝都压弯了，龙湾左近的人都去打李子吃。人们就把这片李子林称为“李子园”。

讲 述 者： 李学仁　男 69 岁　汉族　靖宇县农民　不识字
采 录 者： 表修道　男 32 岁　汉族　靖宇县干部　初中毕业
采录时间： 1962 年（1989 年复核）
采录地点： 靖宇县靖宇乡复兴村

神马过石海

1939 年夏天，抗联第三路军三支队参谋长王钧，带一支小分队，从察拉巴奇山下来，打算奔向朝阳山的总指挥部，接受紧急战斗任务。不料消息泄露，被叛徒告密，敌人动用了北兴镇的日本宪兵队，紧紧尾随在小分队后边。为了不暴露朝阳山总指挥部，他们向南奔去。敌人从三面包围，把小分队兜到了德都北的老黑山东侧，死死地咬住不放。因为老黑山树木稀少，不能长时间隐蔽，东边又是水波浩瀚的五大连池，中间是方圆数十里一眼望不到边的石海。石海是从前火山爆发时喷出的流动岩浆冷却后形成的奇形怪状、高高低低的石林。东面是水，西边是山，后面是敌人，唯一能尽快摆脱敌人的上策，就是迅速从石海中间穿过。不这样就会给部队带来重大损失，还会贻误战机。尾追的敌人越来越近，王钧参谋长正在费尽心思苦想应对之策的时候，抬头一看，从东边走来一位老渔民。他白白的头发，白白的胡子，红红的脸膛，很快走到王参谋长面前。王钧赶忙下马，深施一礼，向老人问道：“老乡，这石海中是不是有路可以通过？”老人听了，没有答话，只是双手合掌，闭上眼睛，点头示意，口里还叨咕起什么。王参谋长耐心地看着这一切。接着，老人又凑到王钧耳旁说了几句悄悄话，王参谋长感激地握住老人的手，说声：“谢谢。”便令部队排成一路纵队，跟着他前进。王参谋长骑着一匹枣红马，走在最前面，后面的战士紧紧跟随。50 多人的小分队，一阵风似地通过了石海。回头再看那位老人，早已不见了。抗联小分队无一人掉队。

尾追的敌人以为抗日联军被石海截住了，但当他们来到石海边时，抗日联军连影子也没有了。一个日本指导官犹豫了半天，猛地从腰间拔出指挥刀，逼着后边的小喽啰说：“给我冲过去！”有几匹马刚走出几米远，就连人带马翻滚在石海里，摔得喊爹叫娘。敌人一批批地冲进石海，一批批地倒下，日本鬼子没办法，只好退出来，改道从老黑山西边绕道走。等敌人绕过石海，英勇的抗日联军早已进了北山。

为了这事，日本鬼子曾问过当地百姓：“马胡子怎么过的石海，为什么那么快？”老百姓说：“他们的马是神马，打头的那个大官骑的枣红大马，是格球山上的蛟龙变的，名叫‘石龙马’。那马专走石尖，专跑石海，一阵狂风，眨眼就过！抗联的小分队，就是石龙马带过去的。”鬼子听了，半信半疑，不得不佩服地说：“神马的救了，马胡子大大的厉害！”

从那以后，神马的故事就在这里传开了。

讲述者：老石头　男　68岁　五大连池市　双泉乡宝泉村农民　不识字
采录者：郭红梅　女　30岁　孙吴县孙吴镇干部　大学
采录时间：1987年5月
采录地点：德都县德都镇

黑瞎子大战鬼子兵

在东北抗联一军杨靖宇的部队里，有一位足智多谋、英勇善战的师长，名叫曹亚范。曹师长肚子里的道道非常多，平时好眨巴眼睛，一眨一个道，大伙送他个外号叫“曹卡巴眼”。他用计出谋，打了不少漂亮仗，这里讲的就是其中的一个。

那一年的冬天，曹师长率领一部分队伍活动在江山区。这天，碰巧和进山“讨伐”的二三百日伪军相遇。敌人倚仗人多火力强，向我军展开疯狂的攻势，一时硝烟弥漫、弹雨横飞。

当时我军生活非常艰苦，人少，枪支弹药也不足，冬天穿不上棉衣，吃粮更困难。加上连日行军作战，战士们都很疲劳，如果跟敌人硬打硬拼，不但不能战胜敌人，还要吃大亏。

在这紧急关头，曹师长一面指挥战士还击，一面不住地眨巴眼皮，琢磨对策。突然，他皱着的眉头忽地一展，两只大眼睛一亮：有啦！他想起几十里外的漏河南岸，有一大片密林，那里是有名的黑瞎子窝，每年冬天都有几百只黑瞎子，聚在那片林子的烂树窟窿里猫冬。

黑瞎子一到冬天就钻进树洞，不吃不喝，只用带刺的大舌头舔它的两个前掌，用来消耗自身储存的脂肪来维持生命，度过漫长的冬天。老百姓把这叫作“黑瞎子蹲仓”，黑瞎子还喜欢成群结伙地在一块儿“蹲仓”，如果不惊动它，是不会出来伤人的；如果受到干扰，它就一下子冲出树洞，一蹦老高，呜嗷嚎叫，和惊扰它的人大干一场。就因为这个，有经验的猎人冬天打黑瞎子时，一个人端枪等着，另一个人拿着斧头去敲树洞，或让猎狗先叫唤。等黑瞎子往外一扑，马上开枪打它的要害处——脖子下边长白毛的地方。打到别处，不管流多少血它也不在乎，照样扑上去和你搏斗，所以黑瞎子是一种翻脸不要命的野兽。

为了不惹麻烦，曹师长的队伍经过那片密林时，都是绕道而行，从不惊动它们。这回，曹师长猛然想起这支“生力军”，也许有用，决定把它们的“积极性”调动起来，帮助我们打一仗，消灭那股骄横的“山林讨伐队”。

太阳卡山了，借着月黑头的掩护，曹师长指挥部队撤出阵地，连夜翻山越岭，向黑瞎子窝奔去。他们走了半宿，然后找个背风的地方生火取暖、做饭休息。第二天上午，他们来到黑瞎子窝附近。曹师长命令队伍悄悄通过那片密林，让战士们故意踩出一趟很宽的脚溜子，以便把敌人引进来。我们的队伍过去以后，占领了对面山冈上的有利地势，一面休息，一面做好战斗准备。

拂晓，敌人正要发起进攻时，发现我军已经撤走，气得鼓鼓的，急忙顺着我们的脚印追赶。山深林密，岭高谷低，敌人钻林子爬山，累得臭汗直淌，气喘吁吁，等到进入黑瞎子窝的时候，已是精疲力竭，腿都抬不起来了。

曹师长在山冈上看得分明，立即命令战士们向敌群射击。敌人急忙停下，架起了机枪和小炮，顿时“哒哒哒”“哐哐哐”地响成一片。枪炮声惊动了“蹲仓”的黑瞎子，它们暴怒地冲出树洞，成群地扑向疲惫不堪的敌人。这一突然袭击，敌人毫无准备，登时吓得目瞪口呆、手脚麻木，还没等端起枪来，就被这支“神兵”按倒在地。它们啃的啃、舔的舔，坐的坐、压的压；有的黑瞎子抓起轻重机枪和小炮，轻轻一甩就扔出去好远；有的扇起大“巴掌”，左右开弓，把鬼子兵打昏在地上。一些敌人慌乱地向黑瞎子开枪，它们一点也不怕，迎着呼啸的子弹往上扑。有的受了重伤，肠子被打出来了，它们抓把枯草堵住伤口，继续和鬼子战斗。一个鬼子军官拔出战刀，拿出“武士道”精神，嘴里“呀呀”地怪叫着，向一头大黑瞎子砍去。那个黑瞎子不慌不忙，只轻轻地一“扒拉”，就把战刀打飞了，再一扑，就把那家伙按倒在地上，张开大嘴，“咔吧”一声，鬼子的脑瓜就两半了，好像嗑瓜子那么容易。

这场特殊的战斗，打得热火朝天，只听人嚎熊吼，乱成一团。霎时间，敌人死的死、伤的伤，那些活着的，不顾一切地四外逃窜。曹师长命令战士集中火力向逃跑的敌人射击。枪越响，黑瞎子越发怒，打得越欢。没过多久，二三百日伪军就报销了一大半。

战斗结束后，曹师长带领队伍离开这里，去和敌人进行新的战斗。打了胜仗的黑瞎子也回到洞穴里，继续过着它们蹲仓猫冬的生活。

讲 述 者： 赵玉山　男　60 岁　哈尔滨平房区工人　高小

采 录 者： 温　野　男　50 岁　东北烈士纪念馆干部　大专

采录时间： 1982 年 2 月

采录地点： 哈尔滨平房区

“三挂车”大闹飞机场

这年，日本关东军第四军123师团侵占孙吴后，为了进攻苏联，先在腰屯修了一个飞机场。还嫌不够用，接着又在平顶树修飞机场。

一天，管咱们劳工的把头那里来了一个人，找到把头说：“掌柜的，这年头日子不好混，想找点活干干，混碗饭吃。”

把头白眼珠一翻，小脑袋一寻思，太君连抓还抓不着劳工，送上门来的哪能不收？就说：“喂，你姓啥叫啥，家住哪里，是良民吗？”

“我姓王，从小家里穷，没念过书，连个名也没有，人家都叫我老王，就是个庄稼人呗！”

把头一听，手一挥：“好吧！到山上干活去吧！”说罢，让一个小工头领走了老王。

这老王白天和劳工一起干活，时间一长，和劳工们混熟了。晚上收工后就在工棚里和工友们闲唠，拐弯抹角地讲些抗日道理，说咱东北的深山里有专打日本的队伍。劳工们不叫他老王，取个外号叫“三挂车”，意思是三挂车摞在一起是轰，轰和红一个音，老王不用明说可能是共产党的地下党。

那阵，工地上的小鬼子和大工头对劳工的生活很苛刻。这些家伙从中贪污劳工少得可怜的伙食费。老王混在劳工中间，鼓动一帮劳工去和工地的小鬼子、工头说理，要求改善伙食。小鬼子一听说，气得小胡子一抖，骂道：“八格牙鲁！你们的死了死了的有！”工头也大骂：“你们再敢吵吵，我就让太君把你们杀掉！”

老王大声喝道:“工友们!咱们揍这几个狗崽子!”领着几个劳工扑上去。小鬼子和工头还没来得及招架，就挨了老王等人一顿拳脚。小鬼子和工头没明白过来时，老王早就悄悄地溜到工人堆里干活去了。可也真灵，不久，劳工的伙食多少有点好了。

小鬼子、工头挨了打以后，总想找茬报复劳工。魔高一尺，道高一丈。一天，上工的警报拉响了半天，可工人们却不去上工，有的工棚劳工，稀稀拉拉去上工，一看大伙都不上工，也就坐着不动了。

没过多久，就快过中秋节了。小鬼子和工头忙着准备过中秋节，“三挂车”趁鬼子忙吃忙喝的时候，各处串联。一天中午歇晌时,“三挂车”领了五六百劳工跑了。等到小鬼子和工头向上报告，调来大批鬼子包围时，“三挂车”领的几百号人跑远去了，没影没踪了。

由于好几百号劳工逃跑，平顶树飞机场也就再也没有修成。

这说的是伪满康德四年，也就是 1937 年，威震边境的“平顶树大暴动”。

讲 述 者: 李志云　男　64 岁　孙吴县服装厂退休工人　初小
采 录 者: 何尔华　男　46 岁　孙吴县政协干部　高中
采录时间: 1986 年 8 月
采录地点: 孙吴县孙吴镇

斧劈“大红脸”

伪满那阵儿，平房有个石井部队，就是 731 部队，但不知他们是干啥的。部队设置一个“八木班”。这“八木班”是个类似农场的部门，这个部门头目叫八木择，所以管这个部门叫“八木班”。这里什么农作物都种，还设个大温室，里边的作物有上百种。这些农活都让在平房附近抓来的 40 多名劳工来干，有五六名日本人作技术指导。

1944 年冬季的一天，有七八名劳工在温室里由一个日本人指点，给作物施肥、浇水。忽然闯进了一个日本人，他挺高的个子，红脸盘，大脑瓜。他虽然穿着没有肩章的军服，但看那派头也像个大官。他在温室里转悠，看到一个大脑瓜的劳工，一问知道他叫王关东，于是命令随从的日本兵，很客气地“请”他走。王关东以为让他去干别的活，也没顾忌什么就跟着“大红脸”上小汽车走了。

王关东一被拉走，劳工李大愣就惊慌地说：“坏事了，王关东回不来了。”李大愣怎么这样说呢？原来春天的时候，李大愣还没摊上出劳工，正在自家院子里挑苞米种子，曾看到过这个“大红脸”带着两个日本兵进了村公所。村民看日本官来，不会有好事，都躲得远远的，唯独李大愣要去看热闹。这时，村长慌慌张张地走来，小声地对他说：“日本人让我给找两个大脑瓜的青年人，小孩也行，说是要用人脑子治病。你告诉大伙都跑吧，我找不到，他也不能砸我这个瘦老头的脑子吃。”

“我脑瓜也不大，跑干什么？”李大愣也真是“愣”得出奇。

“你怎么这样死心眼，他找不到大脑瓜，小的也可以，顺手牵羊还不把你带走？”村长说。

李大愣一想也对，立即和邻居一串通，全村的青少年，不论是男的还是女的，都顺着西门跑了。

村长转悠一圈，回到村公所对“大红脸”日本官说没有大脑瓜的。“大红脸”不信，就让村长领着挨门挨户地找，甭说“大脑瓜”，连个青年、小孩也没见影儿。“大红脸”问这是咋回事？村长应付地说：“年轻的都出劳工去了731部队，老百姓穷得连自己都养活不起，谁家还要孩子！”

“大红脸”就是731部队的，知道一年有上千名劳工都是从附近村屯要的。他一听村长说的贴边，就扫兴地带着两个兵回到了731部队。

李大愣摊上劳工进了“八木班”以后，总是提心吊胆。头几天，李大愣看见过一次“大红脸”，一打听，知道他是医学外科专家。听“石井班”养动物的一名劳工说，“大红脸”经常把养的猴子要去，砸猴脑子吃。那“大红脸”还常在中国劳工面前透露，脑子营养价值很高，一年吃一个就行。人脑子不好弄，吃猴脑子也行。这就更证明“大红脸”真的吃人脑子了。

王关东被“大红脸”拉走后，李大愣把“大红脸”要吃人脑子的事一说，大家都为王关东捏把汗。过了好多天，王关东果然再也没有回来，大家确信王关东是遇害了。于是劳工们对“大红脸”恨得咬牙切齿，总想找机会把“大红脸”干掉，一来替王关东报仇，二来替地方除掉一害，省得他再害别人。

转眼之间来到第二年8月，“大红脸”又嘴馋了，偷偷地窜到平房较远的一个屯子。在731部队的一名劳工是这个村子的人，听到这个消息后，就串联李大愣偷偷地跟去了。他们先和村长说要整死“大红脸”，村长说啥也不敢干。那个劳工和李大愣一合计，准备在自己家里摆一桌席，“招待”一下“大红脸”。说起容易，做起来就难了，一个穷人哪有钱买酒、买肉？再说，一个普通老百姓请日本人吃饭能来吗？

李大愣说：“不用犯愁，村里不是有小铺吗，买瓶酒，钱先欠着，你家有母鸡杀一只，有鸡当下酒菜也不赖。不是担心请不来吗，这事也好办，就说咱们是731部队石井班夜班喂马的劳工，‘太君’到家门口了，说什么也得到家喝一盅。”

那个劳工拍着大腿说：“还是李大愣有心眼。”说完就奔村公所走去。

那个劳工和李大愣一到村公所，看“大红脸”正在屋里坐着喝茶水，村长在外屋直转磨。这是咋回事？原来是对“大红脸”管饭不管饭的事儿犯寻思。管饭吧，舍不得钱，不管饭吧，还怕把“太君”得罪了。这工夫，那个劳工把请“大红脸”喝酒的事一说，村长乐颠了馅，赶忙进屋向“大红脸”引见那个劳工和李大愣。能说会道的村长对“大红脸”说：“本想在自家招待太君，可是劳工看太君驾到，就请太君到他家喝酒，请太君赏光。”

村长一番话，“大红脸”心花怒放，以为自己在中国人心目中还有人缘，美滋滋地说：“苦力家的咪希。”

等“大红脸”被请到那个劳工家的时候，那劳工的媳妇早把酒菜准备好了。还对付弄了四个菜：炖鸡肉粉条、炒鸡蛋、炖豆腐、炒白菜土豆片。酒是当地烧锅烧的，还算能拿出手。

“大红脸”和两个日本兵都被让到炕里坐。这是当地的规矩。那劳工和李大愣都坐在炕沿上，一边一个陪着。

酒过三巡，这三个日本鬼子舌头有点不好使了，李大愣还不断地“敬酒”，终于把他们灌得里倒外斜的，身上也燥热起来了。“大红脸”指着外边说：“到……凉……凉……”李大愣知道他们的意思是要到外面凉快凉快。于是他俩把三个日本人连架带拖弄到外面，这样一折腾，三个日本人像死猪一样倒在猪圈旁。那个劳工拎把斧子上前，照准三个日本人脑袋挨个地开了瓢。随后把三个日本人各装到一条麻袋里，到天黑用马车拉到野外埋了。

731部队发觉“大红脸”和两个日本兵不见了，那个劳工和李大愣也不来了，断定与他们有关，到处抓他俩。正赶这时，苏联红军打进了中国东北，快到哈尔滨了。731部队也顾不得抓人，赶忙地收拾收拾就逃跑了。

讲 述 者： 赵汝昆　男　65岁　哈尔滨市平房区农民　初小

采 录 者： 韩　晓　男　45岁　哈尔滨市平房区文化馆干部　中专

采录时间： 1986年

采录地点： 哈尔滨市平房区

红妈妈

茅山山脚下，有个70来岁的老奶奶，大家都叫她“红妈妈”。

打日本鬼子的时候，红妈妈跟她丈夫都靠帮工过活，家里很穷，住在离茅山不远的一间草棚子里。这块地方冷落，只有茅山上打日本鬼子的新四军，有时候经过这块儿，有时碰到敌人，就在她家歇歇脚，隐蔽一下。这样一日三,三日两的，新四军看她夫妻俩都很老实，对革命也有了认识。慢慢地她家就当了新四军的交通站，红妈妈的丈夫也当了交通员。

有一次，茅山上新四军的陈毅司令员住在她家里。不晓得怎么的，走漏了风声，给汉奸密探晓得了，第二天一大早，鬼子就带了大队人马，把她家包围住了。红妈妈是种田人，她起得早，出来一看，家前树林里三边全是黑压压的敌人，心里一急，不晓得怎么好，连忙进来告诉陈司令。陈司令一听说：“不要慌，天还没有大亮，敌人还不敢动手，趁这个时候，我冲出去！”

红妈妈的丈夫一听，双手直摇：“不能，你是司令员，死我们十个，也不能让你牺牲。”

陈司令说：“有办法，你家不是有后门吗？我走后门冲出去！”

这一提，把红妈妈提醒了，她随手拿了套旧衣裳，对陈司令说：“快换上，我送你过河。”

这边陈司令跟红妈妈才走出后门，前头枪声响了，三面鬼子冲过来了，红妈妈的丈夫一想，鬼子一冲进来，查不到人，不追吗？人又没走多远，怎么办？正急得没主意呢，一低头，看见陈司令才换下来的军装，二话没说，把军装朝身上一套，就从草棚里头冲出去。

这时天才蒙蒙亮，雾沉沉的，鬼子看见有人穿着军装从草棚里窜出来，当作就是陈司令，枪也不打了，都想捉活的，正面鬼子全朝这块儿扑过来，红妈妈的丈夫就专拣僻角小路跑，一跑跑了半里多路，鬼子看看撵不上，打枪了，把红妈妈丈夫的腿打伤了，不能跑了。这下，鬼子开心煞了，直拥上去，跑到跟前一看啊，哪儿是陈司令，晓得上当，鬼子气死了，要他讲陈司令从哪块儿走的，把他打得遍体鳞伤，他到死都不曾讲一个字。鬼子没办法，气得像疯狗一样，回头又把他家的草棚子烧了。

中华人民共和国成立后，陈司令到处找红妈妈，找到了，要接她去养老。红妈妈不肯，说："我还能劳动，不给国家增加负担。"所以，大家都尊敬她，红妈妈的名字就到处传开了。

讲 述 者：宋连根　男　44岁　丹徒县宝埝镇工人　小学四年

采 录 者：刁仁山　干部　初中

采录时间：1963年9月

采录地点：丹徒县宝埝镇

八支机枪

在泰兴张家河，有一个50多岁的老饲养员，名叫张登荣。提起他，至今还流传着一个故事。

张登荣生下来，称称刚巧八斤重，他父母就给他起个名字叫“八小”，外人就喊他“八子”。他长大以后，学了个织布机匠，所以人家又喊他“八子机匠”。

那时候，鬼子和黄狗子常到张家河一带来“扫荡”，烧房子、杀人、抢东西。

有一天，大洒庄的黄狗子又到张家河来“扫荡”。那时张家河的民兵很出名。黄狗子也怕，到了张家河后庄，就先派了三四个黄狗子打扮成老百姓的模样来打听动静，那几个黄狗子鬼头鬼脑地摸过来，快近巷口了。这时“八子机匠”正在家里，还没跑，邻居一看急了，就大声喊：“八子机匠，快点，敌人来了。”

那几个穿便衣的黄狗子听有人喊“八支机枪[①]”，吓得掉头就溜。一口气溜到后庄，赶忙报告他们头子说：“不好，张家河口子有八支机枪，不能去！”那头子本来怕得要死，听说有八支机枪，没得命，连忙叫：“退回去！退回去！”这一来，黄狗子缩到据点里去了，还一传十、十传百地传说：张家河有八支机枪，不能去“扫荡”。

这件事很快传开了，也传到张家河民兵的耳朵里。民兵就索性大摆起

① 泰兴口音，“匠”与“枪”同音。

威风来，用木头做了八支机枪，穿上机枪衣，把它架在大路口上。机枪旁边还放着好几箱装满烂泥的子弹箱，民兵身上背着塞满高粱秆的子弹带，隔一两天，民兵就抬着“机枪”挑着“子弹箱”很威武地到敌人据点附近去转一下，让黄狗子看个清楚，张家河有“八支机枪”。

就这样，吓得敌人两年多不敢到张家河来。

事情过去了，可是人们至今还没忘掉，一看到饲养员，就会喊：“八子机匠，快点，敌人来了。”

讲 述 者：张永兴　男　40 多岁　泰兴县宣堡镇张河村干部　高中

采 录 者：杨福望　干部　高中

采录时间：1959 年 4 月

采录地点：泰兴县宣堡镇

乔装奔丧送情报

日寇入侵海南岛后，日伪勾结到处围剿我革命根据地。

一天上午，一封紧急情报送到刘秋菊的手里，上面写着："驻琼山县的日伪军队倾巢而出，准备对我树德老区进行扫荡。当地党政军民，务必于黄昏前转移，对敌实行坚壁清野。"

刘秋菊收到这情报，心急如焚。现在是上午10点钟，离黄昏前仅有几个钟头，时间这么紧迫，路途又这么远；敌人控制和封锁交通要道，怎样才能把这份紧急情报及时送到树德乡去呢？

刘秋菊急得像热锅上的蚂蚁，皱着眉头，在屋里来回踱步，想出几种送情报的方案，都给自己否定了。她又考虑到"穿插绕道急走"的办法，但计算路程和时间，还是不能及时送到目的地。人急智生，她终于想出了"乔装奔丧送情报"的办法。这办法既可以瞒住敌人，又可以捷径急走，她计算过在黄昏前可以赶到树德乡。于是她便立即打扮成奔丧的寡妇，头围麻巾，身披孝服，手提香烛一声长一声短地哭哭啼啼向树德乡方向走去。沿途敌军岗哨见状，大叫倒霉，连连摆头，不加盘问，就让她走了。就这样，刘秋菊按时顺利地把情报送到树德乡琼崖特委机关去。

黄昏，日寇配合伪军从四面八方向树德乡进行大围剿。但是，乡村里鸦雀无声，琼崖特委和群众早已转移。敌人扑了个空，只好收兵走了。

讲 述 者： 吴之　男　56岁　革命老干部　大专

采 录 者： 贺朗　符录　男　干部　大专

采录时间： 1982年

采录地点： 海口市

日本鬼子“拉稀拉稀”

日本鬼子打到独山那阵子，有一排的兵力冲进一个布依寨，逼着蒙老爹做饭给他们吃，想吃饱了休息一会儿往前打去。老爹虽说年龄大了没能上山同年轻人一起打鬼子，总想找机会露一手给鬼子看看。这回机会可来了。

鬼子从村里捉来了好些鸡，叫老爹给他们做。老爹做好了，倒生菜油去拌。鬼子吃完了，休息一会儿便去集合，刚一集合，便一个接一个地报告起来：“报告，我要拉稀拉稀！”接着，便一个紧跟一个跑菜园去拉肚子。他们没揩屁股的纸，随手抓菜园边上的藿麻[①]叶去揩，一个两个屁眼又辣又痛直蹦跳。

当官的上前抓住蒙老爹的领口叫起来：“你的放毒，皇军拉稀拉稀，你的死啦。”

蒙老爹不慌不忙地说：“我敢放毒吗？是你们水土不合；我不是与你们一同吃的吗？我怎么不拉稀拉稀？”原来蒙老爹心有打算，便先吃几颗桃核里面的核米，这东西很苦，但治拉肚子特别管用。

当官的亲眼见老爹与大家一起吃，他也相信是水土不合了，问：“有治的没有？”

蒙老爹往园子摘来一篮朝天辣说：“这是治拉稀的，每人吃完一个便好。”

---

① 藿麻：荨麻。茎和叶有细毛，皮肤接触时能引起刺痛。

鬼子们便拿起辣子吃起来，辣得一个两个喊爹叫娘的。老爹溜走了，鬼子知道上当了，当官的被吓倒了，下命令说：“这地方，人太毒辣，草草毒辣，果子毒辣，皇军的大大的屁股辣嘴巴一起辣，撤退！”

讲 述 者：韦俊平　男　46 岁　布依族农民　小学

采 录 者：黎　建　男　38 岁　干部　中学

采录时间：1985 年

采录地点：独山县

编后记

亲爱的读者朋友：

阅毕本书，相信您完成了一段伟大的红色文艺之旅。书中汇集的革命故事是从革命故事是从《中国民间故事集成》中精选而成的，红色歌谣是从《中国歌谣集成》中精选而成的。

《中国民间故事集成》和《中国歌谣集成》作为《中国民族民间文艺集成志书》的重要组成部分，记载了人民群众生产、生活中口耳相传的文学内容，涵盖了全国各地区、各民族的民间故事和民间歌谣各30卷，总文字量逾9500万字。这其中，包括近200篇革命故事和3000余首红色歌谣，语言生动形象、朗朗上口，既全面反映了不同的地域和民族特色，又忠实呈现了广大人民群众的心声和向往。

特别需要说明的是，由于历史原因，根据当时的编辑原则，个别省份的民间故事集成中未收入革命故事。同时，文本中涉及革命领袖的有关内容较多，这反映了当时革命历史的真实情况，也说明了亿万群众对领袖的崇敬和爱戴之情。

正值中国共产党建党100周年之际，我们将《中国民族民间文艺集成志书》中最具代表性的文本内容遴选出来，很高兴能与您一起，乘着人民的歌声，回眸百年奋斗史，砥砺前行新征程。

编者

责任编辑： 谯　洁　刘志龙
责任印制： 冯冬青
封面设计：

图书在版编目（CIP）数据

革命故事：《中国民间故事集成》选编 / 文化和旅游部民族民间文艺发展中心选编. -- 北京：中国旅游出版社，2021.5

ISBN 978-7-5032-6705-5

Ⅰ. ①革…　Ⅱ. ①文…　Ⅲ. ①革命故事 – 作品集 – 中国 – 当代　Ⅳ. ① I247.81

中国版本图书馆 CIP 数据核字（2021）第 069075 号

书　　名： 革命故事：《中国民间故事集成》选编

作　　者： 文化和旅游部民族民间文艺发展中心　选编
出版发行： 中国旅游出版社
（北京静安东里 6 号　邮编：100028）
http://www.cttp.net.cn　E-mail: cttp@mct.gov.cn
营销中心电话：010-57377108，010-57377109
读者服务部电话：010-57377151
排　　版： 北京中文天地文化艺术有限公司
印　　刷： 河北省三河市灵山芝兰印刷有限公司
版　　次： 2021 年 5 月第 1 版　2021 年 5 月第 1 次印刷
开　　本： 710 毫米 × 1000 毫米　1/16
印　　张： 17.5
字　　数： 249 千
定　　价： 65.00 元
I S B N 978-7-5032-6705-5

版权所有　翻印必究
如发现质量问题，请直接与营销中心联系调换